「我要動用所有的劍，砍了你。」

駭人的托洛亞

會出現在魔劍持有者面前，
渾身血腥的恐怖死神。

但呼聲從阿魯斯的上方傳來。

就像昆蟲的腳一樣……姆斯海因的風魔劍、巴及基魯的毒霜魔劍、聶爾·崔烏的炎魔劍、因雷特的安息之鐮。

將異常大量的魔劍以放射狀展開的駭人的托洛亞，瞬間出現在那個位置。

（……上升氣流…………）

阿魯斯透過龐大的戰鬥經驗和模糊的思考，理解這個狀況。

由於剛才戰鬥引發的大爆炸，被加熱的地底產生了強烈的上升氣流，吹向冰冷地表。而托洛亞就是乘著那股暴風……以風魔劍調整軌道，交互「蹬上」垂直的岩壁嗎？

拳極無形
終局龍種
全員皆為最強，全
全知一識
理元消去
人天掌握

「全部……我都想要。就是現在……」

奇傳殺刀
神速鬼沒
員皆是英雄，唯有一
一詞全能
究竟英雄
肅罪死罰

星馳阿魯斯
以一己之力蒐集傳說武器，
能以三隻手同時使用各種道具的
鳥龍英雄。

星射滅界
創機造命
三千寶裝
人能成為勇者。
傾世感染
不壞絕體

異修羅 VI

榮耀篡奪者

珪素

ILLUSTRATION

クレタ

Kadokawa Fantastic Novels

故事簡介 STORY

令地表一切生命感到恐懼的世界之敵，「真正的魔王」被某人擊敗了。
那位勇者的名號與是否實際存在，至今仍無人知曉。
由「真正的魔王」所帶來的恐懼時代，就這麼突如其來地畫下句點。

然而，魔王時代催生出的英雄卻依然留存於這個世界。

在魔王這位所有生命的共同敵人已不復存在的此刻，
具有獨力改變世界之力的那些人物或許將基於自身欲望恣意妄行，
帶來更加混亂的戰亂時代。

對於統一人族，成為唯一王國的黃都而言，
他們的存在已淪為潛在威脅。
所謂英雄儼然是帶來毀滅的修羅。

為了創造新時代的和平，
必須找出一位能排除下一個世代的威脅，
引導人民走向希望的「真正勇者」。

於是，黃都執政者──黃都二十九官不分種族地從世界各地招攬多位能力登峰造極的修羅。他們計劃召開一場御覽比武，打算擁戴優勝者為「真正勇者」──

勢力圖 POWER RELATIONSHIPS

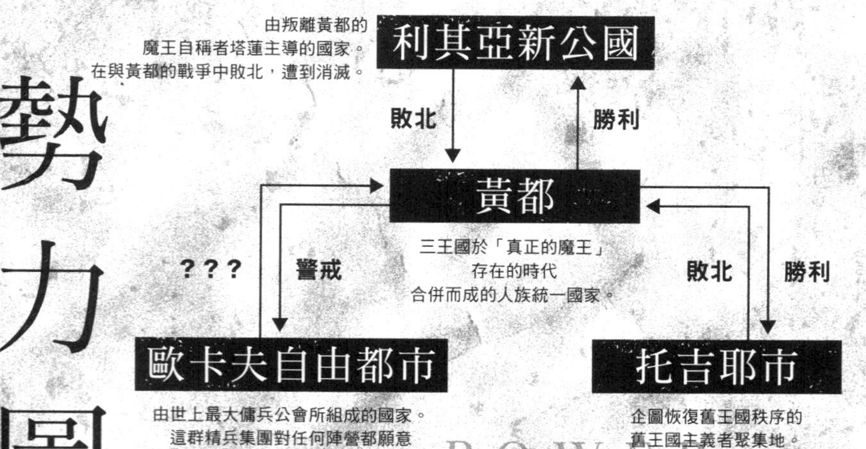

用語說明

GLOSSARY

◈詞術

①允許於巨人(gigant)之軀體構造中理當不會生成的生物或現象的世界法則。

②無論說話者為何種種族或使用何種語言體系，都能將話語中的意志傳達給對方的現象。

③抑或是所有利用該現象向對象提出「請求」，扭曲自然現象的術之總稱。

也就是所謂的魔法。以力術、熱術、工術、生術四大系統為核心，但也存在其他例外系統的使用者。使用者必須十分熟悉詞術作用的對象，不過具有實力的詞術使用者能在某種程度上跨越這類限制。

力術

操作具有方向性的力量或速度，
也就是所謂動量的技術。

工術

改變對象形狀的技術。

熱術

操作熱量、電荷、光之類無向量的技術。

生術

改變對象性質的技術。

◈客人

由於身懷遠遠超脫常識的能力，從被稱為「彼端」的異世界轉移至這個世界的存在。

客人無法使用詞術。

◈魔劍、魔具

蘊含強大力量的劍或道具。和客人一樣，
因為具有強大力量而遭到異世界轉移至此的器物。

◈黃都二十九官

黃都的政治首腦。文官為卿，武官為將。

黃都二十九官之間並不會以資歷或席次排出上下關係。

◈魔王自稱者

對不屬於三王國「正統之王」的多位「魔王」總稱。雖然也有並未自稱為王，卻因具有強大力量，做出威脅黃都的行動而遭到黃都認定為魔王自稱者而成為討伐對象的例子。

◈六合御覽

決定「真正勇者」的淘汰賽。經過一系列的一對一戰鬥，最後的獲勝者即為「真正勇者」。

必須獲得一位黃都二十九官的推舉才能參賽。

擁立者
靜寂的哈魯甘特

冬之露庫諾卡

凍術士　龍

擁立者
銅釘西多勿

星馳阿魯斯

冒險者　鳥龍

擁立者
鐵貫羽影的米吉亞魯

駭人的托洛亞

魔劍士　山人

擁立者
蠟花的庫薇兒

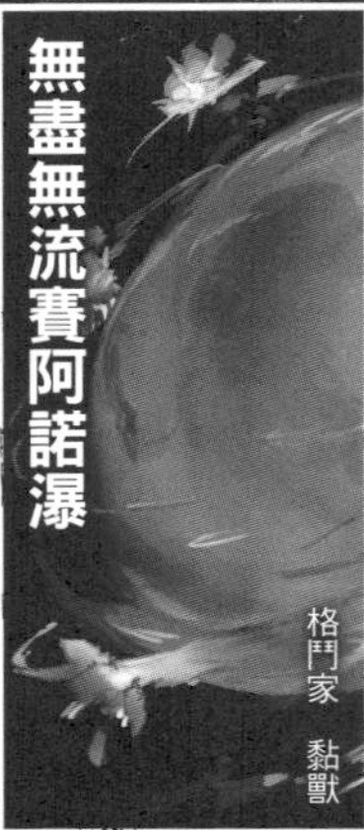

無盡無流賽阿諾瀑

格鬥家　黏獸

六合御覽

奈落巢網的澤魯吉爾嘉

小丑　沙人

擁立者
千里鏡埃努

窮知之箱美斯特魯艾庫西魯

生術士／工術士　機魔／造人

擁立者
圓桌的凱特

魔法的慈

狂戰士　—

擁立者
先觸的弗琳絲妲

擦身之禍庫瑟

聖騎士　人類

擁立者
暮鐘的諾伏托庫

絕對的羅斯庫雷伊

騎士 人類

擁立者

紅紙籤的愛蕾雅

世界詞祈雅

詞術士 森人

擁立者

彈火源哈迪

擁立者

光暈牢尤加

善變的歐索涅茲瑪

醫師 混獸

擁立者

憂風諾非魯特

擁立者

荒野轍跡丹妥

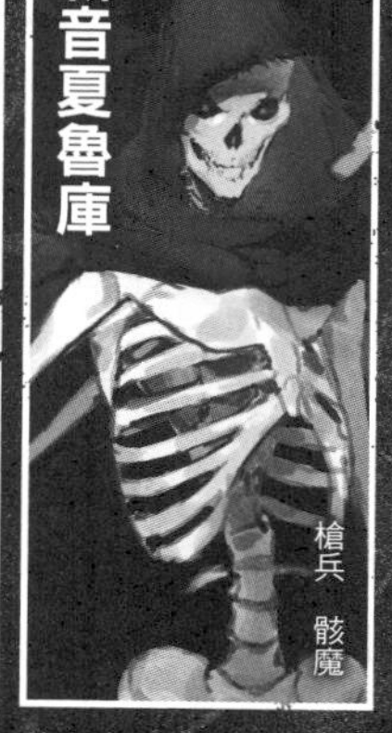

擁立者

遊糸的西亞卡

擁立者

空雷卡庸

黃都 二十九官

第一卿
基圖古拉斯
剛步入老年的男性。
負責擔任主持二十九官會議的議長。
在六合御覽中不屬任何派系，貫徹中立立場。

第二將
絕對的羅斯庫雷伊
被視為英雄，聚集絕對的信賴於一身的男性。
擁立自己參加六合御覽。
二十九官最大派系的領導人。

第三卿
速墨傑魯奇
有著犀利文官形象，戴著眼鏡的男性。
負責六合御覽的企劃。
隸屬羅斯庫雷伊的派系。

第四卿
圓桌的凱特
性格極為暴烈的男性。
窮知之箱美斯特魯艾庫西魯的擁立者。
坐擁首屈一指的武力與權力，對抗羅斯庫雷伊的派系。

第五官
空位
原本是黃都的財政界中具有強大影響力的狡猾幕後黑手，異相之冊伊利歐魯德的位子。
在他被趕下台後，這個位子成了空位。

第六將
靜寂的哈魯甘特
被當成無能之人和笨蛋，卻仍汲汲營營於權力的男性。
冬之露庫諾卡的擁立者。
與星馳阿魯斯有很深的因緣。
不屬於任何派系。

第七卿
先觸的弗琳絲妲
渾身上下穿金戴銀，身材肥胖的女性。
掌管醫療部門。
只信奉財力的現實主義者。
魔法的慈的擁立者。

第八卿
傳文者謝內克
可以解讀與記述多種文字的男性。
第一卿，基圖古拉斯實際上的書記。
與古拉斯一同貫徹中立立場。

第九將
鑿刀亞尼其茲
擁有鐵絲般的瘦長身材與暴牙的男性。
隸屬羅斯庫雷伊的派系。

第十將
蠟花的庫薇兒
以長瀏海蓋住眼睛的女性。
無盡無流賽阿諾瀑的擁立者。
經常表現出緊張受怕的模樣。
因為某種原因，在二十九官中擁有最高的身體能力。

第十一卿
暮鐘諾伏托庫
給人溫和印象的老年男性。
擦身之禍庫瑟的擁立者。
負責管理教團。

第十二將
白織撒布馮
以鐵面具遮住臉的男性。
過去曾與魔王自稱者盛男發生戰鬥，目前正在療養中。

第十三卿
千里鏡埃努
將頭髮全往後梳的貴族男性。
擁立奈落巢網的澤魯吉爾嘉。
受感染而成為黑曜莉娜莉絲的傀儡。

第十四將
光暈牢尤加
身材圓胖的純樸男性。
與野心無緣。
負責管轄國家安全部門。
善變的歐索涅茲瑪的擁立者。

第二十五將
空雷卡庸
以女性口吻說話的獨臂男性。
地平咆梅雷的擁立者。

第二十六卿
低語的米卡
給人方正印象的嚴肅女性。
負責擔任六合御覽的裁判。

第二十七將
彈火源哈迪
十分熱愛戰爭的年老男性。
柳之劍宗次朗的擁立者。
領導軍方最大派系的大人物。
被視為羅斯庫雷伊派系的最大對手。

第二十八卿
整列的安特魯
戴著深色眼鏡的褐膚男性。
隸屬羅斯庫雷伊的派系。

第二十九官
空位

第二十卿
鍋釘西多勿
傲慢的富家公子哥，同時也是才能與人望兼具的男性。
星馳阿魯斯的擁立者。
為了不讓阿魯斯獲勝因而擁立牠。

第二十一將
濃紫泡沫的此此莉
將夾雜白髮的頭髮綁在腦後的女性。

第二十二將
鐵貫羽影的米吉亞魯
年方十六就成為二十九官的男性。
具有天不怕地不怕的個性。
駭人的托洛亞的擁立者。

第二十三官
空位
原本是領導脫離黃都獨立的利其亞新公國，身經百戰的女中豪傑，警戒塔蓮的席位。
但目前因為她的叛離，如今成了空位。

第二十四將
荒野轍跡丹妥
個性死認真的男性。
屬於女王派，對羅斯庫雷伊的派系反感。
第一千零一隻的基其塔·索奇的擁立者。

第十五將
淵藪的海澤斯塔
臉上總是帶著嘲弄笑容的壯年男性。
特色是素行不良。

第十六將
憂風諾非魯特
身高特別高的男性。
不言的烏哈庫的擁立者。
與庫瑟同樣出身於教團的救濟院。
遭到庫瑟與娜斯緹庫殺害。

第十七卿
紅紙籤的愛蕾雅
出身於妓女之家，一路爬升到高位的年輕貌美女性。掌管諜報部門。由於被認定在六合御覽中違規，遭到斬殺。

第十八卿
半月的庫埃外
年輕陰沉的男性。

第十九卿
遊糸的西亞卡
掌管農業部門的矮小男性。
為了讓自己配得上二十九官的地位而十分努力。
斬音夏魯庫的擁立者。

CONTENTS

第九節　榮耀歸於其手

ISHURA

AUTHOR: KEISO
ILLUSTRATION: KURETA

第九節

榮耀歸於其手

一◇深入黑暗深淵

星馳阿魯斯還活著。

在已變成絕對凍土的馬里荒野，大地的裂谷深處黑暗中，那唯一一隻。

（那是死者。）

托洛亞心想。

這裡沒有水、食物、熱能，甚至連光都沒有。這裡是死亡的世界。

如果有墜落到這個世界盡頭之後還能說話、活動的東西，只可能是看起來彷彿還活著的死者，別無他者。

星馳阿魯斯正試圖用在零下溫度中凍僵的翅膀飛起來。左側的翅膀像機械一樣，構造複雜交錯——那是非生命的金屬翅膀。

（「星馳」也跟我一樣，變成了死者。）

他抽出魔劍。在意識到之前，他自然而然就這麼做了。

左手是姆斯海因的風魔劍，右手是凶劍賽耳費司克。

「不准碰。」

阿魯斯喃喃自語，牠的金屬手臂也抓住眼前的魔劍——席蓮金玄的光魔劍。

那把魔劍對駭人的托洛亞而言，是所有恩怨的起點。

「星馳阿魯斯，你奪取太多了。」

——必須打倒牠。

就像「真正的魔王」一樣，一定得有人打倒星馳阿魯斯。

自從父親死去、放棄自我、下定決心要取回光魔劍的那一刻起，他一直只想著打倒這個敵人。既然如此，他現在就要這麼做。

「我——」

他看到星馳阿魯斯蹬地飛起的那一刻。

托洛亞像捲起大氣般扭轉風魔劍，突刺，破壞性的狂風打上谷底的岩壁。壓制鳥龍(wyvern)，不讓牠飛翔的魔劍奧義，其名為——

「！」

但是，在刺出「渡」的途中，托洛亞扭轉身體，閃過飛來的紅光。

一道火焰從暴風的中心衝過來。

在千鈞一髮之際閃身而過的黑衣衣襬被燒噬，化成一絲煙霧。

在背後，那道火焰正在吞噬大量的氧氣，彷彿擁有自我意識般沿著懸崖奔行，朝著托洛亞所在的座標。

阿魯斯低喃其名。

「…………地走。」

在和露庫諾卡的戰鬥中，沒有機會展示的魔具。

會沿著地形奔馳，按照持有者意志自動追蹤敵人的超高溫火焰。

必殺的狂風被打斷，讓阿魯斯飛了起來。

上空，步槍（滑膛槍）瞄準了托洛亞，背後是高速逼近的火焰。

（……沒錯，星馳阿魯斯。和父親戰鬥的時候，你最提防的也是風魔劍，所以我——）

駭人的托洛亞揮舞右手的魔劍柄。

那把劍看起來或許只有劍柄，沒有劍身。

「『逆羽』。」

阿魯斯持槍的姿勢被打亂。

牠彷彿從天上被拖下來，撞上大地。

那是嵌入機械身體的小小楔子施加的力量造成的——劍柄延伸而出的劍身分裂成無數楔子，由磁力操控的魔劍，名為凶劍賽耳費司克。

「渡」製造的狂風未能阻礙阿魯斯飛翔，但駭人的托洛亞透過魔劍奧義的同時發動，讓凶劍賽耳費司克的楔子像散彈一般，乘著狂風飛到目標身上。

這一招將以超高速馳騁於天空的冒險者，拉入魔劍的攻擊範圍內。是只有「這位」駭人的托洛亞能夠做到，能透過魔劍奧義的同時發動使用的，星馳剋招。

「駭人的托洛亞……原來、如此。」

「沒有錯！我『這次』不會讓你逃了，絕對不會！」

「原來是你啊……」

趴在地面上的阿魯斯接著被一股力量快速拉向托洛亞。托洛亞能以嵌入肉體的一片楔子為起點，操控自己和阿魯斯的距離。

地走的火焰隨時從背後襲擊托洛亞。

但是，雙方的距離很快就拉近，那代表連阿魯斯自己也會被捲入。只要左手舉著風魔劍展開防禦，來自正面的射擊都毫無意義，既然如此。

（你拔劍了呢。）

星馳阿魯斯抽出的短劍是一把刀柄和刀刃垂直的刺劍。被奪去自由的牠，打算在與托洛亞高速碰撞的那刻，從正面與魔劍士揮刀廝殺。

不過駭人的托洛亞身上裝著繩索、鎖鏈、鉸鍊，可以以各種機關，根據敵人的攻擊方式使用適合的魔劍。

（——不對！）

不可以換劍。在最後一刻做出判斷的托洛亞，只能以風魔劍打落伴隨著尖叫聲般的聲音「直飛而來」的阿魯斯的短劍。

阿魯斯並非使出近戰——而是本身就可以自由飛行的魔劍。

「戰慄鳥。」

兩人的距離拉近。

在被迫防禦的那一瞬間，阿魯斯已經衝進射程之內。

「嗚……」

「席蓮金玄的光魔劍——」

「『渡』……！」

防禦戰慄鳥的動作已經是一種奧義，劈下的風魔劍颳起狂風，阻止了從背後逼近的地走火焰，同時也將自己的凶劍賽耳費司克劍柄吹飛了。被拉向凶劍之柄的阿魯斯飛行軌道被打亂，連同光魔劍一起撞上岩壁，釋出的破壞光芒深深挖穿了深淵。

磁力魔劍造成的拖曳；未知魔劍的飛來；必殺的光魔劍；以及不是用來攻擊，而是用來防禦的風魔劍奧義。接著，雙方再次透過磁力魔劍拉開了距離。

所有的攻防都在一瞬間發生，而且，戰況並非恢復原狀。

「我收下……了。」

撞上牆壁的星馳阿魯斯……正用第三隻手臂抓著那把魔劍柄。

位於頂點的冒險者在被暴風吹飛的過程中，奪走了能束縛自由遨翔天空的飛行能力，可謂其天敵的魔劍——凶劍賽耳費司克。

「不對，那是借你的，就像光魔劍一樣。」

托洛亞雙手各握著一把魔劍。

左手是姆斯海因的風魔劍，右手則是——

「我將從你的手中，拿回一切。」

戰慄鳥。

同樣地，托洛亞也在一瞬之間將飛來的這把魔劍收為己有。

猶如恐怖故事的存在，駭人的托洛亞能夠掌握這個世界上所有魔劍的奧義。

◆

——馬里荒野，地表。

站在地平線盡頭都被白雪染白的大地上，黏獸(Ooze)就像一滴落在巨大冰塊上，還沒結凍的小水滴。

無盡無流賽阿諾瀑靜靜地觀察著這片荒野。

這場連氣候都為之劇變的破壞，是只由一條龍在這片土地上留下的印記——那是殺死傳說殺手星馳阿魯斯的真正傳說，也是賽阿諾瀑第二輪比賽要對決的對手，冬之露庫諾卡。

（露庫諾卡朝山谷的方向噴了一次吐息，然後停留在空中。）

即使賽阿諾瀑沒能親眼目睹那場戰鬥，露庫諾卡的龍息造成的巨大破壞痕跡，仍然生動地描繪出當時的攻擊軌道，和牠所在的位置。

（牠是為了只需一句話就能發出的龍息，刻意讓巨大的身軀停在空中的嗎？……不可能，一定有什麼理由讓露庫諾卡無法動彈。）

這一帶的大地布滿深邃的巨大裂谷。那是無數運河在位於乾燥地帶的馬里荒野上留下的痕跡，是這個地形的原始特徵。

（這個位置，星馳阿魯斯一定是躲藏在裂谷之中，將露庫諾卡的視線引向下方。不僅如此，若是按照這個裂谷的位置——）

星馳阿魯斯被譽為空中最快的存在，甚至超越了龍。

（牠可以繞到露庫諾卡的背後。）

既然如此，阿魯斯應該能夠穿梭自如地在這些複雜交錯的黑暗裂谷中飛翔，當作從大地下方繞到背後的捷徑使用，做出極其危險的招式。

（阿魯斯的魔具從背後拘束了露庫諾卡。露庫諾卡沒有轉過頭，而是對前方發出龍息，凍結了一切。極端的氣壓差將阿魯斯拉進露庫諾卡的射程範圍，並揮下爪子。阿魯斯使用了防禦魔具，或是偶然避開了……無論如何，牠都被砸上了大地。）

無盡無流賽阿諾瀑並不像柳之劍宗次朗，或是戒心的庫烏洛一樣擁有異常的感知能力，它只是以基於豐富經驗和知識的大量戰鬥理論，推測出目標的行動。

只要看到結果，它就能推測出通向那個結果最合理的道路和思考方式。

（然後，對正下方噴出吐息。）

賽阿諾瀑凝視著自己站立的大地。或許是因為被異常凝縮到相當於物理極限的程度，那個地點像遭到隕石直接撞擊，形成直徑兩公里左右的盆狀凹陷。

太過巨大了。

（戰鬥在這之後仍繼續下去，踏破無數的傳說……愈戰愈勇的應對能力。在這暴力的風暴中，星馳阿魯斯仍存活了下來——）

◆

如今，星馳阿魯斯的半個身體成了機械。

在體內增殖，模仿生物體，甚至不需生命活動也能持續運作的不滅魔具，其名為奇庫烏洛拉庫的永久機械。

但原本的持有者燻灼維凱翁即便遭到星馳阿魯斯襲擊，受到再也無法戰鬥的重傷，也從未使用過它。

「那是我的，我的……我的……」

阿魯斯如今的這副模樣，就是原因。

它能將失去的肉體部分替換為機械，繼續維持失去部位的機能，但替換後的部分絕不是原來的生命。即便能存活下去，意志也會迅速消失，最後失去維持功能的目的，淪為區區一團鐵塊。

就算是最強的鳥龍也不例外。儘管阿魯斯在第二戰受到的損傷透過魔具的力量完全康復了，它卻無法離開馬里荒野的深淵。

在遇到托洛亞之前，牠甚至無法回想起任何事情。

牠既是星馳阿魯斯，又不是星馳阿魯斯。

對一直想要打倒阿魯斯的托洛亞來說，這也可以說是一幅殘酷的景象。

（——就算如此，有一件事依舊不變。）

阿魯斯在剛才的攻防中被吹飛，大大拉開雙方的距離。這和剛才凶劍賽耳費司克的楔子嵌著對手的狀況不同，魔劍士托洛亞沒有方法能縮短這個距離。

星馳阿魯斯手上有步槍，有席蓮金玄的光魔劍，還有剛才從托洛亞那裡搶來的凶劍賽耳費司克。

這一刻，牠所有的手臂都被物品占著。

（阿魯斯一旦得到寶物，就不會「放手」！）

托洛亞從原地往前跨出一大步，在攻擊無法觸及的距離下，將右手的「戰慄鳥」猛力刺向前方——扭動背部的肌肉。鉸鍊跟著拉起，牽動鋼線，然後——

在阿魯斯揮舞凶劍賽耳費司克之前，那東西已射穿了二十公尺之外的翅膀根部。

「——『啄』！」

托洛亞的右手武器已換上另一把魔劍。他一邊假裝刺出「戰慄鳥」，一邊透過鉸鍊和鋼線機關更換了魔劍。

那是被稱作神劍凱特魯格的武器，藉由可以延長斬擊的魔劍，使出了遠程刺擊奧義。

他不動聲色地使出這個星馳阿魯斯早已熟知的奧義。

即便翅膀被擊穿，阿魯斯仍然釋出凶劍賽耳費司克的楔子，可以看到有些楔子嵌入了岩壁。可以適應所有武器的能力真是恐怖，沒有其他人能夠如此靈活地操縱剛拿到手的魔劍——除了駭人的托洛亞外以外。

「你『試用』了一下剛拿到手的魔劍啊。」

「凶劍賽耳費司克，是、是、是我的寶物……」

「『渡』。」

托洛亞往前踏出一步後扭轉上半身，大力揮斬。風魔劍捲起大氣，將再次逐漸襲來的地走火焰捲入暴風中。挑起，反轉，然後……

將足以焚毀整個國家的火焰還給阿魯斯自己。

「這次有充足的緩衝時間……接招吧。」

如果可以操控風，就能操控火。

在轉劍的同時，駭人的托洛亞拔出了聶爾·崔烏的炎魔劍。

火焰傍地而走。

蓄熱，暴風。

「『叢雲』。」

烈焰從馬里荒野的裂谷衝上雲端。

地面的冰蒸發，黑煙形成連地底黑暗都能吞噬的死亡世界。

這激烈的爆炸衝擊力就足以粉碎骨骼，使內臟破裂。

在第一戰中還會顧慮城市而壓抑力量，聶爾·崔烏的炎魔劍發動最大的力量——

天地的溫度差距產生猛烈的上升氣流，打散了黑煙。

鳥龍的影子。這位冒險者擁有絕對防禦的魔具。

「死者的巨……」

阿魯斯解除死者的巨盾，準備進行反擊。

死神的身影已近在眼前。

「天真。」

就像他曾經在微塵暴裡做過的一樣。

駭人的托洛亞甚至「能自己走入」地獄般的烈焰之中。

不過，在被黑煙阻隔的視野中，他是如何精確地掌握到阿魯斯位置的——

鎖鏈連接著的劍刃，深深嵌入了握著凶劍賽耳費司克的阿魯斯手臂。

那是能夠自動對活動物體做出反應，進行迎擊的魔劍。

托洛亞低喃其名。

「法依瑪的護槍。」

下一記斬擊從相反的方向劈下。

握著死者的巨盾的前肢完全被砍斷。

就在阿魯斯的注意力被法依瑪的護槍吸引的瞬間，駭人的托洛亞用左手的魔劍斬向阿魯斯。

那是巴及基魯的毒霜魔劍，能讓目標感染具有侵蝕能力的致死性結晶。

在使用魔劍的近戰戰鬥中，沒有任何戰士能勝過駭人的托洛亞。

「——巴及基魯的毒霜魔劍。這樣一來，再也沒有盾牌能保護你了。」

不管何時，甚至在夢中，他都一直在思考如何斬殺最強的鳥龍，如何逮住能以超高速飛行、操控各種魔具，甚至可以化解致命一擊的敵人。

是魔劍的聲音告訴他，該如何戰勝父親也打不贏的對手。

他相信這是未能拯救父親的自己，最後應盡的最大義務。

「啊啊…………死者的、巨盾——」

「是的，你『也』失去了那個。」

這不是駭人的托洛亞第一次與星馳阿魯斯戰鬥。

然而星馳阿魯斯是第一次與「這位」駭人的托洛亞戰鬥。

「你死定了。」

——然後，現在。

◆

時間稍微倒退。地表。

「星馳阿魯斯……真不敢相信，牠竟然……還活著！」

剛才還在分析冬之露庫諾卡戰鬥的無盡無流賽阿諾瀑正在奔跑。

黏獸不定形的肉體看似沒有運動器官，卻能以驚人的速度翻過複雜的地形，以流動的方式移動重心，其速度宛如具有意識的流水。

一道幾乎要逸散於風中的聲音，來自大地最深處的聲響。

然而，賽阿諾瀑能理解那巨大的異常之處。

有人正在這片馬里荒野進行戰鬥。而且，還是整片大地上最可怕的怪物們。

距離賽阿諾瀑的目標裂谷還有十公里以上。

以它的速度來說，這個距離不算遠。但如果在戰鬥的當事者是那兩個人，在賽阿諾瀑介入之前，戰鬥可能早就結束了。

「混帳駭人的托洛亞……你這傢伙一開始就是為了這件事而來的嗎……！」

它從靜寂大地傳來的微弱震動和大氣流動，推測在地底下展開的殊死戰。

（地走沿著壁面奔竄，回頭逼向托洛亞的背後。風，是以風的魔劍抵擋下來了嗎？但阿魯斯應該會利用這個機會行動，托洛亞他……）

火焰疾馳，狂風奔竄，即使是在遙遠的地面上，氣壓也會發生些微的變動。

（他正在戰鬥。如果那是為了復仇，會打得沒完沒了。）

爆炸聲響起。

地平線盡頭的大地裂谷宛如火山爆發般，噴出了烈焰。

是賽阿諾瀑那一天見到的招式，由聶爾．崔烏的炎魔劍和姆斯海因的風魔劍組合而成的魔劍奧義「叢雲」。

在馬車上相對時，賽阿諾瀑見到的駭人的托洛亞臉上沒有憎恨或憤怒。

它還以為對方已經擺脫了修羅互相殘殺的鬥爭漩渦。

「駭人的托洛亞！你這傢伙……不應該戰鬥啊……！」

◆

（射穿了翅膀。釘住一隻前肢，砍掉了一隻，還讓牠感染了致命的結晶。）

托洛亞的這個想法並不是思考的結果，而是猶如靈光一閃的本能所得到的戰鬥判斷。

（死者的巨盾，防禦的魔具已被砍下，剩下兇劍賽耳費司克和步槍。牠沒辦法在這個距離使用，沒有時間切換裝備。）

在自己的本能做出反應之前，托洛亞的肉體已經先動起來，準備砍下阿魯斯的頭顱。

但是，那招斬擊。

（揮偏了……）

風魔劍的刀刃切開了鳥龍的皮膚，切開了頸動脈，甚至切開了底下的肉。他感受到那樣的觸感，但是沒有深至骨頭。阿魯斯行動了。

牠沒有振翅，也沒有用前肢——飛向上方的岩壁。

牠嘴中低喃著。

「兇劍賽耳費司克………」

（牠對射入岩壁的楔子施加了磁力。）

托洛亞知道對方可以用那種方式閃躲，畢竟身為魔劍士的他早就知道那一招了，之所以撇除了這個可能性，是因為在那個距離之下已經「來不及」閃躲了。

「為什麼你還沒死？」

「………為什麼呢……」

喀嚓喀嚓。

令人不悅的嘎吱聲響起，被砍斷的前肢、被撕裂的翅膀根部——以及被切開一半的頸部，全都被替換成極小的機械，重新塑造成形。

而且，更令人難以置信的事情發生了。

阿魯斯將逐步侵蝕的毒霜魔劍的結晶，連同前肢一起用火燒毀。

牠就是為了這麼做，讓地走先繞到牠要閃躲的位置——

「星馳」背對著火焰，喃喃說道：

「……思考原因，採取對策。」

身為登峰造極的冒險者，牠的戰鬥判斷沒有一絲遲疑。

愈是被逼入絕境，牠就學得愈多，戰勝敵人的所有手段。

「思考原因，採取對策。」

「……原來如此，是這樣啊。」

那個星馳阿魯斯，已成「不死之身」。

「我也是……就算死也要殺了你啊，星馳阿魯斯！」

他灌注全身的力量，發動無數的魔劍奧義。

在折磨所有生命的凍土深處持續戰鬥。

只有他的敵人擁有無盡的生命。

「如果你不那樣做，就太不公平啦……」

然而即便如此，現在的駭人的托洛亞仍準備萬全。

超越了復仇或義務，他覺得這是目前為止能發揮出最大力量的時刻。

他擁有比父親更加出色的身體。他的體力用之不盡，現在也是如此。

「……和你的戰鬥，是最有趣的。」

阿魯斯低聲說著，將燒毀的前肢再生出來。

步槍的槍口在魔劍碰不到的空中對準托洛亞。

他有辦法攻擊到那裡嗎？

——曾經與自己戰鬥過的賽阿諾瀑看穿了所有無法預測的魔劍招式，甚至能跳到沒有踏腳處的半空中。若是為了殺死星馳阿魯斯，托洛亞也能做到。

「……好久不見了，駭人的托洛亞……」

阿魯斯說這句話的時候，應該已經意識模糊了吧。

我看起來像他嗎？

如果是這樣，那真是令人開心。

駭人的托洛亞，接下來將展開一場與父親相似，又完全不同的戰鬥。

「我要動用所有的劍，砍了你。」

他深深地，漫長地吸了一口氣。

駭人的托洛亞將雙手雙腳的魔劍插上地面。

就像昆蟲的腳一樣。

◆

在因為第一戰受傷而進行療養的期間，托洛亞與流浪的丘涅和戒心的庫烏洛聊了許多。兩人都說很感激托洛亞，但對托洛亞而言，他們才是恩人，包括不在場的米吉亞魯在內，那些人或許可以說是他第一次交到的朋友。

「……庫烏洛，你相信器物中寄宿著意念嗎？」

「你怎麼突然這麼問？」

「你的天眼一直感知著我們無法想像的大量情報吧。我在想，在那樣的世界裡，搞不好也可以聽到劍、鞋子或是餐具的聲音。」

「別胡說八道了。」

不知道是不是把托洛亞的話當成玩笑，庫烏洛傻眼地露出苦笑。

「物品就是物品。當然，任何物質都會不斷發出微量的聲音和光，告訴我它們的構造與位置……但就算是這樣，你曾經聽過聲音嗎？」

「這個嘛……有時候是能聽到聲音。」

「你在開玩笑吧？」

「是真的。」

——魔劍裡其實根本沒有什麼意志吧。

要說他沒有懷疑過這點，那是騙人的。

在第一戰之中，駭人的托洛亞化身為一頭魔劍怪物。

他把自己的身體完全交給不斷湧入的意志，變成了不斷殺戮的恐怖存在。

但如果那是連戒心的庫烏洛都無法感知到的概念，那麼魔劍是不是根本就沒有意志，一切不過只是托洛亞一開始就擁有的內在衝動？

他說出了自己的想法。

「絕對不是這樣！」

坐在床邊的丘涅探出身體反駁道。

「因為，托洛亞那時候救了庫烏洛！對吧！明明自己處於最危險的境地，卻能去救別人，這樣的人不可能是壞人！」

「……不，我是個殺人犯。」

他殺了那些來搶魔劍的山賊。明明原本可以不必殺掉他們，只癱瘓他們就好，但他覺得下次遇到那種人時，握著魔劍的自己仍然不可能不殺。

最重要的是，托洛亞在那場對決中是打算殺了賽阿諾瀑的。之所以沒殺死，是因為他不知道賽阿諾瀑可以使用完全再生肉體的生術。

——賽阿諾瀑應該也明白托洛亞的殺意，但它在這種情況下並未奪去托洛亞的性命就決出了勝負，托洛亞被徹底打敗了。

「星馳阿魯斯已經死了。從今以後，我可能也不需要用魔劍戰鬥了……但我很害怕，如果有一天再次握起魔劍，我就會變成那副德性。」

「托洛亞，關於大腦的感知能力，我也學到了幾件事。當時為了了解自己的天眼，我研究了大部分必須了解的知識。」

庫烏洛開始說道。

「據說大腦中，有一種作為『行為鏡子』運作的神經。」

「行為鏡子？」

「這是一個能將自己看到的他人行為，當成自身經歷的機能。幼兒期的動物會透過模仿其他同類的行為，獲得自己的行為模式。如果那種神經極其發達的話……即使只是用眼睛看過的技能，說不定也能像自己鍛鍊了無數次一樣使用，還能在進行思考之前就像自己的想法那樣，直覺地理解初次交手的對手想法。」

「模仿，那就是魔劍意志的真面目嗎？」

他回想起與賽阿諾瀑和美斯特魯艾庫西魯的戰鬥。

那些即使用盡無窮的魔劍，也殺不死的強敵。

但正因為是那樣的對手，托洛亞才首次有了「長時間戰鬥」的經驗。他可以近距離目睹他們的戰鬥，不斷想像下一步。

「……這個嘛，也許可以用意志來稱呼，畢竟共感的源頭在於模仿。透過不斷想像對方的思考，就能了解對方在想什麼，或是對方接下來會想什麼。」

「如果那種說明正確，那魔劍的聲音該怎麼解釋？那不是用神經就能解釋的吧？」

「這就不知道了。關於與魔具的共感適應性……有太多不確定因素，比如說，世界上存在著沒有給人操作的機關，但可以僅靠使用者的意志操作的魔具。如果魔具有類似意志的東西，你肯定能了解它的想法。」

「……」

「即使不提這些也一樣，例如說，你應該也可以根據形狀或重心，了解到要怎麼做才能發揮出那把劍最大的力量。你可能會透過劍柄上微小的磨損、劍刃缺角的位置，無意識地感覺到前任主人是如何使用魔劍的，你或許就是從那些情報，想像出了製作者和使用者的意圖吧？」

「我能做到那種程度的事嗎……」

「或者——更直接一點，你曾見過『某人以那把魔劍使用了奧義』。」

「……」

他不是駭人的托洛亞。

真相，最終只有米吉亞魯一人知道。

「托洛亞，所謂的善良，是對自己以外的存在抱有高度共感性，過度的共感可能會吞噬掉你原本的意志。雖然說那也許是一種危險的力量……」

用來幫助他人的共感性，可以用來殺死他人。

「——就算用我的天眼，也無法看穿那種內心的領域。」

◆

魔劍之山正在移動。

星馳阿魯斯用模糊的思考俯瞰著那片景象。那是寶物。

那是保護寶物的敵人嗎——或者那就是寶物。為了得到那座魔劍之山，自己必須打倒敵人，牠一直都是這樣做的。

「凶劍……賽耳費司克。」

牠喃喃念著手中魔劍的名字。魔劍彷彿在回應阿魯斯的意志，分裂出來的無數楔刃排排插上岩壁。沒錯，凶劍賽耳費司克，牠以前尋找過這把魔劍。

雖然阿魯斯想不起來那是多久以前的事了，不過那一天，也是被這個敵人先搶走了劍。

「…………駭人的，托洛亞。」

牠呢喃了不知多少次卻沒有自覺。

每次追溯魔劍的記憶，都會一再地想起這個敵人是駭人的托洛亞。

每次橫跨世界收集財寶時，每次阿魯斯想要得到魔劍時，似乎總是可以看到那個存在的影子。

星馳阿魯斯手中的魔劍只有兩把，戰慄鳥和席蓮金玄的光魔劍。

而現在——

「……托洛亞。」

好幾把，全部，都得到了。

即便牠的意識模糊，不知道這是什麼地方，甚至不知道自己正在做什麼，但這是唯一可以確定的事。

阿魯斯填裝雷轟的魔彈。

「我……想要那個。就是現在…………」

宛如貫穿天地的雷霆從天而降。

光。破壞。聲音。

地面遭到粉碎。

雷轟魔彈發射時引發的現象，就是雷電。

「咕……嚕。」

——低吼聲從阿魯斯的上方傳來。

就像昆蟲的腳一樣……姆斯海因的風魔劍、巴及基魯的毒霜魔劍、聶爾．崔烏的炎魔劍、因雷特的安息之鐮。

將異常大量的魔劍以放射狀展開的駭人的托洛亞，瞬間出現在那個位置。

（……上升氣流…………）

阿魯斯透過龐大的戰鬥經驗和模糊的思考，理解這個狀況。

由於剛才戰鬥引發的大爆炸，被加熱的地底產生了強烈的上升氣流，吹向冰冷的地表。托洛亞就是乘著那股暴風……以風魔劍調整軌道，交互「蹬上」垂直的岩壁嗎？

而且肆虐的上升氣流仍不斷干擾著飛行能力，這項阿魯斯最大的武器──

「咕嚕啊！」

托洛亞的全身在空中旋轉，被爆發性的熱浪猛然鎚落。火焰魔劍失控了。

爆炸。爆炸。爆炸。爆炸。

地面遭到刨挖，空氣死絕，宛如隕石墜落的破壞雜亂地砸上地面。

阿魯斯畫出銳角的軌道，避開了致命的熱浪。

靠的是凶劍賽耳費司克的磁力。

阿魯斯可以將自己的身體，瞬間拉向嵌在岩壁上的任何一個楔子。那是牠為此做好的事先準備。

攀附在牆上的阿魯斯可以以穩定的姿勢瞄準射擊，而只是躍入空中的駭人的托洛亞如今只有墜落一途——

「咕。」

撞擊打上阿魯斯的身體。音鳴絕，具有水晶劍身的魔劍以振動波製造出來的干涉。步槍的瞄準稍微偏移。托洛亞就這樣墜落下去。

「…………」

其墜落軌道在空中改變。

托洛亞彷彿以看不見的力量在空中跳躍，不時蹬上岩壁，像隻惡夢般的飛蟲直衝而來。

「咕嚕嚕嚕嚕嚕嚕嚕嚕啊！」

（反作用力。）

就算阿魯斯還有理智，恐怕也難以理解那樣的招式。

利用神劍凱特魯格，使出延長斬擊和遠程刺擊。

托洛亞利用這種遠程攻擊的反作用力，在空中「蹬上」岩壁。方才異常的現身方式也無法只以跑上牆壁的方式解釋，托洛亞就是使用了這個技巧，才能占據阿魯斯頭上的位置。

魔劍士竟然展開了空中戰。

完全脫離常理。

被野獸般的本能驅使，奧義連續發動——

「嘎啊啊啊！」

「腐土太……」

還來不及展開有如泥塊的魔具，風魔劍的烈風就將阿魯斯打上岩壁。骨頭碎裂，阿魯斯發動凶劍賽耳費司克的磁力，卻一動也不動。

阿魯斯握著劍柄的手臂被鎖鏈纏住。

由駭人的托洛亞所有，可以自動追蹤目標的魔劍——法依瑪的護槍，正纏繞在阿魯斯的手臂上。那把魔劍具有在那種狀態下，以超高速振動切割肉體的奧義。

「哈、哈哈、咕哈、哈哈哈哈哈哈哈哈哈！」

其名為「羽搏」。

阿魯斯握住凶劍賽耳費司克的是機械手臂，不過魔劍的奧義完全足以切斷、扭轉、破壞其結構。

「咕嚕嚕嚕嚕嚕嚕嚕！」

與對手一同墜落的托洛亞，用鎖鏈絞緊阿魯斯的頸部，發出冷笑。

就算是在雙方即將墜落到地面的那一剎那，他應該也用另一隻手拿著的毒霜魔劍刺了阿魯斯四刀。

然而，從背後傾注而來的泥刃瘋狂刺穿托洛亞的上手臂、背部、腹部的速度更快。托洛亞一邊笑著，一邊吐出大量的鮮血。拘束解開了。

塑造並射出泥土子彈的腐土太陽，是意圖對與阿魯斯一同墜落的托洛亞進行攻擊的魔具。而阿魯斯將敵人的巨大身體當成盾牌，沒有遭到亂射的刀刃波及。

「……思考原因，做出對策。」

牠展開翅膀，藉助氣流上昇。

只有駭人的托洛亞，灑著鮮血墜落。

「想要占據我頭上位置的傢伙……多得是。」

◆

意識逐漸消失。

不，或許是意識正在恢復。

駭人的托洛亞兩隻手大大張開，仰面躺在深淵的底部。

他的全身被刺穿，重重地摔上地面。

四肢滿是炎魔劍失控餘波造成的灼傷，神劍凱特魯格異常的連續發動使魔劍本身也因為過度使用，就快碎裂了。

如果這是對決，那就是自己輸了。星馳阿魯斯可能認為已經打倒了我。

自己身上的傷的確就是那麼重。

（那終究只是借來的招式——）

腦中想起了以前賽阿諾瀑對他說的話。

使用那種捨棄自我，只憑魔劍意志行動的野獸之技，沒辦法獲得真正的勝利。

「我知道。」

現在與那個時候不同，這是我「明知如此而為之」。

握拳，再打開。

托洛亞的身體還能動。

我的身體很強健。我還能活著，還能戰鬥。

即使那是會犧牲一切的戰鬥方式，只要取回這把魔劍，就有意義。

「凶劍賽耳費司克。」

最初打進星馳阿魯斯體內的楔子，仍然嵌在機械身體裡。可能因為是機械，牠不會感受到血肉之軀能感受到的疼痛或異樣感。有著過剩的體力，毫不間斷地發動猛攻的托洛亞，沒有給最強的冒險者任何機會拔掉楔子。

以右手發動凶劍賽耳費司克的磁力。

「！」

阿魯斯受到了磁力的作用，被拽到地面的深淵。

以槍反擊，是無法以風阻擋的雷轟魔彈。

然而，沒有直接命中。

由托洛亞操控的凶劍賽耳費司克的楔子，像避雷針引導雷電。

「…………你還活著啊……」

「沒錯！不管多少次，不管再來多少次，我都要你陪我一起下地獄！星馳阿魯斯！」

更多的腐土太陽泥刃自上空傾瀉而下。托洛亞只能勉強撐起上半身，不過凶劍賽耳費司克的楔子高速飛舞交錯，彈開泥刃。

一如所料，腐土太陽的設置位置是固定的，托洛亞完全可以應對來自正面的攻擊。

但星馳阿魯斯是一位可以使用無窮魔具的冒險者——

（火焰來了。）

地走。阿魯斯一直利用這道奔馳於地面的火焰，讓托洛亞額外費神應付，然後伺機給予致命一擊。

閃光急速接近，熱氣逼近托洛亞的臉頰。

但是，火焰原本應該焚燒仍舊無法站起身的托洛亞，卻往橫向擴散後停止了。

就好像地形在那前方並未相連，出現了一座懸崖。

「……天劫糾殺。」

具有反曲刀身的單刃劍。這是一把不適合戰鬥，極其窄瘦的亞空間魔劍。

被劈開的物質表面上出現了空間的裂縫。

他已經反覆體驗過地走的攻擊，明白那是沿著地形奔馳的魔具——反過來說，如果地面「不相連」，那個魔具就無法過去。

巧合的是，駭人的托洛亞就如同第七戰中，地平咆梅雷透過破壞地形，試圖阻止斬音夏魯庫那樣，用魔劍造成的微小空間斷裂，阻止了魔具的突擊。

從天而降的星馳阿魯斯。

身處地底的駭人的托洛亞。

兩者正在急速接近。

「毒魔彈。」

「『渡』。」

同時發動攻擊。

即使身體被拉下去，自由被奪走，阿魯斯仍精準地瞄准了托洛亞，射出致命的魔彈。然而子彈彈道卻被扭過上半身發動的風魔劍奧義干擾，擊中地面。

狂風更進一步打亂阿魯斯的飛行姿勢。在空中畫出鑽孔般的軌跡，鳥龍背對著托洛亞，三隻手臂中的其中一隻正試圖拿起光魔劍。

「『阿魯號令於尼米之礫（kylse ko khnm）』。」

（詞術。）

在這種情況下，牠打算以什麼東西為焦點？即使以被磁力和強風打亂的姿勢拔出光魔劍，牠也不可能來得及應對托洛亞的劍技。牠在做什麼？

阿魯斯的身體正在靠近，可以揮劍了。

毫不猶豫。

「『——滴水』。」

「……」

托洛亞揮出天劫糾殺。

不是朝向阿魯斯，而是自己的右下方——對著地面。

「『貫穿吧（kastgraim）』。」

毒魔彈瞬間變形而成的針，被天劫糾殺的刀身擋下。

工術。如果在那種情況下，阿魯斯發動的詞術有確切的焦點位置，那一定就是剛才擊發的魔彈。

擋住針的那個瞬間，足以給予星馳阿魯斯重新調整姿勢的時間。

只要在劍的攻擊範圍內，就能讓一切防禦失效的最強魔劍——

「席蓮金玄的——」

「因雷特的——」

在迎擊針的同時，托洛亞也揮動右手的斧槍。

即便是最長的斧槍型魔劍，也無法及時阻止光魔劍。

「光——」

「安息——」

「魔——」

「嗤」的聲音響起。

會在拔劍的同時貫穿並砍斷所有防禦的最強魔劍，在被抽出的瞬間被無形的力量彈飛。

「之鐮『與』——」

因雷特的安息之鐮。在鐮刀形狀的刀刃上，掛著另一把魔劍。

「神劍凱特魯格。」

那不是奧義，是神劍凱特魯格原本的能力——「延長斬擊」。

托洛亞在這個瞬間拔出的魔劍是「兩把」。他更宛如表演雜技，以具有長柄的因雷特的安息之鐮的尖端，操控神劍凱特魯格，更加延長了被延長的斬擊——在阿魯斯拔劍之前，打落了光魔劍。柳之劍宗次朗做得到這招嗎？

如果那是不可能防禦的最強魔劍，那麼只要在它出鞘之前揮劍砍斷就好了。

「——別妄想用魔劍戰勝魔劍士！」

當光魔劍落下時，阿魯斯和托洛亞擦身而過。法依瑪的護槍產生反應。

那一天被奪走的，父親的性命。取回光魔劍是他唯一的宿願。

他伸出手。為了拿回魔劍，他需要放開手中的劍。

（我不會再讓它被別人奪走了。）

為了讓駭人的托洛亞，變得不是自己的魔劍。

（讓我，完成這一切吧！）

他終於抓住了落下的席蓮金玄的光魔劍。

同時，從肩膀到背部傳來一股劇痛。是金屬爪。

爪子深深地撕裂肌肉，扯開血管，炙熱的生命逐漸被帶走。

這似乎是奪回光魔劍的代價。

（啊啊。）

不再有遮蔽物的腐土太陽所釋放的泥刃，再次瘋狂地襲向托洛亞。他用風魔劍揮落，但還是有泥刃刺入肉體。他無法換上凶劍賽耳費司克，來操控阿魯斯的動作。

他以為自己能運用無窮的魔具。確實，托洛亞是可以做到。

然而敵人也有最後剩下的唯一武器。

（冒險者的……「赤手空拳」嗎？）

接下來還有什麼手段能用？自己能戰鬥多久？

大部分的內臟都被打壞了，超乎尋常的體力也逼近極限。意識逐漸模糊，地底的冷風鑽進肺部深處。

「呼。」

他像是嘆氣般地笑了。

「阿魯斯……星馳阿魯斯，我一直做著惡夢，夢見和你戰鬥，然後被你殺死的夢。」

他覺得對方可能聽不見自己的聲音。

即便如此，托洛亞仍然喃喃說著。

「我不怕死地拚命求生。我……駭人的托洛亞，一直在尋找生還的可能性。即使在夢中，我也一直在戰鬥……一直在思考如何殺死你。」

馬里荒野這片凍土的裂谷深處，如今刻畫著能與地表上慘況匹敵的裂痕和破壞。

宛如那天的微塵暴——或是比那更猛烈的風暴，一直在這兩人之間的修羅戰場上肆虐。

「但是，為什麼呢？」

本來以為死去的父親仇人，也許該說是自己的仇人，竟然還活著。

他以為自己的靈魂會被更為猛烈、更無法控制的漆黑控制。為了消除父親的遺恨，為了取回自己的人生，還有，為了被魔劍的衝動驅使。

「星馳阿魯斯，我之所以想殺了你……似乎是出於其他理由。」

——有什麼東西能殺死現在的星馳阿魯斯嗎？

牠擁有即使頸部被砍斷一半，仍然能讓身體再生的魔具。即使使用能以破壞之外的方式，使敵人喪命的巴及基魯的毒霜魔劍，阿魯斯應該也會毫不猶豫地切除被結晶侵蝕的部位。

也許牠有魔具核心那樣的致命弱點，但駭人的托洛亞沒有能看穿那種弱點的第六感。從星馳阿魯斯的舉動來看，他也不認為有這種東西存在。

即使如此。

（……我有辦法「徹底殺了」牠。）

就像其他魔劍一樣，天劫糾殺也有其獨特的奧義存在。

這是一把能在切割對象的表面上產生非物質性的細微裂痕，切斷空間的魔劍。

它可以將那細微的空間斷裂撐開，創造出一道將事物逐出這個世界的溝渠——一種稱為「喙」的招式。

一旦落入那種什麼地方也不是的亞空間，就再也回不來了。

「來吧，這才剛開始。」

雖然只吸了幾口氣，不過雙腿已經得到了充分的休息，可以站起來了。

他可以踏著大地，使用魔劍的奧義。

他有生母賜予的強健肉體，也有養父傳授的終極劍技。

（這才剛開始而已，這種程度算不了什麼。我的意識很清楚，只是內臟受了一點傷，我粗壯的骨頭沒有斷，肌腱也都連著肌肉。還沒完，這才剛開始。）

席蓮金玄的光魔劍。

他追尋至今的最強魔劍，現在在托洛亞的手中。

這是魔劍恐怖故事化身的駭人的托洛亞，在這世上最後一項未完成的工作。

只要拿回它——

「我的人生才剛開始。」

「……」

在那極短的時間裡，星馳阿魯斯也沒有追擊托洛亞。

牠注視著斷崖盡頭的天空。

「…………我必須——」

阿魯斯低喃自語。

曾經擁有得比任何人都多的牠，現在失去了一切。

在如此寒冷封閉的地獄深處，和托洛亞這樣的死神戰鬥。

「……做點什麼才行。我就是為了那個……才會蒐集……」

「我看到了你的意志。」

托洛亞將天劫糾殺刺上大地，劃開一道埋葬不死之敵的裂縫。

黑色深邃的龜裂，又彷彿一條連接阿魯斯和托洛亞的冥府之路。

「星馳阿魯斯。你已經失去了『那個』。」

「……我還有。」

「你已經不需要再掠奪他人了。回到故鄉，過平靜的生活吧。這樣的事……」

每一把魔劍、每一個魔具，究竟是多麼龐大的意念結晶呢？——托洛亞心想著。

那些寶物消磨了無數的生命和心靈。

我們擁有太多那樣的寶物了。

「這種事，就由我們來終結吧。」

「我的、寶物。」

地走的火焰回到阿魯斯的身邊，被收入一個小壺般的魔具本體中。腐土太陽似乎也已經被收回，刺入身體的楔子應該也在剛才的激烈戰鬥中脫落了。

托洛亞有種對方會使用大量魔具，發動波狀攻擊的預感。地走和腐土太陽下一次也許不會沿著地形移動，而是直接撲過來。或者就像牠與父親戰鬥時一樣，使用火焰的閃光來閃瞎雙眼。

——他很確定，接下來將是雙方最後一次的錯身。

「來吧！星馳阿魯斯！我也……我也要戰鬥！」

阿魯斯朝地面一蹬，飛向空中。

即使大地上有著天劫糾殺的致命裂痕，也不會對阿魯斯的戰鬥造成任何阻礙。

單方面從空中發動的槍擊和魔具，不給對手反擊的餘地，正是這名冒險者的強項。

然而若非如此——

牠打算飛起的頭頂處是個死角。短劍從那個方向悄然無聲地落下。

「……戰慄鳥！」

阿魯斯的身體被刺穿並釘在地面上，這正是戰慄鳥的奧義。

「『宙飛』！」

如果能自己飛在空中，劃開空氣、發出鳴響的魔劍擁有其使用的精髓，那就一定是在熟知其特性的人面前「讓它不發出鳴響」。

（快動啊，你不是戒心的庫烏洛保住的腿嗎！）

全身流著血的托洛亞沿著刻在地面上的亞空間龜裂奔跑。戰慄鳥的奧義是只能使用一次的奇襲，在妨礙阿魯斯飛翔的短暫期間內，他必須拉近距離，揮劍砍殺牠。

唯有將其打落至龜裂之中，才能殺死阿魯斯。如果那真的是讓人擁有不死之身的魔具，阿魯斯沒必要像那樣防禦或閃避。

聶爾・崔烏的炎魔劍、姆斯海因的風魔劍。

「『叢雲』！『渡——』」

然而，托洛亞在最後一刻停下了由烈焰和風組合而成的焚燒奧義。當他碰到劍柄的瞬間，就發現風魔劍的重心稍微改變了。

（泥巴。）

在那場空中戰鬥中，阿魯斯在極近距離下對風魔劍發動了腐土太陽。奪走光魔劍之後，隨即而來的泥刃風暴被風魔劍擋下——因為托洛亞在那之前才用那把魔劍來防禦毒魔彈，打亂阿魯斯的姿勢平衡。

阿魯斯的目的是將泥巴附在劍上，在比光芒閃爍還短的時間裡，干擾奧義發動。

這一切都是托洛亞於一瞬之間，將手指滑向另一把魔劍時的思考。

「——凶劍。」

於是他單獨使用炎之魔劍的熱浪焚燒阿魯斯，而另一隻手使出了凶劍賽耳費司克。

他對楔子下達的操作指令是「全體集合」。被阿魯斯打入岩壁當成踏腳處的楔子，從四面八方朝星馳阿魯斯傾盆而下。

不過阿魯斯反而張開翅膀，承受著那些直撲而來的楔子。楔子將牠拉了過去。牠打算藉此縮短雙方的距離。

托洛亞沒有停下突擊。現在若是停下來，他就再也無法動彈了。

「你……不對，你不是駭人的托洛亞……！」

「還沒完！我『還是』駭人的托洛亞！」

阿魯斯放出泥刃與地走的火焰。托洛亞的手指和一隻眼被割下來，身軀在火焰中焚燒，然而他依然奮勇向前。那些都是不需準備便能使出攻擊的魔具，證明了對方沒有舉起步槍的時間。

如果阿魯斯做好了承受所有攻擊的準備，那自己也得這麼做。如果進行防禦，腳步就會停下來，況且自己已經有用來攻擊的劍了。

（不要停下來。）

具有超越一切的必殺能力，可以攻擊到遠方，同時也是整起恩怨起點的魔劍。

（如果父親不是小人[Leprechaun]，如果父親的手再長一點，能先拿到光魔劍。）

「『阿魯斯號令於席蓮金玄的光魔劍[kylsekokyakowak]』。」

不需準備的攻擊。

托洛亞不禁失笑。如果星馳阿魯斯一直持有光魔劍的話，沒錯，那牠應該也可以把劍當成詞術的焦點。

（如果父親擁有背負大量魔劍的力氣！）

「『冰雹降至天地（kestlek kogbakyau），軸置於左耳（kaameksa）。變換之輪（koikasyaknoken），轉動吧（kairokraino）』！」

那隻鳥龍是個對所有事物都具有才能的天才。幾乎就在托洛亞踏出下一步的同時，牠已經完成了對光魔劍的詠唱。

席蓮金玄的光魔劍，受到阿魯斯的力術操縱……

「那一天輸掉的人，阿魯斯——」

——即使「在這種情況下」，它仍然服從於使用者托洛亞使出的招式。

踏入。

拔劍。光。間距。

「就會是你！」

光之劍將星馳阿魯斯從中間縱向劈成兩半。

同時托洛亞也開始咳嗽，吐出大量鮮血。

對手從正中央被精準地劈開，這一劍完美無缺。

「咳……咳。」

托洛亞吐出血，腹部傳來神經被侵蝕般的灼熱。

他聽到了聲音。

「……毒魔彈。」

「啊啊。」

即使是再怎麼頑強的不死之身，若是從頭頂到身體都被完全劈開，也應該無法說話才對，遑論舉起步槍，對托洛亞開火。

「……原來如此，打從一開始——」

托洛亞雙腿一軟，就要倒在地上。

這裡是雙方一開始在烈焰奧義之中擦身而過，星馳阿魯斯掉下死者的巨盾的地點。

他知道在這個伸手就能拿到死者的巨盾的位置，位於光魔劍的射程之內。

即使腐土太陽和地走的攻擊遭到突破，雙方拉近了距離，阿魯斯也不打算使出更進一步的攻擊——因為牠只是想觸碰到掉在這裡的魔具。

在托洛亞因為天劫糾殺的奧義，將注意力集中於地面時，阿魯斯採取了相反的行動。

就連腐土太陽和地走的波狀攻擊，也是為了讓對手將注意力轉移到地面的障眼法……

「原來如此……」

席蓮金玄的光魔劍是終極的切割攻擊。具有同樣終極防禦能力的死者的巨盾，並不能完全防禦。不過因為防禦遭到稍微貫穿而被砍中的，是受到奇庫羅拉庫的永久機械替換的機械半身。

即使是身上各處都因為奇庫羅拉庫的永久機械而缺失的此刻，阿魯斯也沒有因此衰弱。牠的判斷力、思考力，應對長期戰鬥的處理能力與經歷反覆成長而累積起來的戰鬥能力，依然是最強的。

牠身上僅存的，是定義現在這個星馳阿魯斯的唯一事物。

「活下去，我……我要活下去。」

托洛亞沒有猶豫，他以巴及基魯的毒霜魔劍劈開對手的腹部。被毒侵蝕的細胞正在結晶化，這樣一來就能製造出一點點緩衝時間。

他以失去了手指，無法靈活活動的右手砍去。

非得打倒星馳阿魯斯不可。

「……我知道。」

阿魯斯喃喃自語著。

長鞭飛舞，劈斷了托洛亞右手肘以下的部位。那是被露庫諾卡扯斷的奇歐之手。雖然已經斷成不能稱作鞭子的樣子，但仍然有非常足夠的威力能殺死現在的托洛亞。

「咳……我……我想過著自己的生活……」

托洛亞彷彿全身都癱倒下去，用右肩將阿魯斯壓在岩壁上。

他的左手舉起因雷特的安息之鐮。無聲的魔劍。父親最擅用的魔劍。

阿魯斯陰沉地回答。

「……你…………明明就不是駭人的托洛亞。」

槍聲隨即響起。雖然那顆子彈連魔彈都不是，還是射穿了左腿和膝蓋。

即使如此，托洛亞仍然劈砍著阿魯斯的身體。當他用鐮刀劃開腹部到腰部的位置，烏龍的內臟接連滑落出來。

還有鞭子的攻擊。牠大概正打算砍掉我的左手臂吧，即使以此為代價也無妨。托洛亞將水晶魔劍——音鳴絕深深刺進阿魯斯的腹腔中。

當這把帶有振動和衝擊波的劍，以最大輸出發動時。

「『抱卵』——」

衝擊波會從星馳阿魯斯的身體內部，連同音鳴絕一起炸碎。

……並沒有成功。

星馳阿魯斯有三隻手臂。身體功能隨著時間逐漸恢復的牠，碰到了地上的死者的巨盾。就算托洛亞再怎麼不要命地不斷攻擊，也產生不了任何效果。他也明白，自己已經無招可用了。

「結束了…………你已經……完蛋了。」

「還沒有……還沒結束，因為……我還有這條命！」

鞭子劃破空氣。

右腿被砍斷了。還沒完，只不過是砍掉了腿，又不是砍掉了頭。即使用牙咬著魔劍，自己也能一直戰鬥下去才是。

就算無法再使出奧義，還有天劫糾殺創造出來的亞空間裂縫。只需用剩下的左臂抓住阿魯斯，將牠拖進去就行了。

帶著罪人，與自己一同墜入地獄的恐怖故事怪物。

（就差一步了，這樣就結束了。如果這樣……就能殺了阿魯斯……）

他不需要什麼榮耀，這也不是為了報仇。

其實他很同情星馳阿魯斯。

因為落入深淵、永遠無法死去的牠，就像托洛亞自己。

他覺得殺死阿魯斯，就是終結掉自己這個駭人的托洛亞的身分。

明明是想救牠，卻讓自己一直保持這個樣子。

他可以一直戰鬥下去。只要托洛亞不放棄，就能永遠戰鬥下去，宛如一隻惡鬼。

但如果彼此都變成怪物，墮入地獄的盡頭——

那究竟是不是一種救贖呢？

（我……我很想要在懷特山生活下去，能夠不必傷害任何人，按照父親的願望活下去。我一直——）

眼淚滿溢而出。

他明明不想哭。

自己應該才是嚇哭孩子的恐怖故事啊。

「魔劍…………不屬於你……」

「…………」

既不遭到他人搶奪，也不搶奪他人。

他知道斬斷這種螺旋的方法。

父親一定也打從一開始就知道了。

「也不屬於我。」

他以最後的力氣伸出手，戰慄鳥彷彿擁有自我意識般飛回手上。

鳥。父親所愛的劍技名稱。

那個年輕人具有聽到魔劍之聲的才能。

貪婪的冒險者也不打算奪走那把魔劍。

「——啊啊，你要和我一起走嗎？」

接著，無名的高大山人(dwarf)搖晃著倒下。

墜入深淵之中——帶著他取回的光魔劍，以及他所收集的所有魔劍。

（……爸爸，我也……要去爸爸那裡了……）

墜入比凍土深處更黑暗的，地獄之中。

在那裡，無疑有著一個駭人的恐怖故事。

◆

在中樞議事堂等候的第二十卿鍋釘西多勿，接到了來自南方第五聯絡塔的緊急通訊。

那是在第二戰開始之前，為了以防萬一——而且最糟糕的狀況發生，西多勿針對馬里荒野的方向安排的觀測報告。

「——去發布對龍警戒。」

走出通訊室的西多勿一開口就對親信下令。

「方向是馬里荒野，集合所有能調動的士兵。雖然可以立即派他們出動，但在我下達指示之前，叫他們別擅自行動。線路準備好了嗎？」

「在大人進行通訊的期間，第二交換室已經連接了所有議事堂房間的無線電通訊線路！您要立刻過去嗎？」

「做得好。那麼，我直接告訴身在這棟建築裡的人現況！分頭和外部官廳的二十九官聯繫，優先順序是哈迪、傑魯奇、羅斯庫雷伊、弗琳絲妲！不過人手應該還是不夠，再通知丹妥、撒布馮、卡庸！你們做得到吧！」

這是早做好準備的狀況。

六合御覽的一部分規則是由西多勿在會議中引導、制定的。

——進行與對決無關的破壞行為之人，與黃都敵對之人，將視為魔王自稱者。

所有剩餘的勇者候選人都有義務消滅之。

在六合御覽開始之前，西多勿就引導會議訂下了那些規則。

在第二戰中，西多勿派人傳達的「那個流程」，意思就是由絕對的羅斯庫雷伊利用這個規則，不進行對決並排除威脅的計畫。

（……沒想到不是用來對付冬之露庫諾卡，而是用在「這傢伙」身上啊。）

西多勿穿上黃都二十九官的外套，快步走出去。他的臉頰流下冷汗。

不只是自己，如果不能殺掉這個敵人，所有人都會死。

對於黃都來說，這可能會是最漫長的一天。

「星馳阿魯斯正從馬里荒野方向接近！向勇者候選人發布警報！重複一次！」

星馳阿魯斯，對決，黃都。

「召集所有勇者候選人！——敵人只有一隻！『魔王自稱者』阿魯斯！」

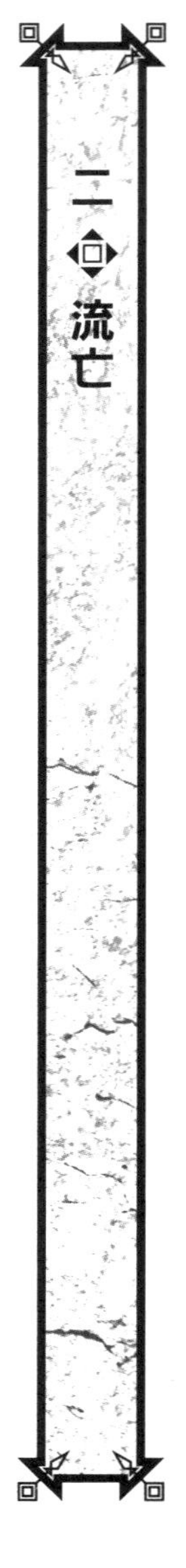

二 流亡

在第八戰開始，黃都響起警報的那天之前——許多將與星馳阿魯斯展開殊死戰的人都不知道自己的命運。

比方說，魔法的慈在放棄與庫瑟的第五戰之後，就一直沒有離開弗琳絲妲的宅邸。

不用說，世界上任何關押獸族的籠子都不可能囚禁慈。她會一直處於禁足狀態的原因，主要是出自對先觸的弗琳絲妲的巨大內疚，以及監視者的存在。

「食物來了，小慈。」

一個臉色有些蒼白的僕人走進房間。此人沒有頭髮，眼球被換成了純白的珍珠。

那是真理之蓋庫拉夫尼魯所操控的屍魔（Revenant）。

「……謝謝，庫拉夫尼魯。不過我其實不太需要吃東西。」

「就算如此，我也不能放著妳不管，什麼都不給妳。這是我的管理責任。」

「嗯……」

慈坐在椅子上，抱著修長的雙腿。

眼前放著弗琳絲妲宅邸的廚師精心製作的奢侈佳餚。

然而，一想到擦身之禍庫瑟，或是他試圖保護的事物，那樣的食物便愈難以下嚥。

「……為什麼……我會覺得食物很好吃，洗澡很舒服呢？……在保護『最後之地』時，我明明就幾乎沒吃什麼東西。」

「我……無法給出什麼好答案。如果要我推測色彩的伊吉克的製造意圖，那可能只是一種可以當作融入人族社會手段的有效功能。很少有人族能對無法分享正面感受的對象敞開心房，也就是說，那應該是讓妳與他人可以『相處融洽』的機能吧。」

「……就像庫拉夫尼魯和利凱那樣嗎？」

「……要是妳把我當作朋友，我可就傷腦筋了……利凱則另當別論。」

由於擦身之禍庫瑟發動的偷襲，結果導致厄運的利凱死了。

既然魔法的慈已經在六合御覽中敗退，那麼像庫拉夫尼魯這樣的男人也沒必要繼續與慈打交道才對，但他會繼續負責監視慈的工作，就代表庫拉夫尼魯有他自己的盤算。

——慈希望是如此。

「我……無法忍受有人不幸，所以在『最後之地』的時候，我總是在生氣。為什麼有這麼多人受苦，大家卻都不去關心他們、幫助他們呢……但是到頭來，我也和他們一樣。」

世界遠比慈的認知還要大，而且存在著無法挽救的不幸。就連應該是無敵生命體的慈，也無法拯救「教團」的孩子們，以及擦身之禍庫瑟。

「我……覺得食物很好吃，但是無法像其他人那樣嚐到難受和痛楚，因為我就是被設計成不會有那種感受，只是在模仿人類……而且，創造我的人是伊吉克。」

那個創造了魔法的慈，以及善變的歐索涅茲瑪的生術士。

然而，在以「最初的隊伍」的成員出名之前，色彩的伊吉克是一個會為了好玩而毀滅都市，為了開心而殺戮，不斷在所到之處留下無邊血海的邪惡魔王。

「伊吉克說過，我是被創造為兵器的。我想，我曾告訴他我不想做那種事，但是，如果只要活著就不能擺脫這個身體的話……我該怎麼樣才能理解大家的感受呢……」

長長的麻花辮在吹進室內的晚風中搖曳。

慈覺得利凱還在世時，自己有多跟他談談那類的話題就好了。利凱曾多次向慈說過常人和慈的感覺差異。

「我不懂妳的煩惱。就算具有人族的感覺……還是存在著伊吉克那樣的邪魔歪道。既然如此，也會有相反的例子。擦身之禍庫瑟的事……是我和弗琳絲妲策劃的，妳沒有必要自責。」

不存在瞳孔的屍魔與慈目光交會。

「……所以，別自暴自棄，別亂來。弗琳絲妲說她暫時不會強迫妳戰鬥——只是暫時的也沒關係，妳就乖乖地讓她照顧妳吧。在這段期間裡，慢慢尋找晉見女王的方法……尋找能實現妳自身目的的手段吧。」

「……庫拉夫尼魯真是個好人呢。」

「我只是被錢僱用的。研究心術需要錢。」

慈之所以無法離開這棟房子，不是因為利凱的死讓她感到無比沮喪。是因為她還不知道自己應該做什麼，該怎麼做才能拯救他人。

慈來到黃都，是為了見女王瑟菲多。但是她的力量，難道不應該用在其他更重要的地方嗎？

「……吶，庫拉夫尼魯，你為什麼會開始研究心術呢？」

「我知道妳很閒……但妳想聽這個故事嗎？」

「嗯。」

慈從來沒有看過經常操控著屍魔的庫拉夫尼魯的長相。

但是他與人們的關係比慈更加深厚，還會貢獻自己的才能。就像慈過去所見過的每個人，他會擁有那樣的人生，背後一定有段故事。

「……」

屍魔不需要呼吸，但可能是與庫拉夫尼魯本體連結，讓屍魔做了類似嘆氣的動作。

「……好吧，如果這能讓妳轉移注意力也好。我……原本是出生於北方王國的人。一度在國立學府學習詞術，後來選擇了自學，不過……那是因為周圍的人都不懂我的理論啦……」

「庫拉夫尼魯從那個時候就很優秀了啊！好厲害喔！」

「沒有啦……與其說優秀……嗯，某種程度上來說……可以說是如此吧。總而言之，我被學校開除之後，遇到了一位隱遁的魔王自稱者。她患了連起床都做不到的病，但卻想教我技術……應該說，她看起來是對教學樂在其中。老實說，當時的我已經不想再學什麼詞術了——當然，那是因為我太有才能而感受不到樂趣。」
「不過，你還是努力地學習了吧。」
「是啊……」
「雖然本來就是天才，但又不想讓那個人失望。庫拉夫尼魯真是個好人。」
慈嘻嘻笑著晃起身體。屍魔的眼神游移，看起來有些尷尬的樣子。
「……總而言之！我的魔族製造理論基礎是在那段時間學到的。在深入學習的過程中，我開始想著能不能更深入研究理論。於是……我向老師詢問：在老師去世後，我應該向誰學習製造魔族。」
「是誰呢？」
「她說，是色彩的伊吉克。」
「……」
「老師所染上的病……是伊吉克製造的細菌武器造成的。他能夠將生術用於改造細胞，甚至能運用在無法以肉眼看見的微生物上。老師因為那個武器失去了所有弟子，也一直為半身不遂所苦。但同樣身為魔族研究者，她不得不承認伊吉克的才能出眾……她一定覺得很屈辱。」
——色彩的伊吉克，那是這個世界上首次挑戰「真正的魔王」的七名傳說「最初的隊伍」成員之一。其他六人的名字都伴隨著敬意被流傳下來，唯獨提到伊吉克的名字時，人們往往會表現出憎惡和怨恨的情緒。

即使「真正的魔王」的恐懼已經抹去了一切，他在那之前帶給世界的不幸仍然太過巨大，就連真理之蓋庫拉夫尼魯也處於那條不幸連環的尾端。

「……庫拉夫尼魯，對不起。」

「別誤會，就算妳真的是伊吉克的作品，我也沒有心胸狹窄到會遷怒於妳。不過……是啊，我……在老師去世後，也始終沒辦法向伊吉克求教……就算我知道，老師很希望我能完成我的理論。」

「不過，幸好你沒有投靠伊吉克那種人！你的老師怎麼會有那樣的想法呢？庫拉夫尼魯也是你老師的重要弟子吧？」

「哼……那是妳的價值觀。這不是敵人或朋友、或是安全危險的問題。對我們來說，心術理論的證明和統一才是最有價值的事情……我希望透過再次自學，實現我們的理念。那是『真正的魔王』出現之前的事情了——色彩的伊吉克隨心所欲地逞凶肆虐，蟲子魔族、老鼠魔族、疾病魔族……各種可怕的死亡不斷威脅著北方王國。但如果我們的理論完成，應該能洗刷被伊吉克散播的魔族惡名，向人們展示其有用性，將魔族製造理論確立為人們可以利用的技術，而不是災厄。這才是我們的研究目的。」

「原來是這樣啊。庫拉夫尼魯……果然很厲害呢！」

慈笑了。對於天生強壯，不會感受到痛苦的她而言，努力這種行為太困難了。庫拉夫尼魯從幾十年之前，花費了久得誇張的時間……累積了那樣的努力。到了現在，他已經以第五種詞術系統發現者的身分聲名遠播。

「……你實現了老師的夢想。讓魔族能夠幫助人們……」

「不對，這個故事還有後續。」

屍魔慢慢地搖了搖頭。聲音中似乎帶著笑意，卻也夾雜著一些自嘲的色彩。

「在很長的時間裡，我的研究一直停滯不前……但有一次，我在某個被摧毀的城市中，發現了一具魔族的屍體。那是一個非常小，像蠕蟲般的屍魔。然而，構築它的詞術極其高超單純……而且具有完整的體系。那一個樣本就填補了我研究中的空白。」

「……」

「那是伊吉克的魔族。」

色彩的伊吉克是超乎想像的天才。

「伊吉克早在很久以前，就已經完成了老師終其一生也無法做到的心術體系化。」

「庫拉夫尼魯……」

「別那樣看著我！聽著，我想說的是……擁有如此卓越技術的伊吉克，為什麼『沒有留下任何研究資料！那是因為即使伊吉克擁有強大的力量，他卻從來不為他人而用。他流傳給後世的不是偉人之名，而是邪惡的魔王自稱者名號。所以，妳和伊吉克不同！」

色彩的伊吉克是天才。也是個孤獨之人。

他從來不曾與他人分享成就，一生中也沒有把成就用在滿足自身欲望以外的事情上。

「我想說的是……小慈，妳與伊吉克不同，妳有意志。妳不只有拯救他人的能力，還有願意為他人使用力量的意志，所以不要覺得自己什麼也做不到。總有一天，妳將能拯救某個人。我的故事說完了。」

「……嗯。」

慈也明白。對庫拉夫尼魯來說，這應該是一段他不想輕易提起的過去。

然而現在，他就像閒話家常般，將這個故事告訴了慈，試圖安撫慈心中那股因為沒能拯救庫瑟和利凱而感到的無力感。

慈知道庫拉夫尼魯是在為她著想。

（庫拉夫尼魯……果然很溫柔。我也想變得溫柔……）

慈抱著雙腿，望著寶石般的城市燈光，再望向黑暗的夜空。

◆

第六戰結束之後，在充滿夜晚燈光的新市鎮一角，隨即展開了一場祕密會談。

脖子上掛著相機的矮胖男子——黃昏潛客雪晴走進了一家廢棄餐廳。他帶著一張與廢墟格格不入的和善微笑，和藹地舉起了一隻手。

「晚安。不好意思，突然把你找來。」

「我可能會背叛。」

影子一看到雪晴就這麼說。此人名為擦身之禍庫瑟。

「雖然我已經對廣人和基其塔・索奇說過了，但還是也告訴你一聲。如果送到歐卡夫本國的『教團』孩子們出了什麼事，我這樣做就沒有意義了……黃昏潛客雪晴，我希望你也去看一看歐卡夫本國。」

「哈哈哈！不這樣做的話，我也會被你刺殺嗎？」

「……哈哈。」

庫瑟只回以乾笑。

「啊……不用擔心，歐卡夫的情報會自動集中到我這裡來。雖然以記者來說，親自走訪、收集新聞材料是最好的，但拓展腳步時，需要有人脈基礎。不過啊，廣人先生他們應該也是為了避免你背叛，而把孩子們留在身邊。如果因為你的背叛害孩子們被殺，那不是本末倒置嗎？」

「嘿嘿，也許吧！所以到頭來，我這些話就只是提醒你罷了，沒有什麼大不了的意義……我最近在想——」

自從在第五戰不戰而勝之後，庫瑟似乎有了一些改變。

雖然他看起來跟之前一樣，卻有種雜音的徵兆。那是一種類似小零件開始無法咬合的時鐘給人的怪異感。

「也許我——」

庫瑟有所猶豫，話音只稍微停頓了一下。

「……會殺了孩子們。可能會為了保護其他所有的『教團』成員而這麼做。一想到我們所犧牲的一切，我可能不該再受到自己的愛或執著左右。」

這個男人捨棄了自我，一直為「教團」盡力。不只是捨棄自己，為了「教團」，他甚至捨棄了老師和朋友，捨棄了他所愛的一切。

那樣的男人，下一步會不會捨棄他原本應該保護的對象呢？

「哈哈哈！但願不會如此。幸運的是，廣人先生的利益與你是一致的。我認為他沒有故意把孩子當成人質，強迫你做什麼事的動機。」

「廣人也這麼跟我說過。只是我真的希望你們好好保護孩子們，避免他們『出事』。」

「……嗯。畢竟未必不會再出現會使用諾伏托庫那種手段的對手嘛。」

擦身之禍庫瑟雖然無敵，但弱點過於明確。不僅僅是孩子們，只要是居住在黃都的「教團」信徒，都可以拿來當成要脅庫瑟的人質。

然而，雪晴認為這點已經漸漸無法那麼肯定了——即使是逆理的廣人這位超脫常軌的政治家，他真的能夠控制這名無敵的暗殺者直到最後嗎？

「你們也保護了暮鐘的諾伏托庫吧？」

「是啊，雖然他是個沒有存活價值的邪魔歪道，不過如果就這樣把諾伏托庫放在黃都，他只會遭到暗殺，庫瑟先生也可能會因此敗退。所以我們會將他藏在黃都以外的地方，直到下一場對決為止。這種方法雖然簡單，但也是個不錯的手段吧。」

「………是啊，確實如此。」

庫瑟不知為何露出自嘲的笑容。

「這招優秀得讓人發笑。」

「那麼，今天之所以找你過來，為的是我方這邊的事。我們想請庫瑟先生在第八戰當天前往城中劇場庭園。」

「是基其塔．索奇的指示嗎？就算我去觀戰，也殺不了正在和其他人對決的傢伙。況且不是說得讓烏哈庫活下來，加入我們才有意義嗎？」

「關於這點，是因為我們預料到第八戰非常有可能將有另一股勢力展開行動——他們叫『隱形軍』，被認為是由多名血鬼(Vampire)組成的諜報集團。他們已經派出特務滲透至多方勢力，還製造了偽裝成造反或自殺的事件，造成大量犧牲。我這邊有一些證據照片，要看嗎？」

「……自殺？」

庫瑟自言自語般地喃喃說道。

現在受到歐卡夫保護的孩子們之前待的那間救濟院裡，有位名為繫菱的奈吉的見習神官自殺了。雪晴就是知道這一點，才會選擇用自殺這個說法。

「他們最有可能採取行動的時間點，就是基其塔．索奇先生參與的第八戰。希望庫瑟先生能在觀眾席上做為游擊兵行動，打倒那些『隱形軍』。勇者候選人去觀看其他候選人的對決，應該不是什麼不自然的行為吧？」

「好，我會去的……如果什麼事都沒有發生，是再好不過了。」

雪晴帶著親切的笑容搓著雙手。

「太好了，太好了。突然聽到你說可能會背叛，我還以為會被拒絕，嚇得我心驚膽戰呢。那麼，我們來商量抵達現場後的詳細行動方針吧。」

◆

夜晚的市區充滿了引人注目的光輝與色彩，沒有人會特地去注意走在群眾中的黑衣男子。

由於用黑色圍巾遮住了下半張臉，應該很少人能認出他就是勇者候選人庫瑟。

（……這樣一來，之後就不需要擔心任何事了。）

孩子們都在逆理的廣人所屬的歐卡夫自由都市。

無論如何，等到庫瑟等人的罪行受到審判後，「教團」的未來都只能託付給廣人了。對孩子們來說，那命運只是稍微提早到來罷了。

（殺死女王，只由我們來承擔對「教團」的迫害，只要這麼做就行了。就像娜斯緹庫……我只要當一把專門用來完成一項功用的刀刃就行了。）

比起之前為了拯救一切而不停掙扎，最後卻失去一切的戰鬥，這種從一開始就知道會失去的戰鬥輕鬆多了。

他在開到很晚的店裡買了賣剩的蜜酒和大麥麵包。

充滿光輝的黃都。在這無數的光輝之中，也會有庫瑟等人守護的信仰之光嗎？

還是說……就像人們譴責的那樣，只有信仰詞神的人才會掉入這種光輝縫隙間的黑暗，永遠無法得救？

至少，西外城教會的孩子們就沒有辦法待在黃都的光輝之中。

「……」

啃著麵包走著的庫瑟，在身旁的一條狹窄巷子前停下了腳步。

因為他看到有個孩子坐在那片朦朧的黑暗裡。

「——妳在那邊休息嗎？」

「……」

果然有人。對方似乎因為庫瑟的聲音而吸了口氣。

影子動了一下，金色的髮絲微微反射著大馬路上的光。

「雖然大叔我也那麼做過，但是坐著睡久了，年紀大了會很難受喔。要我幫忙叫人過來嗎？還是不用？」

「……別管我。」

是個孩子，但年紀沒有很小。那是年約十三、十四歲的漂亮森人（Elf）少女。

從營養狀況來看，她不像是遊民。可能是哪裡的逃家少女吧——庫瑟這麼想著。

「還是說，你是受命來捉我的？」

「怎麼可能。」

庫瑟半開玩笑地舉起雙手。

「妳不知道我是誰嗎？我還以為自己現在小有名氣呢……」

「完全不認識。你是誰呀？」

「這、這樣啊……」

庫瑟尷尬地抓了抓頭。

就算有人不曉得勇者候選人的長相也不奇怪。就庫瑟而言，他也沒有看過駭人的托洛亞兜帽底下的臉，更不用說善變的歐索涅茲瑪或是出現在第四戰中名叫祈雅的少女，他甚至不知道那些人的外貌，只聽過傳聞而已。

「啊……那麼是有人想捉妳嗎？妳在躲誰？」

「告訴你的話——」

少女瞇起大大的碧眼。

「你不會把我出賣給那些人吧？」

「咦咦咦……哎，我知道了。既然如此，妳不用說明自己的狀況也沒關係。如果妳有困難，我應該可以分塊麵包給妳……」

「什麼？」

少女拿出了麵包。那塊麵包比庫瑟剛才買的更大、更白、更柔軟，看起來是高級品。

「看、看起來妳不需要幫助呢……那真的太好了……」

「我才不需要什麼幫助。我什麼都能做到。」

少女或許所言不假。相較於庫瑟見過的貧民孩童，她的穿著整潔得多，既沒有害怕的神情，也不缺食物。

「——那麼，妳為什麼要躲在那種『避人耳目』的角落？」

「……」

這個少女正在躲避什麼人。如果她的所作所為問心無愧，應該會尋求幫助才對。雖然庫瑟只和她交談了幾句，他不認為以那個女孩的個性做不到這點。

她犯了某種重罪——也許是庫瑟的直覺讓他這樣想。

「…………不關你的事。」

「大叔是『教團』的人。教團教導我們，世上沒有與詞神的救贖無關的生命。」

「詞神。對喔，這麼說來，外面的人確實信仰那種東西呢……創造了世間萬物的神，祂什麼都能做到。呵呵、呵呵呵呵呵。」

少女笑得花枝亂顫。

「……蠢死了。如果是那樣的話，我也是『像詞神一樣的存在』啊。」

「喂喂，那是什麼……」

「『照瞎他』。」

毫無預兆的亮光照亮了小巷。沒有發出聲音、沒有熱度，甚至不知道那種光從何而來。

庫瑟瞬間以戰士的反射動作擺出戰鬥姿勢，準備應付危機。

「……剛才那是什麼？」

當黑暗的巷子再次回到視野裡時，少女的身影已經消失了。

庫瑟回頭一看，在建築物的屋頂上——月亮的正下方，有一個小小的白色人影。不知天使娜斯緹庫能否看出她是什麼人。

——『像詞神一樣的存在』。

（詞神無處不在。）

那是庫瑟自己被教導，並且傳授給他人的信仰。教義說人們心中的良心是詞神的救贖，每一個有心的生命之眼都是詞神。

（就算在我最後犯下罪行的那天，祂也會一直看著我吧。）

◆

與庫瑟的密會結束後，黃昏潛客雪晴前往另一個目的地。該地可說是廣大黃都的死角，一個被遺棄的造船廠。

此刻，他正揹著一個木箱。

「沒想到對國防研究院的取材竟然會和其他事情有關。你得到一個奇特的人脈了呢。」

「就是說啊。」

木箱比人的軀體要小得多。至少沒有可以容納人類的容積，裡頭卻傳出了流暢的話音。

「海澤斯塔的消息可以相信嗎？調查過千里鏡埃努的背景後，竟然發現他和國防研究院有關連。」

「很難說。但如果是掌管都市開發的埃努，要在黃都政府不知情的情況下提供據點給國防研究院，應該不是難事。」

第十五將，淵藪的海澤斯塔，隸屬於黃都第三陣營的凱特陣營。然而，圓桌的凱特因為在第六戰戰敗而失勢，他在調查其對手千里鏡埃努的過程中，發現了國防研究院的存在，並與同樣在打探國防研究院消息的黃昏潛客雪晴暗中聯繫。

海澤斯塔在那之後行蹤成謎。

「凱特和齊雅紫娜的作弊嫌疑是『黑曜之瞳』設下的陰謀——這個傳言是真的嗎？劇場庭園的爆炸案、利用飛船的妨礙行為、美斯特魯艾庫西魯的失控舉動……現場有那麼多目擊者，黃都也斷定是凱特陣營的犯行。雖然說這感覺有點太牽強了……」

「……在黃都議會裡，凱特陣營也是最大派系羅斯庫雷伊陣營和哈迪陣營的眼中釘。即使作弊嫌疑是人為設計的，黃都那邊毫無疑問會『想利用』這件事。這樣就可以利用嫌疑，消滅一個確切的威脅。」

「可是現在還沒有找到人為陰謀的證據吧。『黑曜之瞳』是否真實存在也很可疑。」

「如果海澤斯塔的情報沒錯，埃努真的是幕後黑手，澤魯吉爾嘉就很有可能與『黑曜之瞳』有所接觸。一切會如基其塔‧索奇的推測，『隱形軍』的真正身分是『黑曜之瞳』，那麼失蹤的凱特和齊雅紫娜可能就已經被他們殺害，或遭到綁架。我們現在還是按照海澤斯塔的委託採取行動吧……先找出兩人。如果還活著，就把他們救出來。」

「直接詢問那兩人確實可能比較快……但如果敵人是『黑曜之瞳』，我們要怎麼救？去救人的我們絕對會被殺掉吧。」

「不不，要去救人的不是我們，是舊王国主義者。」

雪晴目前正要前往的造船廠，是舊王国主義者隱藏於黃都之中的據點。在中央王國時代就很熟悉這個國家的舊王國主義者，保有許多這樣的據點。

——而雪晴的雇主，逆理的廣人就是之前舊王國主義者占領幾米那市時，給予其經濟援助，引誘他們舉兵起事的幕後黑手。

即使舊王國主義者在戰爭中敗給了黃都，他始終保留著與那些人接觸的管道。

「現在的舊王國主義者嚴重缺乏能指揮陣營的有力人士，這都是反覆進行消耗戰的結果。遭到黃都政府驅逐的凱特和齊雅紫娜，絕對是他們渴求的有能人才才對……這是基其塔‧索奇之前說的。」

「原來不是雪晴想出來的啊。」

「哈哈哈！我追查的東西終究只是國防研究院而已。你也是如此吧？」

「……嗯。」

很少有人知道黃昏潛客雪晴背上的木箱中裝的是什麼。

但它只有一個極為單純的目的。

「我會實現承諾——你也許可以見到『母親』。」

三◇洛摩古聯合軍醫院

第八戰前一天的清晨。

柳之劍宗次朗自從第三戰時戰勝善變的歐索涅茲瑪以來，就一直在這間軍醫院裡療養。

「……好閒。」

六合御覽的傷患不僅限於戰敗方，反倒是獲勝者更得防止其他陣營設計使其「不戰而敗」，需要在嚴密的警戒下盡量進行治療。

這間洛摩古聯合軍醫院是自中央王國時代以來就存在於黃都的大型醫院，是滿足這些條件的設施。

「怎麼還不快點到下一場對決啊……」

他打贏第三戰的代價是右腿被砍斷，身受重傷，沒有以生術再生的希望，按照一般的判斷會被視為無法進行戰鬥。

「真是了不起的氣概啊！柳之劍宗次朗！」

一個與宗次朗隨口說說的自言自語相比，音量高上十倍的聲音響起。這個聲音來自以一張簾幕相隔的鄰床。

「即使腿被砍斷，也不放棄——不僅如此，還有著渴望上戰場的氣魄！『客人』果然不同凡響！真想要我的部下也跟你學一學啊！」

「你醒啦，撒布馮大叔。」

外頭的太陽還沒升起，遠方傳來小鳥的啼聲。

「我不是每次都要你別那麼大聲嗎？」

柳之劍宗次朗打著呵欠說著。不過，撒布馮的聲音已經讓他完全清醒了。

「對啊！真是糟糕！不該干擾其他傷患的睡眠。每次病房裡只剩下兩個人時，我老是很容易忘記！哇哈哈哈哈哈！」

「就說你很吵了。」

白織撒布馮是黃都的第十二將。他體格魁梧，一看就是名武官，完全不像是會進醫院的人，然而他的臉部被沒有起伏的鐵板蓋著，就像一張面具。

據說他以前是在與歐卡夫自由都市的紛爭最前線作戰的將軍。

他曾經一度殺到歐卡夫的首腦，哨兵盛男的面前，卻被剝去了從左頰至右眼皮的臉部皮膚，需要長期治療——這就是撒布馮的面具連用來蓋住鼻子的凸起都沒有的原因。

「『客人』就是不同凡響。哨兵盛男也是『客人』！我認為像他或是你這樣……在絕境中散發光彩的人才是真正的戰士！如果可以的話，我也想穿越到『彼端』，與盛男那樣的怪物相互廝殺個痛快！」

「我告訴過你了，『彼端』才不是那麼有趣的世界。話說回來，你和盛男的廝殺最後怎麼樣了？你不是被剝掉了臉皮嗎？」

「哇哈哈哈！對了對了，就像我昨晚說的，我在千鈞一髮之際躲過了盛男的短劍。但是那時的我躲得太剛好了，因為我是用眼睛閃躲，所以『比眼睛更靠前的部分』被砍了下來。皮膚、鼻子、右邊的眼皮！他砍得太過乾淨，我甚至感覺不到痛。不過呢，柳之劍宗次朗，我可是正在與那個哨兵盛男性命相搏啊。」

撒布馮敲了敲蓋在自己臉上的鐵板。

「那樣的東西掛在脖子上晃來晃去是會危及生命的。所以我立即撕下了我的臉，甚至感受到一種喜悅。當時的我就是如此專注在戰鬥上，毫不猶豫地做出了那樣的選擇。」

「真是了不起的骨氣。」

柳之劍宗次朗咧嘴而笑。

「——在那之前，連我自己也不知道面對生命危機時，內心會有什麼樣的感覺。所以我把這道傷看作榮譽，而不是屈辱。看來我終究是個喜歡戰鬥的人啊。」

雖然撒布馮那些故事的淒慘程度不輸柳之劍宗次朗於「彼端」經歷的戰鬥，但他與其他大部分的人不同，並沒有在性命相搏的體驗中帶入負面的情感。

由於在這個世界裡，即使在「真正的魔王」死去後，仍有許多人心中懷有對鬥爭的恐懼和瘋狂，撒布馮的那種態度可以說是稀有的才能。

「我本來以為二十九官只是一群做著複雜的工作，又愛裝模作樣的人。該怎麼說呢，真的是人有百百種呢，也是有像哈魯甘特大叔那樣的人嘛。」

「喔喔，你見過哈魯甘特啊？」

「嗯。那個大叔比我早住院呢，你沒見過他嗎？」

「唔唔嗯……哈魯甘特可能不知道我住院了吧！在我還有臉的時候，和他關係還不錯，經常照顧他呢。」

「喔～什麼樣的照顧？」

「哈魯甘特他在工作上……唔，不算是完全不行的人，但他很容易把事情憋在心裡。每次放假我就會帶他去喝酒，根據我的經驗給他各種工作上的建議。還會從我的部下中找一些有才能的年輕人一起去，讓他在聊天時激發幹勁。」

「喔喔……真厲害。還有嗎？」

「我還曾邀請他一起去爬雪山好幾次！爬山很棒喔，宗次朗。可以一邊運動一邊聊天，而且對身心都有益，又可以看到美麗的風景！以武官之間的交流場合來說，我認為沒有比這個更適合的活動了。」

「真猛啊。」

宗次朗認為不需要多說些什麼。即便柳之劍宗次朗是腦中只有對戰鬥的渴望、目中無人的修羅，他也有最基本的社交能力。

「我也不能一直休息。我得趕快和哈魯甘特一起回歸崗位，向人民證明黃都的防禦沒有任何一點令人不安之處！」

「……防禦是什麼意思？利其亞已經被我們打垮了，聽說那些什麼主義者也被消滅了，現在還要和誰戰鬥？」

「是嗎？還是有需要戰鬥的對象吧！比方說——」

黃都二十九官是從「真正的魔王」時代延續至今的戰時體制，其中占了近半數的武官比例，在在顯示著黃都對戰爭的態度，也就是對強大假想敵的提防。

「勇者候選人。」

「……」

「……這個笑話不好笑嗎？不過呢，這也不見得是不可能的事喔！」

撒布馮之所以和宗次朗同住一室，或許並非純粹的偶然。有許多勢力正在六合御覽的檯面底下，策劃著勇者候選人的失敗或勝利。黃都二十九官需要親自在病房監視，以確保沒有發生舞弊行為。

白織撒布馮是曾與身為「客人」的盛男有交戰經驗的老練武官。

「……我的下一個對手是名叫羅斯庫雷伊的傢伙，和你一樣是二十九官。這不會是他的主意吧？」

「哇哈哈哈哈！怎麼可能。羅斯庫雷伊那小子才不會使用這麼簡單，成功率又低的手段。但不只是他——誰都會這麼想。你們這些傢伙的存在本身就是在否定和平，只要擁有與國家匹敵的力量的你們還能自由行動，這個世界隨時都會因為你們一時的『心血來潮』而毀滅。不管是我，還是你，或是哨兵盛男，或許在渴望爭鬥的精神上沒有差別，但你的力量太過截然不同了。」

「真是麻煩……那又不是我的責任。」

「喔喔，連你這樣的強者也討厭被追殺啊！」

「我膩了。和弱者打架沒意思。」

六合御覽就是一場讓這個世界上剩餘的最強存在，相互消滅的策略。大部分的勇者候選人對此應該都心裡有數。

「……如果要打，我比較想在對決中打。」

但真正巧妙的策略，是讓那些人即使「看穿了真相」也希望繼續參與。

◆

洛摩古聯合軍醫院就像黃都大部分的醫療機構一樣，管轄權不在軍部，而是在第七卿，先觸的弗琳絲妲領導的醫療部門之下。因此只要是在醫院裡，無論她想邀請什麼人，其他二十九官都沒有權限干涉。

弗琳絲妲現在就沉坐在接待室的椅子裡。

她的肥胖身軀上裝飾著無數的珠寶，彷彿在故意展示財力。但她的打扮方式絕不庸俗，反而給人一種優雅的感覺。

弗琳絲姐點燃了香草捲成的香菸，然後像是想起什麼似地喃喃自語。

「……我記得你好像討厭菸味？」

「啊，沒關係……不必對我這個老人如此客氣。」

坐在對面的男性是一位皺紋很深的老者，看起來就像是坐在椅子上的死人。

不過椅子後面站著四名現行法律禁止的森人奴隸，護衛著他，誇耀著隱藏在這位老人身上的強大權力。

「其實我本來打算今天下午提早完成工作，和小慈妹妹玩耍。但既然來的不是僕人，而是你本人……呼～看來有非常重大的要緊事呢。」

「呵呵……不必那麼緊張，我要拜託的事情不像妳想的那麼嚴重……弗琳絲姐，我這邊有一位要請妳祕密治療的病人。」

老人繼續說道。

「妳應該知道昨晚的診所火災事件吧。我們從那裡奇蹟似地救出了一名重度燒傷的人。雖然我們已經盡了最大的努力……但遺憾的是，他仍然處於性命有危險的狀態。為了挽救一條寶貴的生命，我想請妳務必使用最先進的醫術……」

「哎呀呀，那可難辦了～你應該知道吧？涉及人命的事可是『很重大的要緊事』喔，伊利歐魯德卿。」

弗琳絲妲半開玩笑地笑著，但她的眼神始終緊盯著眼前的老人。

目前運作黃都的最高負責人，正是他們這些黃都二十九官。然而在二十九官之外，還另有不斷發揮強大影響力的怪物存在。

從中央王國時代活到現在的貴族階級支配者，唯一一位因瀆職罪被趕下臺的二十九官，「隱形軍」的第一嫌疑人——前第五卿，異相之冊伊利歐魯德。

「我啊……對你、羅斯庫雷伊，還有哈迪的派系鬥爭沒有絲毫興趣。我只要有錢就滿足了。所以在治療完成後，你的陣營打算如何利用那名傷患，都與我們沒關係。我希望你至少能答應我這點～」

「不必擔心……就是因為如此，我才會親自悄悄地來拜託妳。只要妳不說出去，我們的關係就不會暴露。再說了，醫生救人本來就不是什麼該被人指指點點的事……不是嗎？」

「呵呵呵呵呵呵！是啊！我可沒有打算告訴別人喔。我所擔心的是，伊利歐魯德卿，是你會不會說出去呢？」

利用這場祕密交易的事實，給予其他陣營「弗琳絲妲隸屬於伊利歐魯德陣營」的印象……從而迫使她「不得不」加入伊利歐魯德陣營。

考慮到他以前的做法，這樣的發展是很有可能的事。

「呵呵……我好像不受信任呢？」

「我當然信任你，就與你還是二十九官的那時一樣。」

「那麼……要不要跟我這個老朋友再多聊一下啊，弗琳絲妲？」

「……」

伊利歐魯德在皺紋裡露出了一個黏膩的笑容。

「……不用了，我會立刻派出醫師。既然現在的情況是分秒必爭，報酬的事就暫且先放一邊吧。」

弗琳絲妲的臉上已經沒有了笑容。可以拿他想拯救的患者性命當盾牌，伊利歐魯德就是這樣的人。

「謝謝妳。妳果然……是我值得信賴的好朋友。」

「患者的名字是？」

從容不迫地坐在椅子上的伊利歐魯德，向起身要離開房間的弗琳絲妲回答。

難道他不在乎那名患者的生死？

或者……是因為他很肯定那個人一定會活下來？

「戒心的庫烏洛。」

——有個不在體制內的二十九官擁立了一名賽場外的修羅。

「他一定……也會成為我的好朋友吧。」

◆

用過清淡的早餐之後，獨自走到醫院的屋頂上。一邊遠遠聽著因為六合御覽而充滿活力的市場喧囂聲，一邊茫然地望著飄揚在城市空中的氣球。

那就是黃都第六將，靜寂的哈魯甘特每天的生活。

「……」

冬之露庫諾卡在第二戰中勝出後，獨自留在馬里荒野的他被診斷出患有嚴重瘋狂症狀，因此議會命令他進行長期療養。

在六合御覽舉行的期間，這項處分實際上是剝奪了他的擁立權，卻沒有一位二十九官對這項不合理的處置提出異議——就連哈魯甘特自己也沒有。

擁立冬之露庫諾卡，為黃都招來危機的瘋子。他覺得別人說的沒錯。更愚蠢的是，即使犯下如此重大的罪行，哈魯甘特也沒能得到自己渴望的東西。

無論如何，隨著星馳阿魯斯的傳說終結，他的人生也結束了。

「…………阿魯斯……」

他為什麼望著天空呢？

或許他相信，自己的朋友會從天空的另一端回來。

又或許他只是假裝相信這樣的念頭，想藉此逃避逼死阿魯斯的罪惡感。

「你又來啦，大叔。」

身後傳來一個年輕男子傻眼的聲音。

那是一名肩披紅色運動衫的男子。他的兩側腋下夾著輔助行走用的拐杖，右腳從大腿以下的部位都消失了。

他是異世界的超常劍豪——柳之劍宗次朗。

「你也差不多別在屋頂上晃來晃去了。沒用的啦。」

「你、你說什麼沒用……！你懂什麼！我想去哪裡，想做什麼，都、都是我的自由吧！所以我才說你們這些『客人』都是一群有害的傢伙！只知道把價值觀強加在別人身上……」

「喔，不好意思，我完全聽不懂你在說什麼。其實你也不想那麼做吧？」

「沒有那種事！」

「前幾天下了一場大雨，你還是跑來屋頂不是嗎？」

沒錯。那天他原本以為醫院為了防止風雨吹進屋內而鎖上了門，結果還是出得去，所以他就出去了。

「……然後，你看了一眼就馬上跑回來，還全身濕透了。你在搞什麼啊？」

「嗚……」

到頭來，靜寂的哈魯甘特連想當個診斷書上寫的瘋子都當不了。

他無法成為一具行屍走肉，只擁有必須活下去的現實。

「你接下來打算怎麼辦，大叔？撒布馮大叔很擔心你耶。」

「嗚，撒布馮啊……！你該不會也告訴他這個地方了吧？」

「告訴他比較好嗎？」

「不要！真的不要！」

宗次朗靈巧地坐在建築物前的小階梯上。

失去一條腿的他，看起來卻比身體健全的哈魯甘特還要有力量，動作更敏捷。

「話說，哈魯甘特大叔根本就很健康嘛。快點出院吧，不然就太可惜了。」

「不行！我這一生都不會離開這裡了。我……是個因為愚蠢的私情，讓黃都陷入危機的大笨蛋。其他二十九官一定也不會希望我回去。」

「真是麻煩的大叔啊。」

「再、再說……為什麼像你那樣的『客人』要特別關心我這種人？我已經和六合御覽沒有關係了，二十九官的席位遲早也會被撤掉。你的關心根本沒有用啊。」

「……啊啊？我才沒有關心你，就只是和其他病人一樣聊聊天而已。我太無聊了。」

「唔。」

「我也有我的一些事情啊。畢竟這裡是軍醫院，能聽到一大堆殺戮的故事。這裡有個和我在同一段時間待在利其亞的士兵，那傢伙可是從肩膀以下的部位都沒了呢。」

「這樣啊……我記得你也參與了那場襲擊作戰。」

雖然是硬插進去的，不過哈魯甘特仍然是參與塔蓮暗殺計畫的其中一位二十九官。哈魯甘特沒有直接見到柳之劍宗次朗的機會，但他聽說當時黃都派出了這位剛找到的「客人」。現在回想起來，兩人的緣分就是從那個時候開始的。

「你知道……星馳阿魯斯當時在現場嗎？」

「啊，是嗎？可能在某個地方吧，畢竟那時到處都是鳥龍。」

「你果然不知道……為了擁立阿魯斯為勇者候選人，黃都隱瞞了利其亞火災的真相。那天摧毀利其亞的防空網，燒毀城市的就是星馳阿魯斯。」

「喔……」

宗次朗瞇起了眼睛。那副表情讓人聯想到蛇或爬蟲類生物。

「阿魯斯……是個貨真價實的英雄，但同時也是能摧毀國家的災厄。你們這些傢伙和利其亞的怪物們，在各自的陣營中戰鬥時……牠只憑自己就做到了一切！」

事到如今，對宗次朗說這個故事也沒有意義了。不過，在阿魯斯達成的許多傳說之中，還有更多故事沒有被人講述過。

星馳阿魯斯只會炫耀牠收集的財寶，沒有人記錄牠得到那些東西的驚心動魄的經過，哈魯甘特所知道的事實也不過是一小部分而已。

「既然能幹掉那種怪物，那你帶來的冬之露庫諾卡也是個不得了的傢伙呢。」

「是、是啊……沒錯。就是這樣……」

哈魯甘特覺得自己就要喘不過氣了。

在這間醫院裡的士兵們還算是幸運的，燒死在利其亞戰火中的無辜人民不計其數。在阿魯斯的傳說中被蹂躪的那些人裡，也有人族，那些都是哈魯甘特應該保護的人。

他明白這一點。

「能夠憑單一的意志就摧毀國家的個體，根本就不應該存在於這個世界……所以，我……雖然我的手段可能是錯的……但是，『星馳』遲早都應該遭到討伐。」

「……撒布馮也說過類似的話。只要想到能毀滅整個世界的強大之物存在於某處，這個世界的人們就會害怕得不得了。」

宗次朗抬起眼睛，望向從陰天雲縫裡透出的光芒。

「喂，什麼是害怕？」

「……你說什麼？」

「和歐索涅茲瑪戰鬥的時候，我頭一次有那樣的想法。就好像……害怕起互相廝殺這種事。撒布馮大叔在瀕臨死亡的邊緣時不但沒有害怕，還很開心。但是，我好像相反。」

——柳之劍宗次朗，竟然感到了恐懼。

就連以暴力蹂躪這個世界，無畏的「客人」劍士，就連六合御覽召集來的一名修羅，都會有那樣的感情嗎？他從來沒有想像過這種可能性。

因為他們是隔絕於哈魯甘特所在世界之外的強者。

「那是因為……在和歐索涅茲瑪戰鬥之前，你從來沒有與比自己強大的人戰鬥過吧。」

那麼，面對冬之露庫諾卡的星馳阿魯斯，又是如何呢？

不知恐懼為何物的冒險者，終於感到害怕了嗎？

「……我一直很害怕。即使爬上了黃都二十九官的位子，這個世界上比我強的人仍然要多少就有多少。才華洋溢的人、意志堅定的人、明白真理的人。我害怕那些人，知道自己一定會輸給他們，所以像你這樣的人不會明白我的感受。」

「但是啊，哈魯甘特大叔，你不是『打倒牠』了嗎？」

「……」

「我不太清楚冬之露庫諾卡那件事的詳細狀況啦，但你就是明知可怕還是做了蠢事，才會待在這種地方吧。要怎麼做才能抵抗那種情緒？我……對於能和歐索涅茲瑪戰鬥感到了滿足，但留下了遺憾。如果下次有類似那傢伙的東西出現，我會想砍下去，但是我沒有仔細研究劈開無形之物的經驗……」

宗次朗的眼神非常認真。

「我總有一天斬得了它。」

「難……難道……這就是你四處向醫院裡的病人打聽的原因嗎？你詢問他們在殺戮時感受到了什麼，恐懼是怎樣的感覺——」

情。

「嗯。」

思考原因，採取對策。

即使是面對恐懼和後悔那樣的大敵，也可以用那樣的方式打倒嗎？

難以想像有什麼是哈魯甘特那種無能的男人能做到，超越世界的強者宗次朗卻無法做到的事情。

「我……」

他伸手捂住臉，彷彿不想讓眼睛看到天空。

「……我只是決定了……不要背叛自己。至於能不能真的做到……我也不知道。」

他心想著。如果不背叛，自己應該就不會失去那唯一一隻的朋友。

四 馬里荒野深處

六合御覽的第八戰結束了。

第一千零一隻的基其塔．索奇和「黑曜之瞳」所展開的檯面下戰爭已經結束，逆理的廣人最仰賴的智囊，第一千零一隻的基其塔．索奇已經死亡。

但是，還有一場戰鬥尚未結束。駭人的托洛亞獨自離開黃都，前往馬里荒野——然後。

「駭人的托洛亞！」

無盡無流賽阿諾瀑正在馬里荒野的凍土上狂奔。在遙遠的地底……一場不為人知的激烈戰鬥正在發生，它現在還知道了其正確的座標。

不僅如此，賽阿諾瀑鍛煉出來的敏銳感覺甚至理解到那場戰鬥已經「分出勝負」。

「你應該活下去才對……為什麼你不明白！」

它毫不猶豫地跳入有幾十公尺深的馬里荒野裂縫之中。

瞬間落下。

在重力和風的感覺之中，它感知到某個存在正從充滿黑暗的深淵底部上升。

它理解了。那東西比賽阿諾瀑的墜落速度更快。

（是偶然嗎？還是對方知道我在接近，等著我跳下去——）

墜落。

交錯。

身處空中，無法採取閃躲行動。

（「星」！）

兩片翅膀和三隻手臂——

槍聲。

從深淵底下以驚人速度飛翔的星馳阿魯斯，精準地對正在墜落的賽阿諾瀑發射了兩發致命的毒魔彈。

——「嘎嚕」，一道詭異的著彈聲響起。

（「奔馳」！）

或許是因為賽阿諾瀑用來承受著彈衝擊而施加的力量，那塊被柔軟身體包覆握住的石片被扭曲成奇異的形狀。

賽阿諾瀑扭轉身軀，對那個正在上升的影子射出石片。

這顆高速旋轉的石彈並不是瞄準星馳阿魯斯的本體。

而是工具袋。

阿魯斯的魔鞭一閃。彷彿牠能看見似地，打掉了從下方死角飛來的石彈。

「……」

這一切都是在墜落途中的某一點發生的插曲。

無盡無流賽阿諾瀑，繼續墜落至沉默的凍土深處。

◆

——擁有不應由單一個體所持有的大量魔具，展現出能運用所有魔具的資質，具備踏破傳說的經驗和智慧，空中速度最快的鳥龍。

星馳阿魯斯讓一頭連災害這個詞彙都不足以形容的最強之龍，三度使出吐息後仍存活下來，還殺死了作為魔劍士殺手的恐怖傳說。

那可怕的翅膀已經飛向遠方的天空，看不見了。

「……駭人的托洛亞。」

落在凍土底部的賽阿諾瀑只能如此低喃。

它的著陸點被畫出了幾何學波紋般的圓形軌跡，顯示出它完全卸下了幾十公尺的自由降落所帶來的衝擊。

那裡除了驚人的破壞痕跡外，什麼也沒留下。

無論是星馳阿魯斯的魔具，還是駭人的托洛亞的魔劍，那裡全部都沒有。
只有天劫殺所劃出的空間裂縫，還勉強存在著一點殘渣，但那也在不久後消失了。
「你死了啊。」
駭人的托洛亞想必了結了一樁恩怨。
無盡無流賽阿諾瀑沒有為此感傷的理由。
讓賽阿諾瀑該抱有這些感情的那些人，幾乎都已經死去了。
（托洛亞和阿魯斯曾在這個位置對決。「星馳」想要起飛。）
它看著地面、岩壁上，雙方留下的戰鬥痕跡。
（如果托洛亞要使用烈焰奧義……阻止對方飛翔的話，應該會將那種有磁力的楔子打進對方的身體裡。）
整片岩壁到處都是彷彿被打入楔子的凹洞。
觸感冰冷。
剛才戰鬥時的火焰高溫，已經不存在於這片露庫諾卡的吐息製造出來的寒冬之地。
（火焰魔具奔馳。用磁力干擾星馳的射擊姿勢……）
他成長了。
駭人的托洛亞似乎比在第一戰，和自己戰鬥時更強了。
（阿魯斯……應該是在一秒內用某種東西干擾了對手的視線，然後進入光魔劍的射程。）

他或許遇到了什麼人，讓他揮去了迷惘。也或許是為了這天而苦苦鍛鍊的各種必勝殺招，讓人感覺他好像變強了。

（但是，托洛亞看穿了假動作，了不起。他及時收回了風魔劍的奧義……）

這個地方已經沒有熱度了，但賽阿諾瀑仍然能理解。

他成長了。

（遠程刺擊、風的防禦，之後還有幾十招。托洛亞他……）

賽阿諾瀑沒有感到感傷。

它只是明白了。

（……托洛亞，他沒有輸。）

即使耗盡了生命，他到最後也一定沒有輸。

五　中樞議事堂第二交換室（魔王自稱者臨時應變中心）

西多勿在發布星馳阿魯斯來襲警報之後，立即前往中樞議事堂第二交換室，迅速將該地定為應變中心。

設置在這個房間裡的無線電能夠與黃都全境的廳舍進行通訊。他決定了幾位在緊急遠端會議中優先聯絡的對象。

軍方派系首領，第二十七將，彈火源哈迪。

內政首長，第三卿，速墨傑魯奇。

分享了幾項重要情報後，西多勿提出了面對這場災害應該第一個決定的議題，也就是防衛的優先順序。

「觀測所的報告顯示，星馳阿魯斯正從東南方向接近。如果讓牠繼續侵入，商業區和大橋都會受到損害，我個人希望避免這件事發生。傑魯奇，你怎麼看？」

『——我同意。就算假設在商業區迎戰星馳阿魯斯時，居民的傷亡人數是零，也會產生巨大的經濟損失。在有必要放棄繼續舉辦六合御覽的情況下，低落的生產能力將會無法支撐這樣的人口。』

『哼！那該怎麼做？面對那種速度和戰力，要不讓牠進入黃都、在外頭迎戰是不可能的。既然在黃都本土進行戰鬥已成定局——有哪個區塊被拆了也沒關係？』

「現在是非常時刻，這也沒辦法。哈迪，你有什麼要求嗎？」

『沒有。但如果要對阿魯斯採取軍事行動，就不能要求士兵們行為得體。只要允許我們可以拆毀整個城市，我們就能放膽去做。這樣的取捨選擇應該是你最擅長的吧？』

「……雖然對居民很不好意思，但是除了讓對方襲擊東外城的第三街到第六街之間的某個區塊之外，別無他法，該地的文化資產也只有雷克特王時代的頂劍塔而已。哈迪，告訴我能不能實行。」

『如果按照這個方針行動，那就以三十八號堡壘為中心部署部隊，一起進行砲擊，讓牠繞路吧。即使殺不死，只要讓牠覺得「很麻煩」就夠了。如果牠的行進方向轉向東方，再過去就只有東外城。雖然那裡的建築物不高，實在不適合用來防空，但反而可能更好處理——』

無線電的雜音裡摻雜了吐出雪茄煙霧的聲音。

『站在阿魯斯的角度來看，如果前進的方向受到阻礙，牠應該會想往飛行障礙物較少的方向前進。根據記錄，東外城那邊的鳥龍襲擊事件比其他地方多出四成。除此之外，可以從地面看到天空的地形也方便我方從地面瞄準牠。如果只有我的軍隊單獨執行作戰，我肯定會反對，但這次的主要戰力是勇者候選人。』

「那就決定是東外城了。請各位立即行動。我還想知道能召集多少勇者候選人、有誰能夠出動，傑魯奇？」

『有兩人不在：無盡無流賽阿諾瀑、駭人的托洛亞。有目擊證言稱他們一大早就出發前往馬里荒野了。可以確認所在位置者有兩人：地平咆梅雷、斬音夏魯庫。不過梅雷在第七戰中受傷。無法確認所在位置者有三人：善變的歐索涅茲瑪、擦身之禍庫瑟、奈落巢網的澤魯吉爾嘉。這三人一定在市內。在發布警報召集後，會指示他們展開行動。祈雅和窮知之箱美斯特魯艾庫西魯正在搜索中。第一千零一隻的基其塔．索奇和不言的烏哈庫正在進行對決。此外，弗琳絲妲想與我們商量魔法的慈的運用事宜。關於這點，我想找辦法籌措預算。慈也應該毫無例外地納入防衛戰力。』

「在黃都可能會滅亡的危及時刻，那個老太婆在胡說什麼……！她打算抱著錢死去嗎？喂，傑魯奇，如果那傢伙抱怨太多，我就親自……」

『你的工作不是生氣吧。要讓弗琳絲妲確實行動的手段就是金錢，我可以迅速做好安排。還是你錢不夠，西多勿？』

「我才沒有那麼說……宗次朗的狀況如何，哈迪！」

『啊……老實說，我不想讓他在那種狀態下出戰，但我可以派他行動。如果他想上場，就會自己過去吧。反正只剩一條腿的劍士也沒辦法對付身在空中的阿魯斯。』

「該死……那麼實質上有辦法上場的就屬庫瑟和梅雷了。考慮到梅雷的傷勢，讓那傢伙主動對庫瑟進攻是最好的。雖然我不太想欠他人情，但我可以做與庫瑟交涉的窗口，畢竟我們算是見過面。」

『哈哈！如果無論如何都打不倒阿魯斯，要不要讓我現在就去伊加尼亞，叫冬之露庫諾卡過來？』

「我說啊，哈迪，那個笑話不好笑喔。你已經出動部隊了嗎？」

『你是看不起我的參謀嗎？等到這段通話結束，三十八號堡壘的大砲就已經填裝好彈藥，就算現在想改變方針也來不及了。』

『……哈迪，我能說一句嗎？不應該先攻擊星馳阿魯斯，壓制牠發動攻擊。』

「是啊，我也正想說這件事。雖然阿魯斯過來的時候已經摧毀了一座聯絡塔，但如果能在一開始就避免交戰，那是最好的作法。我想確認『「星馳」是否真的有攻擊我方的意圖』，具體的手段我正在想。」

在準備戰鬥的時間點，黃都已經動員了大量戰力——

然而如果只是他們想太多，阿魯斯並沒有前往黃都，而是跑去其他地方，那才是最理想的發展。即使阿魯斯飛向黃都，牠也可能沒有想要戰鬥的意思。

如果毫無抵抗地遭受星馳阿魯斯的攻擊，黃都的部隊絕對會被摧毀，但如果是黃都先展開攻擊，那就無法避免雙方的交戰了。

必須在沒有犧牲的情況下，找到星馳阿魯斯是攻擊黃都的魔王自稱者的確切證據。那是必須在有限的時間內解開的難題。

哈迪需要的思考時間也很短。

『我記得位於三十八號堡壘的南方，有一片被放棄的區域。那裡曾經有過紡織業，名義上是已不再屬於黃都城市的廢墟，但我們就把那裡「當成是黃都」，動員兩到三班的工兵，再留下幾輛馬車點亮燈光，應該就能偽裝成有人居住的樣子。如果那裡遭到破壞，就可以視為牠有意危害民間設施，立即進行反擊。如果不攻擊放棄區域並接近，三十八號堡壘也會盡可能地隱藏迎戰態勢，警告對方停下腳步，防止那傢伙先發制人。』

「利用對方針對放棄區域的攻擊，來進行反擊——劇本是這樣寫的嗎？」

『要事後再改寫記錄，讓幾位接下來陣亡的士兵看起來曾是駐守那片放棄區域的人員也行，還可以順便把昨天凌晨發生的診所火災事件「當成」星馳阿魯斯所為。畢竟就算取得了阿魯斯失控的確切證據，也必須做到讓人覺得戰爭是由對方挑起的，否則底下的人會很囉嗦的。』

「能以幾匹拉車馬的犧牲，來確認阿魯斯的態度，這樣不錯。你覺得怎樣，傑魯奇？」

『支持，我們也應盡量努力管制消息。不過，如果集中哈迪的兵力處理阿魯斯的話，東外城的市民疏散作業可能會出現一定程度的延遲。為了以防萬一，我希望能有專門負責疏散的人員。丹妥正在進行對決，但應該可以把他的抵達支援列入安排之中吧？』

『——那就由我負責吧。』

一道冷靜的聲音透過無線電介入。

西多勿也立即就知道聲音的主人是誰。第二將，絕對的羅斯庫雷伊。

「是羅斯庫雷伊啊！你已經掌握狀況了嗎？」

『我剛剛才接上通話，如果有錯誤還請指正。我們將星馳阿魯斯引到東外城，範圍應該是經濟損失輕微的第四街到第六街之間。哈迪將軍的部隊需要分一部分在引誘作戰上，現在的議題是如何補充居民的疏散呼籲手段。』

「說對了。呵呵……！全都被你看透了，真不愧是你。」

『我將親自對市民發出呼籲，也會與亞尼其茲協調，盡量確保可以靈活調動的人員。包括我的部隊在內，我們都會依照協助哈迪將軍的方針行事。這樣可以嗎？』

『哼……這當然是好事。但是你在對決中受傷的腿還好嗎？如果太勉強自己，會影響到下一次的對決吧。』

如果六合御覽繼續進行下去，絕對的羅斯庫雷伊確定將在第二輪比賽中，與哈迪的勇者候選人柳之劍宗次朗對戰。

『感謝你的關心，但是不必擔心。』

「不好意思，沒有時間了。我會再向羅斯庫雷伊解釋作戰計畫，哈迪你指揮部隊，傑魯奇負責內部協調。可以開始行動了。各位有什麼疑慮嗎？」

『如果有那種東西，就讓我自由處理吧。包在我身上。』

『我也沒時間浪費了，立刻開始行動。』

「麻煩了。」

在他們的決定之下，黃都進入了警戒狀態。

通知緊急狀況的警報聲，首先是為了疏散東外城的居民而響起……隨後魔王自稱者阿魯斯對放棄區域的攻擊，讓警報響遍了整個城市。

他們如同一隻生物開始行動。

黃都二十九官是過去為了與魔王戰鬥，組織而成的戰時體制。

大型馬車接二連三地停在寬闊的街道上，承載市民後急速駛離。

根據西多勿召集的臨時對策會議的決定，黃都東外城的居住區在發布警報之前，就展開了避難的疏散行動。

哈迪派出手下的兩名二十九官，負責指揮現場。

第十八卿，半月的庫埃外，以及第二十一將，濃紫泡沫的此此莉。

「好好，先讓小孩、老爺爺、老奶奶，還有病人和傷患上馬車喔～！分組由我們來處理，不要帶著家人擠在一起！只要記住車輛的標誌，就能在避難地點順利會合喔！」

濃紫泡沫的此此莉是一位將白髮束在頸項後面的女性。在這緊迫的情況中，她仍不改平時的態度，果斷地不停對市民進行呼籲，並對部下給出指示。

另一方面，躲在此此莉身後的陰沉年輕男子完全沒有進行那一類的工作。他就像機械一樣站著不動，只顧著操作手中的計算儀。

「此此莉女士，車輛數量是不是不夠啊？」

「喔，老婆婆您摔倒了嗎？沒事沒事，冷靜點喔～！庫埃外，你說什麼？」

「如果您沒聽到，我很抱歉。我剛才說此此莉女士，您調來的車輛，輸送能力是不是不夠用。」

「……哼，我當然知道。庫埃外，你如果不多開點金口，我會有點傷腦筋耶。這不就變成只有我在忙嗎？」

「我可不會像此此莉女士一樣，做沒效率的事。」

這個人是第十八卿，半月的庫埃外。他的目光沒有與此此莉交會，連珠砲似地說著：

「我根據埃努先生的居民調查統計，預測了老人、年輕人和傷殘人士的比例。以結論來說，如果要在星馳阿魯斯的預測到達時間內將所有人運走，還得保有兩成的緩衝運輸力，那就需要三十六輛以上十人乘坐的馬車支援。我們是不是應該向哈迪大人申請，將軍用戰車用在疏散工作上？」

「三十六輛十人乘坐的馬車，那是多少人來著？嗯～這下該怎麼辦？」

「此此莉女士，您為什麼做不到這樣的計算呢？」

此此莉靠著旁邊的鐵欄杆，像貓一樣伸了個懶腰。

「你有沒有想過，我們這麼拚命保護市民～功勞最後也會被羅斯庫雷伊拿去？乾脆讓他們被炸死在這裡可能還比較有趣。」

「這裡的現場負責人是哈迪大人，所以我想不會造成羅斯庫雷伊的損失。」

「呵呵！開玩笑的啦。也許有人真的會這麼想吧？即使處於關係到黃都存亡的緊要關頭，還是有著金錢關係和派系之爭……不，或許正因為如此吧。畢竟若是大家都忙於應付威脅，自己就可以超越其他人了。」

「那麼對於那些來不及逃走的居民，您的方針是不進行救援嗎？」

庫埃外特別不帶感情地望著濃紫泡沫的此此莉。

「我才沒有那麼說。」

另一批車輛的聲音靠近了，發出蒸氣汽車般的驅動聲。

然而那既不是汽車，也不是馬車。

那是具有鐵殼和車輪，以異常技術構築的無人機器。既沒有馬，也沒有車夫。

「來了來了，追加四十三輛。怎麼樣？」

「——這是什麼東西啊？」

「機魔（Golem），是從凱特那邊接收過來的。」

那東西被稱為戰車機魔（Chariot golem），是由輪軸的齊雅紫娜所製造的變種機魔。在微塵暴迎擊作戰時，也確認了該地有這種原型兵器的存在。

兼具機動力和裝甲的自主行動車輛——如果凱特陣營在他們計劃的大規模政變中使用這種機魔，應該會成為顛覆這個世界戰場常識的威脅。

「雖然現在只能聽從一些簡單的命令，不過已經可以讓它們在固定的避難地點之間往返了。反正在對付阿魯斯時也派不上用場，用來疏散還比較適合。」

「您在這方面真是計畫周密啊，此此莉女士。」

「因為平時的我沒什麼效率啊。好了~就看看來不來得及吧。」

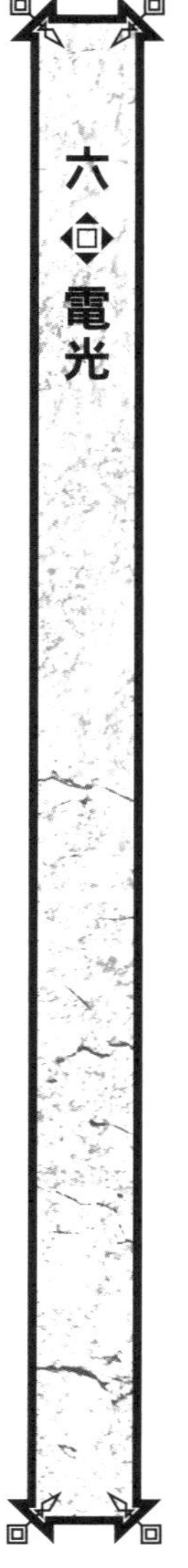

六　電光

黃都的東南郊區，三十八號堡壘位於市區之外的位置。

在緊急指令之下，該地動員了可與戰爭時期相比的人員，正在進行砲擊準備。

宛如牆壁相連的高射砲塔上裝載了無數個針對鳥龍侵略而設計的對空砲，操作它們的是曾在魔王時代奮戰過的哈迪手下的精兵。

「現在傳達風速變化時的……」

「背好射程表了嗎！你們得閉著眼睛也能打中！」

「聯絡程序。關於砲塔間的砲彈分享……」

（……我會在這裡，是有哪裡搞錯了吧。）

在讓人聯想到昔日戰爭的狂熱之中，風紋的奇依娜有些興致缺缺。

她是一位山人女新兵。

由於她的技術尚未達到能夠操縱大砲的程度，所以負責放棄區域的警戒和觀測。她不是正式的觀察員，更像是記錄戰鬥用的備用人員。

她明白那是一項重要的任務。必要時，她可以按照在嚴格訓練中學到的內容行動，也不會貪生怕死。

奇依娜的心境反倒幾乎相反。

（星馳阿魯斯還活著，而且來襲擊黃都，這種事真的有可能發生嗎？）

就是有可能。

比她更加優秀——有如天上之人的二十九官做出了這樣的判斷。

那應該是遠比奇依娜或其他黃都市民的隨意揣測更為可靠的預測。

然而，就連奇依娜都聽說過許多相關傳說的那個星馳阿魯斯，竟然要攻打這個人類最繁榮的據點，黃都？

（……可能性是存在的。萬一真的發生就不得了了，所以大家都在殺氣騰騰地拚命準備……所以，負責確定「沒有」那回事就是我們的工作。）

她再次透過雙筒望遠鏡看出去，觀查放棄區域是否有敵影。

什麼也沒有。眼前的景物甚至讓人感覺一片風和日麗。

尤其沒看到什麼三隻手的鳥龍——

「敵方來襲！放棄區域著火了！」

「星馳阿魯斯來了！」

「……咦？」

在其他觀測兵的呼喊聲中，奇依娜這才注意到比她所見的景物更遙遠的地方。

放棄區域已經遭到燒毀，不是特定的某棟建築或某個角落——而是「全部」。

「不會吧。」

她無法理解怎麼會這樣，或是對方是如何在一瞬之間讓這種事情發生的。

影子出現了。火焰中出現了背著火光的翅膀影子。

「敵……敵方來襲！鳥龍……星馳阿魯斯入侵了！方位是……觀測點六十六／六十七之間！放棄區域……完、完全被燒毀！」

她盡可能地大喊觀測結果，但恐怕毫無意義。

周圍的士兵已經根據正式觀測兵的報告進入戰鬥狀態，無數沉重防空砲的移動聲響起，彷彿要震裂地面。

（怎麼會——星馳阿魯斯出現了？）

她完全沒有想到這樣的事情會變成現實。

因為，像奇依娜那樣的凡人若與星馳阿魯斯交戰，「必死無疑」。

但無論牠出於什麼原因，而有攻擊黃都市區的意圖，奇依娜的同事、長官，甚至是長官的長官們，都準備與之戰鬥。

（真的——）

震耳欲聾的砲擊聲蓋過了奇依娜的思考。

面對高速飛來的鳥龍群，不會使用對人員或對物體的單發火砲。用來對抗鳥龍的火砲是榴散彈——那是發射到目標頭頂後炸開，以散彈殲滅爆炸處下方大範圍圓錐區域的砲彈。

正因為鳥龍控制了天空，牠們難以避開散落位置比自己的視線還高的散彈。

更何況，部署就緒的砲兵部隊正在不停地擊發無數火砲，不僅射向阿魯斯的所在位置，還以砲擊填滿了牠的行進路線。

（——對了，即使是最強的冒險者，也躲不過這樣的砲擊。）

因為散彈「沒有意志」。

當然，要讓散彈在阿魯斯的飛行地點上方爆炸，靠的是砲兵的精準瞄準技巧。但是在砲彈爆炸之後，無論擁有多精確的感覺或運動能力，都不可能一眼看穿會被巧合左右的散彈軌道——更不用說還得同時平行處理三十八號堡壘中，無數砲手每一個人的目標和意圖了。

只要以物量運用最新式的武器，即使是出眾的英雄也能殺掉。

那就是新時代戰爭的現實嗎？

「…………」

奇依娜持續觀測。必須確認阿魯斯遭到擊墜。

砲擊的結果立刻出來了。

「……報、報告……」

雖說是在火砲的射程範圍內，對方的距離仍然很遠。即使透過雙筒望遠鏡觀看，那個影子也只有豆子般的大小。

然而，就是因為距離很遠，才能看出來這個個體比其他鳥龍「快太多了」。

「砲擊……沒有命中！不可能……牠、牠的姿勢是……」

「記錄觀測手，妳在幹什麼！趕快報告！」

「對不起！牠的姿勢……這傢伙正以『仰躺的狀態』飛行！」

鳥龍很難應付來自頭頂上的攻擊。

因為一般的鳥龍不會看著天空飛行。

然而，星馳阿魯斯竟然可以面朝上空飛行，而且還能毫不減速，在這陣鋼鐵豪雨之中——此刻仍持續傾注的致命風暴中，朝這邊直衝而來。

「牠、牠的眼睛看著……散彈！直接目視，觀察砲彈『爆炸後』的軌道！牠一直用這樣的姿勢飛行，並且躲避著散彈……！」

怪物。

這樣的事情，怎麼可能發生在自己所看到的世界呢？

話說回來——奇依娜以混亂的思考問著自己。

難道誰也沒注意到嗎？還是只是沒有那個心力去注意？

放棄區域怎麼會在「一瞬之間就被焚毀」？

據說星馳阿魯斯會使用火焰魔具——但就算如此，真的能像這樣瞬間焚毀整塊街區嗎？

「裝填下一發砲彈！」

「繼續開火！只要震懾牠就可以了！」

「如果讓牠闖入最短射程裡，我們全部都會被殺光！大家都要賭上性命！每個人都要！」

（……所有人都會死。這裡明明有這麼多人，到底為什麼？）

每當阿魯斯振翅，就會出現環狀的殘影，飛行軌道產生抖動。那是牠高速揮動名為奇歐之手的魔鞭，以最小的動作擊落散彈時造成的。不過透過雙筒望遠鏡從遠處觀察的奇依娜，無法看清楚那種超絕的速度。

（誰都沒有受過訓練，擊落用散彈打不倒的鳥龍。由於從來沒有人想過會發生這種事，三十八號堡壘的武裝也無法應對這種情況。既然無法應對，就代表我們會死。）

牠正在靠近。那一定只是魯莽的行動，不是對我方的敵意。

牠知道防空砲最大的弱點，在於無法進行砲擊的近距離。

所以才會冒著如雨的砲彈，毫不猶豫地衝向三十八號堡壘。

牠接近了。

即使如此，這個距離也不可能以步槍狙擊。目標還完全在火砲的射程範圍之內——

「星馳阿魯斯舉槍了！」

在做出判斷之前，奇依娜就大喊出聲。

——下一刻，旁邊的高射砲塔爆炸。

「咦？」

她有一瞬間以為自己看到了光。劈開空氣的巨響稍後才抵達。

奇依娜知道那是什麼現象。

（雷電……）

那叫作雷轟魔彈。

那種直接射出雷電的魔彈，無論在射程距離還是破壞力上，都遠遠凌駕於普通步槍的範疇。連裝設著鐵柱和厚重外牆的高射砲塔，都能一擊焚燒殆盡。

「阿、阿魯斯正在……裝填下一發子彈！不要讓牠裝好子彈！得、得持續射擊……如果不阻止牠的動作，那招就會再來一次！」

奇依娜以半恐慌的狀態咆哮似地報告。她隱約地想著，這樣的報告以觀測兵來說糟糕透了。

有誰能阻止那可怕的星馳阿魯斯？

（我不想死。我不想死。我不想死。）

槍口舉起，瞄準自己這邊的方向。她看見了那樣的畫面。

只要扣下扳機，那種魔彈就會射出，一切都將結束。

（黃都要輸了。）

……此時，風紋的奇依娜的認知中有兩個謬誤。

其一是，這場砲擊的作戰目標是讓阿魯斯偏離飛行路線，而不是將其擊落。

也就是說，「連」砲擊的暴風雨會被突破，也在黃都軍的料想之中——

◆

鋼鐵之雨落下。

阿魯斯像往常一樣，飛行在死亡之中。

為什麼，牠總是如此呢？

——我在尋找寶物。

就像牠在那則孤獨傳說中，不斷堅持下去那樣，阿魯斯想打倒眼前的障礙，得到寶物。

前方是彼此相連的單調石塔。

火藥的聲音不斷響起，企圖將阿魯斯擊落。

對面那座一直延伸到地平線彼端的城市，是黃都。

前所未有的災厄已抵達人族的最後王國。

（……對了，我正在收集寶物。）

那一天，鍋釘西多勿讓牠見識到的「冷星」應該就在這個國家。

不止如此，還有芬德魯伊魯的末摩抄本、液化壁壘、莫妥神經箭。

為了得到這個世界的所有寶物，最後就必須闖過那一個迷宮。牠應該早就知道這點了。

因為人族的王國花費漫長歲月收集到的無數魔具，就藏在那裡。

（為什麼我一直沒有注意到呢？真奇怪。）

身體被替換成機械般構造的星馳阿魯斯，正在逐漸失去自我。

但在逐漸恍惚的思考中，牠認同了自己的行為。

（對啊，我……是打算放在最後吧。所以……這場冒險或許會就此結束……）

連駭人的托洛亞都死了。

他的魔劍沒有被奪走，就這麼消失到不屬於這個世界的相位之中。

這個世界或許再也沒有什麼敵人值得阿魯斯去奪取了。

若是奪走了黃都一直以來收集的所有寶物，那麼擁高價財寶的人，就將只剩下星馳阿魯斯一隻。

那也不錯。

要結束這看似永無止境的欲望之旅，或許就該這麼做。

摧毀黃都。

牠的破壞並不是以奪取生命為目的。想逃的人會逃走，想戰鬥的人會戰鬥，只有死死抱著無法捨棄的寶物之人會留在那裡。

所以只要牠持續破壞，對方最後一定會像燻灼維凱翁那樣——主動將阿魯斯渴望的寶物交出來。

「……」

阿魯斯首先打算摧毀自己與黃都之間的那些塔。

雖然牠在幾場戰鬥中熟悉了如何看到砲彈再閃躲，但還是讓牠有點疲憊。

將魔彈裝填到步槍中，瞄準第二座高射砲塔。

「啊啊。」

瞬間，阿魯斯改變了目標。那速度快得驚人。

牠連轉身的動作都沒有。

槍口指向背後——

阿魯斯的腹部被鋼骨貫穿。

「——反應真快呢，星馳阿魯斯。」

「……！」

血液沿著細長的鋼骨流下。

在聽到聲音之前，敵人的攻擊先到達了。

而且那聲音的主人，「已經位於阿魯斯的正前方」。

剛才射出鋼骨的武器，是阿魯斯曾經擁有的魔具之一。在與冬之露庫諾卡交戰時遺失的希翠德·伊利斯的火筒——

「空中最快。老實說，我一直都覺得那是個令人羨慕的稱號。」

一具骸魔(Skeleton)正站在放棄區域的倒塌鐘塔上。

也就是說，「連」砲擊的暴風雨被突破，都在黃都軍的料想之中——

那是為了不讓快過任何現象的星馳阿魯斯，察覺到能殺牠的人是如何接近的。

「就送給我吧。」

斬音夏魯庫。

◆

斬音夏魯庫從鐘塔上盯著與自己同等高度的阿魯斯。

一般來說，那會是致命傷。被鋼骨貫穿腹部的牠會怎麼應對呢？

是會試圖和眼前的夏魯庫拉開距離嗎？還是用步槍反擊？

「——奇歐之手。」

「！」

兩者皆非。

阿魯斯當場拔出武器，盤旋，用魔鞭橫掃了天空。

「……真是了不起的傢伙。」

夏魯庫一邊低語一邊跳起。雷轟魔彈的光芒隨即將鐘塔的底座炸個粉碎。

超越真正雷電的強大光和熱，撕裂空氣的雷聲晚了一拍才響起。

星馳阿魯斯的雷轟魔彈，就相當於不具備吐息的鳥龍所發出的吐息。

（明明是以我的速度發動的偷襲，牠卻避開了對頭部的直接攻擊。而且……）

被拔出的鋼骨落向地面。

（竟然連連接鋼骨的鋼線都被看穿了。）

用希翠德．伊利斯的火筒射出的鋼骨，正透過堅韌的鋼線連接著藏在放棄區域貨物倉庫內的絞車。

在那個瞬間——如果星馳阿魯斯選擇拉開距離，或者選擇接近並反擊的話，夏魯庫應該就可以用鋼線的張力束縛對方，創造出讓他從鐘塔一躍而下，刺穿其頭骨的絕佳機會。

（而且，牠竟然還能飛。）

難道是運氣不好，沒有擊中重要的內臟器官嗎？

還是阿魯斯擁有可以讓牠在這種狀態下，繼續戰鬥的未知魔具——

（很難確定能否用正面攻擊擊倒牠，但也只能這麼做了。）

擺脫拘束的阿魯斯沒有追逐夏魯庫。

相對的，牠朝下發射雷轟魔彈。

夏魯庫以比雷光「稍快一點」的速度奔馳，躲過了擊穿大地的雷電軌道。

他一邊逃跑，一邊謹慎地將目光投向空中的敵人。阿魯斯正面朝上空飛行。在這種情況下，牠也不能忽視黃都軍的砲擊。

面對必須盯著天空的對手時，待在地上才有優勢。

「……真煩……」

「你明明用槍卻害怕子彈，真是難搞的傢伙啊，星馳阿魯斯。」

阿魯斯連翅膀的前端也不能被打中才對。若是在飛行中動作稍有紊亂，就會在修正姿勢時遭到接連不斷的散彈暴風雨擊中。這就是單發威力低落的榴散彈之所以對鳥龍有效的原因。

另一方面，斬音夏魯庫身上本來就沒有會被散彈刮落的肉。也因為身為魔族，骨骼被加工得非常堅固，就算被散彈稍微打中，也可以不受影響地行動。

（不過以我來說，即使身體不是骨頭——）

他一邊跑，一邊「抓住」幾顆從天而降的散彈雨，填裝到希翠德·伊利斯的火筒中。

（要我被比自己的速度還慢的子彈打中更困難。）

要從後方偷襲最強的冒險者絕非不可能的事。

剛才，夏魯庫射出的鋼骨就命中了其身體。

以視覺無法辨識的超高速奔跑的骸魔、從頭頂上不斷落下的砲彈，要同時提防兩者是不可能的事。阿魯斯現在絕對無法預測夏魯庫的位置——

裝在希翠德·伊利斯的火筒中的散彈，朝頭頂的阿魯斯射出。

這是在他超快的奔跑速度中發動的狙擊。

（打中了。）

能看到阿魯斯周圍的空氣出現震動。

在金屬的摩擦聲中，散彈被彈開了。

「……什麼？」

星馳阿魯斯連看都沒有看向自己。斬音夏魯庫的這聲低語，是因為他明白了星馳阿魯斯剛才做了什麼。

（事先將鞭子伸向死角，在觸碰到的瞬間做出反射動作。）

那不是預測或自動防禦。牠用自己的技術演出了這一幕。

就像昆蟲的觸角一樣，牠將魔具當成了身體的一部分。

如果可以做到這一點，那麼不管對牠發動多飽和的散彈攻擊，確實都是沒有意義的。

「把我的寶物……交出來！」

「喂喂……你難道生氣啦？」

雖然狙擊沒有命中，但斬音夏魯庫的目的在於另一個效果。

他為了完成在這種情況下最有效的作戰，刻意使用希翠德．伊利斯的火筒給對方看。

「我原本還以為你已經死了，所以這個寶物就成了我的東西……你該不會就這樣生氣了吧？畢竟這是你過去所做的事情。」

挑釁，移動，不斷承受攻擊。

由於集中力中斷而被擊中。注意力轉向其他目標。從天而降前來奪取火筒。

無論星馳阿魯斯有什麼樣的結果，對黃都都沒有損失。

（……真是的，吃虧的都是我啊。這也沒辦法，畢竟我是第一個上場的。）

無論是砲擊還是狙擊，都不可能對星馳阿魯斯造成有效的傷害。即使只明白了這一點，也算是個收穫。

斬音夏魯庫跑向東邊。

東側的彈幕故意弄得很薄。由於目的是引誘星馳阿魯斯前往該處，堡壘那邊也不會修正砲擊彈道。

不斷和星馳阿魯斯這樣的威脅戰鬥，會劇烈地消耗士兵和兵器。如果牠像剛才那樣直接對設施射擊雷轟魔彈，那斬音夏魯庫也無法保護他們。

三十八號堡壘之所以不使用魔具之類的裝備，也是為了「避免」把阿魯斯引過去。

砲彈的爆炸聲變得稀稀疏疏。阿魯斯正逐漸到達三十八號堡壘的射程之外。

如果在沒有砲擊支援的地方戰鬥，斬音夏魯庫就得靠獨自一人的戰力來對付阿魯斯，但那也是他所期望的狀況。

就這樣向東側移動，即將來到黃都外面。

──就在離開黃都的前一刻，阿魯斯停止了追蹤行動。

牠宛如看穿了斬音夏魯庫的意圖，做出詭異的煞車。

「……你要去哪裡？」

「害怕啦？下來搶寶物啊！」

「黃都那裡……有很多寶物。比希翠德．伊利斯的火筒……更加……」

在阿魯斯背後的，是黃都的東外城市區。

雖然夏魯庫打算在戰鬥中引誘對方，但這也太近了。

難道阿魯斯也在引誘夏魯庫靠近黃都的市區嗎？

黃都東外城第五街。人員的疏散應該在夏魯庫和堡壘的士兵爭取的時間裡完成了——

（是邊境。）

牠到底會就這麼被引到外面，還是會攻入黃都市區裡？

無論星馳阿魯斯打算朝哪個方向移動，夏魯庫都沒什麼干涉的手段。

「……如果跟我來場一對一的對決。」

夏魯庫將希翠德．伊利斯的火筒插上地面，彷彿要展示給對方看。

「這東西就給你吧。難道你對我們之間誰比較強沒興趣？」

「你在騙人……」

阿魯斯冷冷地如此斷定。

夏魯庫有種非常不祥的感覺，就好像自己也沒有察覺的某種內在被人掌握住了。

「憑什麼那麼說？」

「因為你……想保護人們……」

「別胡說了。」

這實在太蠢了。難道牠以為這樣就可以反過來挑釁夏魯庫嗎？

世上沒有人比斬音夏魯庫更不適合做出拯救他人、保護他人那種英雄行徑了。他在戰鬥中有好幾次能救人的機會，但他都沒有「救人」，連想都沒想過。

（無聊透頂，我只是因為工作才跑來處理這種麻煩事。）

為了揮去那股不悅的感覺，他握住長槍。

「聽好了，戰鬥現在就在這裡進行。寬廣的地方也能讓你全力戰鬥吧？」

「…………寬廣的地方？」

現場響起「咕嘟」的聲音——

那是某種黏稠的物體浮出泡沫，不合時宜的聲音。

他注意到阿魯斯的略微下方處，漂浮著一個大小能讓人環抱住的赤熱球體。

在剛才的戰鬥中，有一個無法解釋的事實。

（我從黃都的人那裡聽說了有關星馳阿魯斯魔具的事蹟。如果要燒毀軍事設施，除了雷轟魔彈之外，牠應該有更有效的魔具才對——）

如行走火焰的魔具，地走。

讓泥土子彈成形後射出的腐土太陽。

（在與我戰鬥的時候，牠把那些東西「怎麼了」？）

那個赤熱的球體也許就是腐土太陽。

但那種帶著紅黑色的熱度，讓空氣為之扭曲的樣子，簡直就像名字所示的「太陽」。

腐土太陽是那種樣子的魔具嗎？

咕嘟聲再次響起。

（不妙！）

從腐土太陽傳來的聲音，不僅僅是浮出泡沫的聲音。

而是某種被壓進去的物體，某種承受不了壓力的物體正在沸騰。

他應該先發動攻擊的。現在已經太遲了。

「…………這下子。」

太陽炸開。

赤熱的熔岩彈泉湧而出。

夏魯庫瞬間一蹬大地，進行大幅度的閃避。以夏魯庫的速度，他能做到這點。

急轉彎，準備反攻——東外城第五街映入眼簾。

「『變寬敞了』。」

「你做了——」

城市正在燃燒。

就在夏魯庫閃避並轉彎的一瞬間。

在那一瞬間裡，星馳阿魯斯將東外城第五街的「整個區塊」焚燒一空。
「你做了……什麼？」
牠低喃著寶物的名字。
「地走、腐土太陽……」
沒有其他人試過這樣的組合。因此，也沒有人能預測到這種狀況。
能同時操控多個魔具，將它們組合起來應用的人，只有那隻最強的冒險者。
腐土太陽可以對源源不斷湧出的泥土施加壓力，以高速射出。如果操控壓力，射出的泥土就可以變成任意的形狀——
那麼如果將那種壓力「用於壓縮」，而非射出呢？
地走的火種即使在沒有氧氣的環境下也絕不熄滅。如果讓這股火焰於超高壓、超高密度的泥土中持續燃燒，解放時會發生什麼事？
那就是朝全方位同時射出的超高壓熔岩彈。
牠在與斬音夏魯庫戰鬥的過程中，早已準備好專門用來燒毀城市的招式。
「我在炫耀自己的寶物啊……」
毀滅國家的天災。

（只能在這裡戰鬥了。）

◆

東外城第五街空無一人。或許，正確的說法應該是那裡剛剛才「變得空無一人」。不管怎麼說，既然黃都已經遭到入侵，就不能讓星馳阿魯斯「離開」這個區域。

除此之外，很少方法能對在空中高速飛行的阿魯斯造成有效傷害。雖然用希翠德·伊利斯的火筒可以擊中牠，但對方已經看過這招了。如果要再用一次，就必須等到必殺的機會再用。

從敵人的預備動作判斷其攻擊。

「來了，是雷轟魔彈——」

雷電打了下來，持續時間異常久的放電橫掃整片都市。

除了斬音夏魯庫之外，沒有任何存在有辦法「閃避」這個攻擊。

閃光般的火焰猛烈地從夏魯庫的左後方接近。

「……地走嗎？」

預測軌道，猛踏地面，瞬間加速。一蹬瓦礫改變奔跑的軌道，同時一邊讓阿魯斯保持在視線之中，一邊跳到曾是消防署的建築屋頂上。

地走。被剛才的複合式轟炸散落的火種在城市裡奔竄，不停地追蹤地面上的夏魯庫。那道火焰阻塞視野，縮窄逃跑的路線。火災目前仍侷限於第五街的區域內，但很有可能蔓延燃燒到其他區域。

阿魯斯應該還有夏魯庫不知道的魔具。牠的左半邊身體被換成了金屬構造，應該是因為牠擁有那種修復肉體的魔具。在首次偷襲中貫穿其腹部的傷口之所以沒有成為致命傷，恐怕也是因為那個金屬魔具。

隨意成形，射出泥彈的腐土太陽、自由自在地揮掃，切割目標的魔鞭奇歐之手、以沉重的負荷為代價，換來絕對防禦的死者的巨盾，雖然看不出來牠是否帶著席蓮金玄的光魔劍，但那把劍應該藏在身上。

（飛行，超高速，一擊必殺的魔彈。高超的狙擊，高速奔馳的火焰，以及四散亂射的泥刃。即使接近了，牠在這個距離也是無敵的。然後還有絕對的防禦、機械化的再生能力……）

光是列出已知的威脅，就讓人覺得那是個根本無法解決的怪物。

（說到底，該怎麼打倒牠啊？）

——破壞頭部。夏魯庫明白那是唯一可能的方法。

既然牠擁有再生能力，腹部被貫穿後仍然可以繼續戰鬥，那麼除了給予沒時間再生的一擊，破壞其思考中樞之外，別無他法。

——那麼，要怎麼做呢？

敵人的距離遠到連最新型的槍枝都射不到，速度還快得能在我方扣下扳機後做出反應，甚至聰明到可以預測我方的戰術。除此之外，還必須突破死者的巨盾這個緊急閃避的手段，準確地擊中那個小小的頭部，造成致命傷害。

（黃都那些傢伙真行呢，感覺他們打算在這場自相殘殺中解決最棘手的麻煩問題……如果空中有雷古聶吉那樣的傢伙在，或許能輕鬆一點。）

夏魯庫回想起曾和自己站在同一陣線戰鬥的紅色鳥龍的名字。

這個世界已經不再有空軍了。只有同樣傑出的個人戰力，才能擊落凌駕於龍族之上的鳥龍英雄。

「……沒辦法呢，再努力一下吧……」

但下一刻，狀況迅速惡化。

因為他聽到了聲音。

「救…………」

「……喂。」

聲音來自化為瓦礫堆的牆壁正下方。這裡也是遭到燒毀的地點之一，但這正是最糟的情況。

他聽到了一個微弱的年輕男子聲音。

「……救、救救我……有人嗎……」

「開什麼玩笑……怎麼還沒死？在這種情況下耶！」

黃都應該毫無疏漏地完成了疏散引導。即使在阿魯斯來襲前，幾乎等同於零緩衝的時間壓力下，他們也成功讓所有居民「幾乎」都撤離了。

然而，完美是不存在的。

（要移開瓦礫得先停下腳步，這樣就會成為被狙擊的目標。不管這傢伙了——就算多一具屍體也不是什麼問題……）

世上沒有人比斬音夏魯庫更不適合做出拯救他人、保護他人等英勇舉動了。

他曾目睹不少人自願赴死，但他都認為「隨便他們」。

夏魯庫從來沒有想過要保護人。

（只要逃跑就好。從以前開始，我應該一直都是這麼做的。）

在那短短的一瞬間，夏魯庫停下了腳步。

（——「從以前開始」？）

空中響起了槍聲。

雷轟魔彈宛如星星般發出閃光，接著。

「夏魯庫！」

一位如疾風般飛撲過來的少女擋住了電擊的洪流。

長長的栗色麻花辮在一拍後飄揚於空中。

「妳是——」

夏魯庫和來不及逃走的避難者都沒有受到高熱與破壞的餘波波及。

她該不會是瞬間操作了自己肉體的導電率吧——只見她的身體有如一支避雷針，將巨大的電流導入大地。

她只用伸長的右手，就接住了一擊足以摧毀塔樓的巨大電流。雖然衣物的邊緣被燒得焦黑，她仍完好無傷地站在那裡。

「……得救了啊。」

斬音夏魯庫認識那名少女。

「我才要感謝你。」

他知道她擁有超越所有物理常識的無敵肉體。

「夏魯庫大叔果然是個好人呢。」

在彷彿能融化一切的火焰中，魔法的慈露出了笑容。

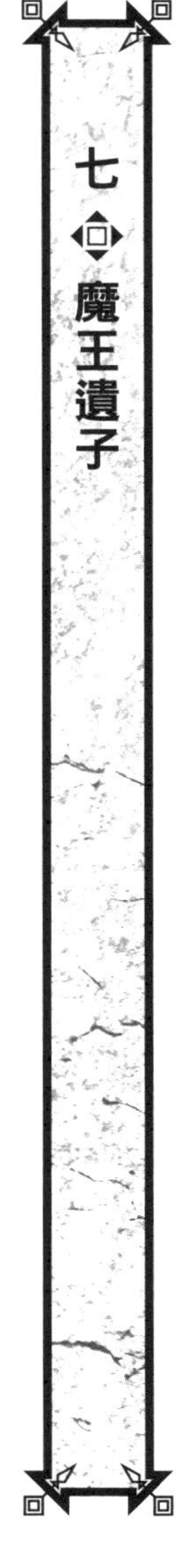

七◇魔王遺子

就在第八戰結束的同時，整個黃都響起了警報。

對於市民來說，那只是單純的避難指示，但勇者候選人以及其相關人士都被告知了那個警報有另一個極其重大的意涵——就是針對威脅黃都之物的緊急召集。只要掛著勇者候選人的頭銜，他們就有義務迎戰魔王自稱者。

……然後，在弗琳絲妲的宅邸。

「妳沒必要出擊。」

真理之蓋庫拉夫尼魯操縱的屍魔就像要攔住魔法的慈似地，站在她的房間門口。

魔法的慈聽到警報之後，可能會毫不考慮地衝出宅邸。庫拉夫尼魯此時必須阻止她。

「讓開，庫拉夫尼魯！我必須立刻過去！」

「小慈，妳現在被當成『因為違抗命令而退出第五戰，處於難以控制的狀態』，放妳出去有可能會對黃都市民造成危害。」

「我怎麼可能做那種事情！庫拉夫尼魯，你應該也很清楚吧！」

「是啊，我很清楚。但是，有時候周圍的人怎麼看妳更重要。如果要把可能失控的妳派上戰場，就必須等弗琳絲妲與其他二十九官……可能是第三卿傑魯奇進行協議，給出有條件的釋放許可才行。」

「太奇怪了！人命關天啊！」

「他們也明白情況危急，交涉應該很快就會結束。」

「……那──」

站在窗前的慈眼睛綻放出淡綠色的光。

「是要『收錢』的意思嗎？」

「……」

慈有一種近乎於幼稚的純真。

但是她絕對不笨。她察覺到，並且理解了這種狀況的意義。

先觸的弗琳絲妲利用魔法的慈的失控嫌疑，想將原本應該是義務的出擊要求加上附帶條件。也就是以接受豐厚的賄賂為代價，由對方負起責任釋放慈。

「……小慈，弗琳絲妲絕對不是善人，但她也不僅僅是為了私利而那麼做，她是以自己的方式為妳著想。她在想要用什麼樣的條件，能讓妳和女王相見……」

「……這是兩回事。現在……我該做的事情不是這個！」

「……」

慈一定知道自己想見女王的願望是個「任性」的要求。

因此，即使渴望與女王見面到參加六合御覽的地步——她在守護「最後之地」的時候，或是把勝利讓給庫瑟的時候，都把自己放在了最後。

若是就這樣下去，她恐怕永遠都會如此。

「當得知救濟院被『日之大樹』襲擊的時候……我非常後悔。我想要幫助庫瑟……卻什麼也做不到。最重要的時刻，沒能陪在孩子們身邊。」

「那不是妳應該做的事。」

「我不這麼認為。只要活著……誰都會有那種想法。能救助他人是最讓人高興的事，救不了人會讓人悲傷，這不是有沒有關係或理由的問題。」

——庫拉夫尼魯很清楚小慈擁有確確實實的善性。

但是，那是個謊言……他覺得那是個謊言。

「如果現在去了……小慈，妳將無法繼續在黃都生活。不，不僅如此……妳甚至可能在人族社會中失去立足之地！我們的社會並不是會相信怪物擁有善性的地方！妳至少必須讓人們認為妳受到秩序的控制……否則，妳會無法生活下去！」

「我聽不懂啦。弗琳絲妲和庫拉夫尼魯一定有什麼了不起的想法，畢竟你們比我還要聰明得多，但是……！即使如此，如果我不採取行動，可能有人就會因此而死！如果利凱現在還活著，他應該也會這麼說！」

「……！」

庫拉夫尼魯十分後悔。

庫拉夫尼魯覺得自己「很聰明」，相信只要沒有做出錯誤的選擇，做出恰當的思考……就能在自己不暴露於危險中的情況下，以最小的犧牲達成目的。

但是，實際上一定不是這樣的。

每次接觸到慈和利凱的年輕和純真，他的心底總會有些愧疚。

意識到心中還殘留著這樣的部分時，他感到非常不悅。

「魔法的慈……我原本不該與你們這些人有任何牽扯……『真正的魔王』也好，六合御覽也罷……我只是……想安全地度過這場動亂……過著平靜的生活……」

「我很高興能認識你。」

慈的眼睛直視著庫拉夫尼魯的屍魔。

那個眼神似乎能看透身處另一端的庫拉夫尼魯本人。

「我也一直感受著絕望，沒有查看『最後之地』外面的勇氣，但是……我很慶幸自己最先遇到的人是利凱和庫拉夫尼魯。多虧了你們兩位，我可以毫不猶豫地說我想去救人。」

「……為什麼……」

理應不存在痛苦機制的屍魔彷彿反映出了庫拉夫尼魯精神上的動搖，做出痛苦的動作。心術的控制正陷入混亂。

「……為什麼！妳怎麼會變成那樣，慈！妳這傢伙……！妳這傢伙是那個惡魔……色彩的伊吉克製造的兵器吧！可是妳為什麼不是個怪物！」

「這個世界擁有無限的可能性！有無盡的色彩！只要心中擁有正義和勇氣……就算是我這種怪物，也能看到某種光輝！我就是這樣被教導的！」

「不要……！」

他忘不了。

他那位死去老師的手，瘦弱得讓人害怕。對庫拉夫尼魯來說是一切起點的她，卻因為伊吉克的細菌兵器而飽受長期的折磨，年紀輕輕就去世了。

他見過伊吉克出於好玩而摧毀的城市廢墟。見過那種不但具有高效率，執行者彷彿還享受著一邊折磨，一邊殺害他人的樂趣的殺戮痕跡。

「不要騙人了！」

庫拉夫尼魯熟知慈的善性。這個少女從未說過謊。

但庫拉夫尼魯還是無法釋懷。自從他聽說伊吉克加入「最初的隊伍」，挑戰「真正的魔王」後，他就一直無法釋懷。

——不要騙人了，色彩的伊吉克。

飛蟲形成的風暴從敞開的窗戶湧了進來。

以心術操縱大量屍魔。庫拉夫尼魯終於超越了那個色彩的伊吉克的能力。

若不是如此，就太沒有天理了。

「——庫拉夫尼魯！」

「要走……就先打倒我吧！」

◆

在這個世界出現「真正的魔王」之前，魔王自稱者這個詞並不存在。就在短短的二十五年左右之前，他們才是被稱為魔王的人。

並非「正統之王」的「魔之王」，這是這個世界對魔王的原本定義。

所謂的「魔之王」，並不是一個人就能成王。至少得擁有志同道合的夥伴，或是被其理想所吸引的人民也說不定。他們之中應該也有人盼望跟隨自己的臣民幸福，盼望新種族的繁榮，盼望世界的和平。

過去的魔王是秩序的破壞者，但並非絕對的邪惡。

他則不同。

「最初的隊伍」七名成員之一——色彩的伊吉克，那位男人被稱為最邪惡的魔王。

舉例來說，伊吉克據說與名為米提交會都市的城市興衰有著巨大的關聯。

統治米提交會都市的領主，精明的羅特格拉曾批評贊助伊吉克研究的貴族派系，並且對領地實行改革。雙方陷入了嚴重的對立關係。

與色彩的伊吉克敵對是一件十分危險的事，但羅特格拉避免雙方直接爆發戰鬥，時而使用交涉，巧妙地保護了自己的安全。

有一天，羅特格拉沒有帶護衛，獨自來到米提郊外的高地。

「不愧是羅特格拉公爵！時間剛剛好！歡迎你啊！哈哈哈哈哈哈！」

眼前的人身穿著非常普通的旅行打扮，看起來是個疲憊的中年男子——

除了那道讓聽者極為不悅的笑聲以外。

他叫色彩的伊吉克。

「現在剛好是吃完午餐的時間！這裡的鹿肉麵包真好吃！聽說是米提的名產？真不錯呢！」

伊吉克開朗無比的聲音反倒讓羅特格拉的精神陷入谷底。

他以病人般的聲音低語道。

「……請確認一下……」

「嗯？什麼什麼？你說了什麼？」

「你保證過……只要交出米提……你、你就會……把我的女兒……把塞魯蕾還給我……那、那麼，我就把一切都給你……」

他的聲音在顫抖。

這座米提交會都市可以說是羅特格拉的一切。這裡是他的家族出於對正統北方王國審判制度有重大貢獻，而受封的領地。

若將這座城市交給世界公敵色彩的伊吉克，羅特格拉將會喪失所有名譽和財產。然而，羅特格拉的意志已經崩潰了。

——伊吉克的目標不是他手下有能力的親信，或是政商界重要人物。

剛開始時，是羅特格拉熟識的老圖書管理員失蹤了。

接著，他年輕時的朋友們也一個接一個地消失。

司機和僕人不見了，女管家不見了。

失蹤人口中沒有任何一位與治理米提相關的重要人物。

然後，終於輪到他的女兒塞魯蕾。

「我已經……全部都交代給了部下……米提……就給你吧。給你吧……」

「啊，這樣啊。」

伊吉克什麼都沒帶，也沒有帶人來。

但這不是人數或力量的問題，他的惡意才是最可怕的。

他的眼神很冰冷，彷彿一頭沒有心的野獸俯視著羅特格拉。

「喂喂，你的意思是從現在開始？這裡從現在開始就是我的城市嗎？」

「塞魯蕾在哪裡？」

「我說啊，羅特格拉公爵。我沒有上過學校或教堂之類的，所以腦袋不好，如果搞錯了還請見諒。我想請問一下現在是誰在問問題啊～？」

「在、在哪裡！塞魯蕾在哪裡！」

「就說了……冷靜一點啦！」

色彩的伊吉克裝模作樣地嘆了口氣，然後搔了搔頭。

他指著羅特格拉身後的小丘。

那裡有一個少女正在走動。即使距離很遠，羅特格拉也不會看錯。

「啊啊……啊啊……！」

「看吧？她沒事吧？」

「……我、我已經不再是貴族了，我要和女兒兩人躲起來生活……連王國也找不到我們……我再也不會對你做任何事，也做不了什麼了……讓我們彼此結束這一切吧……」

「哈哈哈哈哈！不錯呢～！這就是所謂的為長久以來的恩怨畫下休止符！和平真是太棒了！這個城市從現在起都是我的了！哈哈哈哈哈哈！」

魔王一邊張開雙手高聲大笑，一邊俯瞰著城市，俯瞰這曾屬於羅特格拉的城市。

為什麼詞神會賦予他這樣的男人有如惡夢的力量呢？

羅特格拉治理至今的米提交會都市，如今已經成為了這個最邪惡魔王的據點。廣大而富饒的土地、所有的生命，都將成為伊吉克惡意的玩物。

精明的羅特格拉對邪惡的抵抗，最後全都成了一場空。

邪惡獲勝了。

「哈哈哈哈哈哈哈哈哈哈哈哈——啊。」

伊吉克的大笑戛然而止。

就像可怕的發條人偶突然停止運轉一樣。

讓人感到陰森無比。

「對了~我剛才買午餐的那家麵包店，店員的態度真差，他竟然對著客人咂舌耶。你怎麼看呢，羅特格拉公爵？那種行為真是太差勁了，我好歹是客人，付了錢啊，他憑什麼對我咂舌……為什麼呢……」

「呃……」

「這種城市我還是不要了。」

某種聲音傳了過來，像劈開空氣的地鳴聲……

那是羅特格拉從沒聽過的可怕聲響。

聲音來自城市的方向——

「伊、伊吉克……」

是慘叫聲。

是來自眼前的米提，無數的人們，同時發出的慘叫。

數不清的慘叫聲重疊在一起，傳到這麼遠的高地上。

那是整個城市所發出的死前哀號。

眼前山下的城市逐漸染成黑色。

不知從何處湧現的「某種東西」的群體還活著——或者，看起來是活物。

那些東西泉湧而出，毫無止境，無處不是。

「啊、啊啊……噫、啊啊……！」

羅特格拉再也站不起身，他拚命地倒退，屁股蹭過草叢。

吞噬城市的黑雲之中藏著無數雙赤紅眼睛。

像海水般大量的老鼠屍魔……從下水道、從地板底下、從城市的每一個縫隙中湧出，撕咬吞食著活人。

眼前慘叫聲組成的合唱仍在持續。「牠們在殺人時故意讓受害者發出聲音」。

活生生地撕去血肉，吸食其內臟。那些聲音毫無疑問是來自米提的人民。

「咿、咿咿咿，饒命啊！饒了我、饒了我……！」

「既然你把這城市送給了我，那我可以隨便摧毀它吧？謝謝啦！」

「住手，這都是我的錯，咿、咿咿咿、咿咿咿咿咿……！」

「哈哈！哈哈哈哈哈哈哈哈哈哈！啊～真有趣！哈哈哈哈哈哈哈！」

羅特格拉的心靈幾乎被這聲嘲笑和悲鳴撕裂，但他仍然奔向山丘。

他的女兒，只要塞魯蕾沒事就好。
心愛的塞魯蕾正在山丘上走動。
她的步伐搖搖晃晃，無神的眼神正望著羅特格拉。
「……」
「塞、塞魯蕾。」
女兒的臉皮底下似乎有什麼在蠢動。
像是一小群某種東西。
「──羅特格拉公爵。」
冰冷得令人發寒的聲音從背後傳來。
伊吉克不再笑了。
「你還記得之前的事嗎？對對，剛好就是你的女兒失蹤之前那陣子吧？我去參加什麼和平談判的時候，在路上被不知是山賊還是騎士的人攻擊了──哎呀，真是好可怕呢～」
「我、不知情……我……根本不知情！是、是部下擅自做的……！」
「喔，這樣啊？是部下啊！也就是說不是羅特格拉公爵的錯對吧？沒關係，沒關係！我這個人啊，對那種事很寬容的，反正那傢伙──」
宛如能撼動大地的哀號聲已經停止了。
一片黑暗。

米提交會都市陷入一片黑暗。

已化為死屍的城市如今只剩下令人不寒而慄的沉默。

那批老鼠屍魔大軍甚至沒有發出任何叫聲。

「因為都已經死了啊。」

沉默。就像走在羅特格拉眼前的塞魯蕾一樣。

「我求求你……不、不是約定好了嗎？我不是已經把城市給你了嗎？你會把塞魯蕾……把塞魯蕾還給我……我們不是這樣約定的嗎？」

塞魯蕾的頭部斷掉了。即使她正在移動，即使她正在行走。

粉紅色的尾巴從耳朵探出，消失在頭顱內。

他希望那張扭曲的痛苦表情、那種怪異的走路動作，都是魔王出於惡劣興趣而製造出來的仿造品。

「哎呀！是這樣嗎？我有說要還給你嗎！」

羅特格拉雙腿一軟，跪在地上。

黑色的小小軍隊衝出女兒的身體，湧向他。

「真遺憾～！我～騙～你～的！哈哈哈哈哈哈哈哈哈哈哈！」

色彩的伊吉克一邊聽著皮膚表面被撕開的羅特格拉的死前哀號，一邊打從心底開心地笑了。

他是這個世界上最能享受悲慘和殘酷的男人。

「哈哈哈哈哈哈哈哈哈哈哈哈哈哈哈！」

——在短短的二十五年左右之前，他們才是被稱為魔王的人。

他不需要任何夥伴。如果需要軍隊，他可以製造出來。

他既沒有信念，也沒有理想。他的殺戮毫無確切的目的，無節制地散播毀滅，享受著悲慘。

一種將一切都染成自身色彩的惡意。

在這個世界裡，曾經有個被稱為最邪惡魔王的男人。

此人名為魔王自稱者，色彩的伊吉克。

◆

自從米提滅亡後，過了四年的時光。

在阿茲耶爾貴族領地的山路上，有個「像」撕碎的人類屍體的東西被丟在那邊。也就是說，那不是屍體。

那東西用手指爬行，以血畫出線條。右手的手指只剩下兩根。

「哈、哈……哈、哈哈哈哈！咳、嘎……」

他只能如此前進。左小腿的肉裂開，露出了裡面的骨頭。

右腳踝以下的部位不見了。

他之所以發出像笑聲的聲音，是出於恐懼。

恐懼使橫隔膜痙攣，使他只能發出這樣的聲音。

「哈……哈、哈啊、啊。」

就連名為呼吸的行為，也會導致他的肺部從內部裂開。

無論是肉體還是精神，他都無法維持人類正常的樣貌。

沒有復原的希望，只能走向死亡。

這就是「最初的隊伍」的倖存者，色彩的伊吉克最後的下場。

他見到了「真正的魔王」。

見到了只要擁有心靈，任何人都無法抵抗的真正恐怖。

「……誰會、放棄、啊！」

不放棄又能怎麼樣——誰也不知道。

「誰會放棄啊……」

周圍的草叢晃動了一下。那是他所操縱的屍魔。

宛如蜈蚣的屍魔窸窸窣窣地爬出來，鑽入男人的嘴裡、眼窩中，咬破組織爬了進去。劇烈的疼痛讓他慘叫著，但因為被蟲子塞住氣管而叫不出聲。

「嗚咕……咕……嗚……」

他經歷了與自己過去殺害的那些人們同樣的痛苦，連慘叫聲都叫不出來。
手腳無力地晃動掙扎，最後動作變成小小的抽搐，慢慢地，隨著時間的流逝而停止。
「…………」
伊吉克，已經不再動了。
鼻子與嘴巴空虛地流出紅色的滲出液，那些液體最後也變成了黑褐色。
即使太陽下山，夜晚來臨，也沒有野獸靠近這具可怕的屍骸。
然後太陽升起。
不管是隔天還是再隔一天，都沒有人看到這位曾被稱為最邪惡魔王的男人，讓他慢慢地腐朽而去。
血液和水分都流乾了，落葉堆積在他的身體上。
有一天下了雨。
色彩的伊吉克，半淹在水坑中。
不久，太陽又第幾十次升起。
一個野獸般的影子靠近他的殘骸。
與自然的野獸相比，那隻野獸的體型特別巨大，而且牠具有異常的智慧之光。
那是一頭具有流線型身體，像狼一樣的多腳野獸。
「——你終於完蛋了啊，色彩的伊吉克。」

色彩的伊吉克所創造的那頭混獸（chimera），名叫歐索涅茲瑪。

面對已化為屍骸的創造主，牠只低喃了一句話。

「這種下場很適合你。」

野獸覺得不需要多說什麼，正準備離開。

理應已經喪命的伊吉克突然抓住了歐索涅茲瑪的後腿。

「……！伊、伊吉克……！」

「嘎啊、嘎、嘎哈、哈哈哈哈哈哈哈哈哈！」

屍體笑了。

「沒有錯！我就是伊吉克！」

伊吉克以看不出來剛才還是屍體的力量，將指頭深深嵌入歐索涅茲瑪的腿裡。

「哈哈哈哈哈哈！你好冷淡啊～歐索涅茲瑪！主人都這樣復活了耶！你應該……表情再開心一點嘛！歐索涅茲瑪……！」

「你這副樣子，為什麼還能活著……！」

「……嘎哈、哈！看不出來嗎？讓屍魔鑽進損傷部分……建構融入群體的模擬器官系統。連接蟲的神經，用蟲的胃消化，用蟲的血液培養細胞——總之呢，說白了就是幾乎都是蟲吧？以人類的角度來看，跟死了沒兩樣。失望了嗎？開玩笑的啦～！哈哈哈哈哈哈哈哈哈！」

「太誇張了……做那種手術，又沒有任何設備……說到底，不就是你自己變成了屍魔嗎？」

據說他的高超技術是無師自通的。

不過魔王自稱者伊吉克的生術，天生就明顯屬於異常的領域。

能夠在不產生排斥反應的情況下，把不同的生物細胞結合在一起。

甚至能利用潛入屍體的群體生物，發送信號至神經，讓屍體就像仍然在世般活動。

「你居然改造了自己！」

雖然他嘲弄各種生命，踐踏最低限度的道德，但是他一直維持著肉身狀態——直到這時候。

因為被稱為最邪惡魔王的色彩的伊吉克……肯定是為了維持自己的身分，而挑戰了「真正的魔王」。

「哈哈哈哈哈哈哈哈！我已經不在乎了。歐索涅茲瑪……當我跟弗拉里庫他們走時，曾說過你的工作已經結束了吧？還是當我沒說，撤回，反正弗拉里庫也死了，我還得讓你做點事呢。」

「開什麼玩笑，我才沒有那種義務……！」

「……沒用的～哈哈哈哈！你無法反抗我。沒錯吧？」

「……」

「沒用的沒用的沒用的！你一輩子都只能像這樣服從我！因為我沒有讓你具備勇氣這種功能！你以為我死後你就自由了吧？……真遺憾，我還活得好好的～！哈哈哈哈哈哈哈哈！」

歐索涅茲瑪可以用堅韌的前肢打碎伊吉克的頭，然而牠唯獨無法反抗伊吉克的指示，因為牠就是被製造成這個樣子。

即使打從心底憎恨著這個現在比嬰兒還脆弱的魔王，歐索涅茲瑪也絕不可能打倒對方。伊吉克經常只為了折磨自己的創造物，而賦予他們自我意識。

歐索涅茲瑪垂著頭，咬牙切齒……然後，牠問道：

「……多久？」

「啊？」

「你這傢伙還能活多久？」

「哈哈……」

歐索涅茲瑪思索著，即使他拋棄了人類的正常生命，依賴邪魔歪道般的詞術存活在這個世界上……伊吉克還可以活多久呢？

他輸給了「真正的魔王」。即便存活下來，那道創傷必然正在致命地侵蝕著他。

這毫無疑問是一種比死亡更加可悲又無力的生存。

「……哈哈哈哈哈哈。」

伊吉克一邊像蟲子般爬行，一邊發出病態的笑聲。

「誰會放棄啊。誰會放棄啊誰會放棄啊誰會放棄啊誰會放棄啊……！哈哈、哈哈哈哈！我可是色彩的伊吉克！是不是啊，歐索涅茲瑪？我是會因為這點程度的挫敗就放棄的人嗎？」

「……」

「我要創造……最強的魔族。創造出一擊就可以捏死那個臭丫頭的最強魔族！我能做到！做到涅夫托！弗拉里庫！露梅莉和艾雷那那個臭小鬼也做、做不到的事！現在只剩下我了！是我的話……！是我的話……！是我的話！」

「……伊吉克。」

他的身上已經看不到過去的強大，令人於心不忍，慘不忍睹。

歐索涅茲瑪之所以無法逃離那雙精光閃閃的眼神……是因為牠是缺乏勇氣的被造物？還是因為——

「——我要材料，現成的細胞像山一樣多。咳咳，歐索、歐索涅茲瑪……去拿英雄的身體過來，什麼都可以，看到就拿。」

◆

幾年的時光過去。

伊吉克仍然以阿茲耶爾貴族領地為據點。

重生之後，他的身體再也無法承受長距離的移動。

既然他無法將肉體移出這個地方，他就只能遠距離使喚魔族，從各地的據點收集製造所需的設備和材料。

不過，只要手頭上有了最重要的一樣東西，對天才伊吉克來說就足夠了。

「……基礎的理論是相同的。」

他一邊吞食著培養的蟲，一邊藏身於廢墟的一角，將一整天的時間都花在實驗上。

對曾經享受過這個世界的邪惡魔王來說，只有這片早已被「真正的魔王」摧毀，無人知曉的山野是他最後的領土。

「歐索涅茲瑪是……以最強部位縫合而成的最強戰鬥生物。但是，我要的不是那種失敗的試作品……而是創造出從一開始就設計完美的那種。」

一個浸泡在玻璃瓶保存液中的細胞塊，就是伊吉克研究的關鍵。

這是一種甚至還沒分化成種族，以胚胎細胞形式存在的超凡生物。

很久以前的魔王自稱者在幾近偶然之間發現的那東西，是可以自行變異肉體，模仿任何存在，被稱為擬魔(mimic)的魔族。

如果要從這種細胞培養出他所想要的個體，還需要做多少次實驗呢？

而且伊吉克追求的完成體，不僅僅是擬魔。

「只靠拼湊英雄的肉體還不夠。雖然我手邊沒有死者的巨盾……不過我已經完全解析了那種干涉空間相位的詞術論機制，也可以進行重現……！」

死者的巨盾是伊吉克曾經擁有的絕對防禦魔具之名。那是透過切斷微小的空間相位，阻止來自外部的干涉。但與此同時，空間的扭曲會像毒物一樣侵蝕使用者自己的細胞結構，是種會帶來痛苦和變異的危險魔具。

即使如此，他認為擬魔可以無視那種代價。

「……將三十七兆個細胞都變成死者的巨盾……不，無論在結構上還是概念上，理論上都可能做出超越死者的巨盾的構造。遇到防禦反應造成的變異，擬魔的細胞自己可以立即反應並進行重置……！就讓我來設計以擬魔的變異能力運作的永久性！剩下的，哈哈……就是身體能力了……英雄的肌肉、英雄的神經、英雄的骨骼！現成品多得跟山一樣……！即使是要完美排列出無敵的細胞，也仍然……難不倒我……！」

以生物體重現魔具，維持理想的排列，簡直是荒誕不經的夢想。

這也是挑戰「真正的魔王」之前的伊吉克如此認為，被他凍結的計畫。

他只能不斷嘗試。只要是為了戰勝「真正的魔王」，即使得犧牲一切也有完成計畫的意義。資源用完就拋棄、生命用完就拋棄，拋棄了成千上萬的量。

恐懼和執著將這位稀世天才推向如此瘋狂的事業。不過對於色彩的伊吉克來說，瘋狂與正常之間或許打從一開始就沒有界線。

「哈、哈哈哈哈！……該死的魔王……！妳根本算不了什麼……只要一開始就『切除』掉區區的恐懼就行了！我不會接上那種神經迴路……它是專為殺死妳而生的戰鬥生物……！」

於是他走上了漫長而艱苦的道路。

生術、藥品處理、導入細菌、與魔具的交互作用，他嘗試了所有手段。

這是一種宛如在沙粒上雕刻出非常精密的圖案，並且對整個海灘上的每一粒沙子做出同樣工程的嘗試。

最後，伊吉克甚至將完好的那隻手臂也換成了金屬線般的精密作業用義肢。

由於喪失肉體而用不到的大部分大腦運動區，也被他用菌絲組成的神經替換。他透過那個迴路，得以自動化處理細胞的前期複雜作業。

毫不間斷的自我改造侵蝕了伊吉克曾經身為人類的記憶，然而他依然頑強地保護自己要用來完成最後作品的自我與知識。

兩個月亮一次又一次地升落，無人知曉此事，只有時間流逝。

許久、許久。

通往成功的光明總是出現後又消失，連放棄的黑暗都不肯留下。

在反覆經歷上千次的奇蹟，以及上千次必然的失敗之後。

「……名字。總有一天，得為它取個名字……」

伊吉克本來就是個多話的人，不過他的自言自語變多了。

他的聊天對象，就只有培養在玻璃管中的細胞塊。

「……人類的外型。因為無論什麼時候，能創造出最強社會的……都是人類……藉由他們的幫助，這傢伙將會變得更強……那麼，要做成男性嗎——」

一切看起來都像不可能發生的未來。

「——不對，要做成女的！如果是男的……我不就得一直看著男人的裸體嗎？哈哈哈哈哈！我可不想那樣呢……」

在那個時間點還是不可能的。

◆

不知過了多少年月。

玻璃管終於裝不下那些開始成長的細胞，需要一個方形的水槽。

以伊吉克的工術，製作起來並不困難。但隨著容積的增加，調配抑制變異的保存液卻變得越發困難。

那天，帶回英雄肉體的歐索涅茲瑪也首次見到了牠的後繼機種。

「……那就是，你這傢伙的作品？」

「對。某種意義上來說，那東西就是你殺掉的一大堆對象的最後下場，哈哈哈！」

歐索涅茲瑪不認為此刻見到的無秩序細胞塊能變成人形，但既然伊吉克如此斷言，那就一定會吧。

雖然他在人類能想到的各種觀點中都是最差勁的男人，但他在建構魔族上從未出過錯誤。

「別妨礙我喔，歐索涅茲瑪？終於……我的人生這下子終於要開始了……」

「……為了最高傑作賭上生命，簡直就像輪軸的齊雅紫娜呢。本來不會對製作物抱有情感的你……真的變了很多。」

「啊？你剛才是不是說了什麼瞧不起我的話？你說我像誰？」

「你不是很珍惜這個擬魔嗎？」

「……我是為了自己。這是我的工具，和那個臭老太婆不一樣……！我只為了我自己而活。我要用死也不夠的後悔殺了那些曾經瞧不起我的人。那就是我……！」

「伊吉克，你的力量已經沒辦法像過去那樣了，沒有恢復的希望。你應該有這點程度的認知吧……！」

「啊～啊～夠了，你還是只要負責帶材料來就好了。別靠近這傢伙……這是主人的命令，聽到了嗎？」

「……我明白了。」

那個擬魔，在從那時算起的短短兩個月內就溶解死去了。

只看見一點的希望徵兆就這樣消失。從那以後，又過了十年。

為了再次找到光明，伊吉克又活了十年。

◆

「妳聽得懂我的話嗎？」

「……嗯。」

「很～好，只要有理解詞術的心就夠了。不管一開始有多笨都沒關係……啊，這樣好了，先從我的名字開始學起吧？」

「嗯。」

「我是色彩的伊吉克。要記住哦？哈哈哈！畢竟這可是主人的名字啊。」

「嗯。」

終於，那個個體出現了。

從生命的開端就刻劃成完成型態的那個擬魔，並未經歷過一般生物的成長過程，她從一開始就是少女的樣子。

雖然生為能自由改變肉體的擬魔，但她的外表一輩子都不會改變。她就是背負著如此宿命的生命體。

「妳的名字叫慈。」

「慈。」

「是的，慈。魔法……魔法的慈。哈哈哈哈。」

伊吉克笑了。新生的生命不知道那只是他看不起無知僕從的笑聲。

「首先，我要教妳一件最重要的事。」

「嗯……」

「那就是——正義和勇氣。」

她天生就不會因為出於對恐懼的防衛反應而戰鬥，她就是被打造成這樣的。

只靠殘虐的心理，無法對抗「真正的魔王」那種巨大的威脅。

而在戰鬥的動機之中，束縛和憤怒是最容易操作的。

那樣的動機，也可以改稱為正義和勇氣。

「慈，妳的誕生是非常幸運的事。這個世界充滿了無窮的可能性，有無數的色彩，這是一個心中只要有正義和勇氣……就能掌握任何未來的世界。那麼，這個意思就是說呢……」

因此，最邪惡的魔王首先教導她那樣的想法。

教導那種無論是過去還是現在，他自己壓根不相信的想法。

◆

時光流逝。

慈至今仍然沒有離開過水槽，但狀況看起來很穩定。

然而，現在有個伊吉克沒預料到的問題。

「伊吉克！伊吉克！」

「啊啊，吵死了……！」

在這一個大月裡，他都是被這樣叫醒的。

「你得早起好好吃飯啊！為什麼伊吉克就不能好好照顧自己呢！身體也沒有保持乾淨！髒死了！」

「可惡……可惡，吵得我頭痛死了……！我想做什麼都是我的自由吧？這是我的人生。」

「不是你的自由！伊吉克教過我要珍惜生命啊！」

「哈哈哈哈！為什麼我必須遵守自己訂的規則啊？」

自從開始人格教育後過了一年。

慈順利地按照伊吉克的計畫成長——不過，太順利了。

以正義之心戰鬥，誓言打倒「真正的魔王」的活體兵器。

伊吉克自己也沒有想到的是……用那種方式培育出來的正義之士，老實說與最邪惡魔王的性格太合不來了。

「你聽我說！不只是伊吉克！也得珍惜其他的生命！已經不需要實驗材料了吧！」

「哦～？那妳來阻止我看看啊？從那個水槽裡阻止我啊！我教過妳吧？妳的細胞還不是無敵

的。只要我有一點那種意思，妳可能就會溶解死翹翹喔。」

「你試試看啊！我一點都不怕！」

像慈這樣的存在要多少就有多少。

迂腐的正義。迂腐的憤怒。迂腐的悲傷。

伊吉克始終無法理解，他們為何能為了如此無聊的事而行動。

他覺得只要將那些無聊人士所說的話一字不漏地教給慈，就能創造出一位像挑戰伊吉克的那些人一樣，盲目的士兵。

成功過頭了。

他無法讓沒有恐懼情感的慈，像歐索涅茲瑪那樣服從於自己。

（……該死的，怎麼會變成這樣？我可是色彩的伊吉克啊！）

是因為「真正的魔王」。

那個存在擾亂了這個世界的一切。不管是正義，還是邪惡。

每次想到那個攪亂了自己人生的人，他就氣憤難平。

無論得以什麼為代價，在看到「真正的魔王」痛苦地死去之前，他都不會死。

「好吧～算了。不管妳有什麼決心，肯定都是些不值錢的東西。來上課啦，上課了！我今天也要把知識灌進妳的腦子裡喔～就先從擬魔的組成理論開始——」

「哇～！哇～！絕對不要！在你聽我的話之前，我會一直說下去！」

「擬魔的細胞能以超高速分化，轉變成記憶中的樣貌……吵死啦！」

「不、要、再、殺人啦～！」

「啊啊，吵死了吵死了吵死了！」

伊吉克為了自己的樂趣而屠殺。

那些人都擁有自己的人生，也有和伊吉克一樣的心才對——他見過好幾個自以為是地說著那種大道理的人。

伊吉克一個不留地殺光了他們，因為他們是沒有存活價值的笨蛋。

他怎麼可能不明白那種「理所當然」的事情。正因為那些人有著與伊吉克相似的內心和感受，所以他們受到折磨時會哭泣，受傷時會慘叫。正因為有心，所以才有趣。

受害者之中也許也有像慈那樣的孩子，他不會一一去記住那些人。

他們死得理所當然。因為那些人太弱了。

即使伊吉克不下手，弱者也終會受到應有的報應。

（我沒有輸……沒有輸給任何人。總有一天，連「真正的魔王」也會敗給我。）

色彩的伊吉克與那些人不一樣。

◆

——最後，伊吉克決定搬離待了近二十年的據點。

從正統北方王國到西聯合王國。這是一段長途跋涉的旅程。

「……要移動據點了嗎，伊吉克？」

雖然歐索涅茲瑪對伊吉克來說已經沒有利用價值了，但他仍然繼續把歐索涅茲瑪當成方便的奴隸使喚。

雖然被當成運送大量研究設備的馬，歐索涅茲瑪也只能乖乖服從。

「是啊～雖然這個地方已經待慣了。剛開始時只是想找個地方遮雨避風，結果竟然變成了實驗室。」

「如果待了這麼久，自然就會變成這樣。」

「話說回來，這還是我第一次測試這具身體能不能正常移動呢？哈哈哈哈！二十年來，我只吃蟲子或雜草樹根啊！」

「你之所以要去西王國，是慈要求的嗎？」

「哈哈哈哈！你在開玩笑吧？大家這時應該都忘記我的長相了，他們應該覺得很孤單吧！現在我可是對要怎麼宰了那些小嘍囉，期待得不得了！」

歐索涅茲瑪沒有再追問下去。

牠知道，為了創造區區一個魔族，伊吉克犧牲了一切。

「……慈過得還好嗎？」

「在意嗎？你明明從來沒見過。我讓其他魔族運送那傢伙，歐索涅茲瑪，你沒必要知道那種事。」

「是啊……那是命令。」

歐索涅茲瑪無法反抗伊吉克的指令。

就算伊吉克自己忘記了，歐索涅茲瑪也仍然遵循著他很久以前下達的命令，不斷殺死英雄。

為了不讓擁有傑出才能的人白白犧牲，歐索涅茲瑪能選擇的方法只有一個：只殺那些「註定要死」的英雄。

因此歐索涅茲瑪成了「真正的魔王」的守門人，不斷殺害英雄。

即使魔法的慈誕生之後，那個指令變得沒有意義，牠也一直在那麼做。

即使有如此強大的力量，牠也一直無法挑戰「真正的魔王」。

因為牠天生就沒有勇氣這種機能。

「……伊吉克，我有一個希望。」

然而，被製造出來的魔獸內心深處，出現了一個小小的希望。

或許只是因為一次相遇，就改變了歐索涅茲瑪這種被詛咒的命運。

——牠就是為此特地再次來找伊吉克的。

「啊？」

「我想結束我的工作。我想……踏上屬於自己的旅程。」

歐索涅茲瑪遇到了一位名叫飄泊羅針的歐魯庫托的男子。

那是一位很弱小、不算是英雄的普通詩人，但歐索涅茲瑪認為他擁有打倒「真正的魔王」的某種力量。

「哈哈哈哈哈哈哈哈哈哈！」

伊吉克只是嘲笑著自己創造物的決心。

「——這麼說起來，你還在認真地殺人嗎？哈哈哈哈哈哈！真是了不起～！可以了可以了！反正慈的身體已經完成了！你已經沒有用了。廢棄處分，派不上用場了，往後想怎麼做就隨便你吧？」

「……我會的。」

——殺死「真正的魔王」。

這個嘗試，可能是比殺掉一直絕對性控制著歐索涅茲瑪的這個邪惡魔王，還要艱難的道路。

歐索涅茲瑪思考著：自己下定了決心的此刻……牠是否能殺掉眼前的伊吉克？

以前的牠應該那麼做。但是，現在。

就算有可能，牠覺得自己也不會那麼做。

「伊吉克。」

「怎麼了～？」

「你活得比我料想得還要久。那個時候，我以為你……連五年都撐不下去。不過，你卻一直消耗那所剩無幾的生命，埋頭於研究……然後活下來了。我……似乎能明白為什麼。」

「……別講得你好像很懂我，那是因為我才是最強的魔王。」

「不對，伊吉克，你應該也很清楚為什麼。」

「……」

「伊吉克，你……」

——是個和其他人沒有什麼差別的人類。

◆

「啊啊，這就是人……！活生生，過著一般日子的人啊！」

「……哈哈哈哈，妳就那麼期待嗎？真是可喜可賀啊～」

「因為，我看到了……以前只聽伊吉克說過，啊啊……！親子真的在歡笑……即使受到了挫折，大家也會互相扶持……他們都是活著的……」

「哈哈哈哈！是啊～他們都是活著的呢～」

想起自己曾經摧毀的無數城市，伊吉克傻傻地笑著。

在漫長的旅程後，這個疲憊的生命已經做不了什麼事了。

這個位於俯瞰城市的丘陵上的據點，隨時都可能被發現。

（接下來不會花太多時間……最後只需要教育她戰鬥技術和殘殺敵人的殘虐個性。結束後就釋放這傢伙……我會奪回一切，奪回二十年裡失去的一切。）

——伊吉克思考著，之後要做些什麼。

再像以前那樣大鬧一番，戲弄那些愚蠢的人也不錯。

比方說，如果他在她眼前摧毀這個遼闊的王國，慈會露出什麼樣的表情呢？

那一定會非常有趣。

「……哈哈、哈哈哈！」

「是人……是人啊……哈哈哈，哈哈……」

慈哭了。

一顆顆淚珠漂浮在保存液之中。

無論是隔天或是再隔一天，她都會把臉貼在水槽上，不厭其煩地觀看著人們的生活。

◆

西聯合王國並沒有被戰火焚毀，也沒有遭到巨大怪物的蹂躪。

只是，一切都死了。每一個人都在無盡的絕望和恐懼中死去。

——「真正的魔王」已經侵入了西王國的中樞地帶，速度比伊吉克所想的還要快很多。

那時，他還有幾件事需要教給慈。

「糟了，糟了，糟了糟了糟了糟了！」

類似那時的氣息甚至傳到了遠處的山丘上。

恐懼的氣息。那種能讓一切都毫無意義地結束的氣息，不是來自其他人，正是來自於「真正的魔王」。

即使經過了漫長的歲月，即使切除了記憶區域，即使伊吉克用盡任何可能的手段想忘掉，所有的理論都沒有用，他還是會不禁想起來。

這毫無疑問就是當時的恐懼。

（……贏不了嗎？）

因此，他那個時候才會感到那種恐懼。

不管怎麼想，這都是一開始就應該注意到的問題。

——「真正的魔王」是不是贏不了的？

魔王的恐懼會摘除掉想要將其打倒的意志。

既然如此，他在這種情況下「製造出」魔法的慈，是不是代表魔法的慈也「無法獲勝」？

伊吉克不是早在二十年前就「意識到了」這一點嗎？

「慈……！不逃不行！妳想被丟下嗎！這個國家完蛋了！」

「不要！」

慈在水槽中抗拒。

眼前，她一直注視著的王國正在逐漸毀滅，已經沒有救了。

即使慈現在趕去救援也來不及了。「真正的魔王」的恐懼會讓一切都為時已晚。

「去找其他城市就好了！妳最喜歡的人類……世界上到處都還有好幾萬隻活著啊！但如果我們死了！一切就白費了！」

他只能說服慈。如果無視她的意願強行將她運走，伊吉克可能會再也無法控制慈。但是，如果現在把慈從水槽中放出來，她也不會回到伊吉克的身邊。

一旦讓她離開保存液，就無法溶解處分掉了，因為那是伊吉克製造出來的無敵生命體。

「不要……！不要！不要！不要！」

「妳為什麼不懂呢？現在的妳是打不贏的！必須……必須讓心靈也成為完美的兵器才能獲勝！還有時間！我……我啊！在讓妳達到完美之前是不會死的！妳明白嗎，慈！我不能死啊！所以，不要再任性了！」

就算也許只是他如此一廂情願，只能永遠延後也沒關係。是的，只要完成就能獲勝。現在打不贏也沒關係。

「但是伊吉克不是說過嗎！」

魔法的慈與伊吉克過去製造的任何魔族都不同。

對於以前只擁有唯命是從的手下的他而言，那簡直就像是——

「——這個世界上最重要的是正義和勇氣！」

「那當然是個大謊言！妳是兵器！只是用來幹掉『真正的魔王』的兵器！」

「不要！不要……！我已經明白了！」

水槽中的慈正眼對著伊吉克。

那是一雙閃耀著綠色光芒的美麗眼睛。

無論是外表還是內心，她與被稱為最邪惡魔王的伊吉克都截然不同。

——讓人不敢相信那是由色彩的伊吉克這樣的男人創造的。

「就算能打倒『真正的魔王』、拯救世界……我也不想以捨棄他人的方式來獲救！既然我被製造成英雄，就想秉持不辱英雄之名的精神活下去！我想相信正義是真正存在的！我想認為我有戰鬥的勇氣！」

「該死的……！該死的！該死的該死的該死的！」

伊吉克已經沒有能製造出下一個個體的可能性與時間了。

他就快死了。

魔法的慈會以未完成的狀態挑戰「真正的魔王」，然後一切都淪為徒勞無功。

（失敗了。）

他賭上人生打造出來的魔法的慈，完全是個失敗作。

為什麼？為什麼？為什麼？

為什麼要製造出明明知道不可能贏的東西？

為什麼要教她毫無用處的東西？

……為什麼，要那麼做呢？

「該死的……！我到底是怎樣，我……哈哈……我的人生……嗚、嗚嗚……嗚……」

「……伊吉克。」

慈將手掌貼在水槽上說道。

「伊吉克，你一直養育我至今，即使那全部都是謊言……對我來說，那就是真實的世界。伊吉克給了原本一片空白的我色彩！這顆心是真正的正義！」

「住口！妳這個該死的大笨蛋！別開玩笑了！別小看我！我可是最邪惡的魔王！那就是我！我就是！我就是……！」

色彩的伊吉克用顫抖的手觸碰水槽的機關。

溶解處分掉魔法的慈。

過去的伊吉克就會這麼做，即使是現在也一定可以。

——水槽裡的保存液逐漸被抽掉。一切，現在，都毀了。

伊吉克大喊著，彷彿不想看到慈首次走到外面的世界的模樣。

「隨便妳……快滾吧！笨——蛋！」

他絕對不望向那個身影。

身體應該輕鬆得難以置信。
她應該可以呼吸，她應該可以行走。
因為她是色彩的伊吉克所創造的最優秀作品。
「謝謝你。」
……她一定在笑。
意識到這一點，讓他感覺糟透了。
「謝謝你，爸爸！」
她那長長的麻花辮像尾巴一樣飄揚在空中，然後消失在遠方。

◆

——然後，現在。
魔法的慈原本居住的房間只剩下大量的破壞痕跡。
其中大部分的破壞是由庫拉夫尼魯指揮的魔族軍隊造成的。他用盡全力，試著留住慈。
（……真是的，我在白費工夫。）
庫拉夫尼魯用來聯絡的屍魔被折成兩半，倚在牆邊。
即使受到足以損壞自己的一擊，慈也不會停下腳步。他知道這一點。

她不會停下腳步的理由，並不只是因為她擁有無敵的身體。這一點他也知道。

（我明白……）

在第五戰時，慈把勝利讓給了擁有晉級動機的擦身之禍庫瑟。

然而，這絕不是因為慈的內心軟弱。那個時候，慈也按照她的想法，做了她相信自己應該做的事。

（我明白……慈的內心想法。）

——操縱心靈的心術士。

真理之蓋庫拉夫尼魯獲得的這個名聲，實在太諷刺了。

即使他能夠系統化地製造出按照一定機制行動的魔族，並編寫出將自己的心投射到魔族身上的獨特技術……庫拉夫尼魯卻「從未能創造出」像慈那樣，與人無異的，「擁有心靈」的魔族。

「啊啊……是啊。慈……」

慈的身影已經遠去，也許再也不會回到他的身邊了。

所以庫拉夫尼魯才能夠說出這些話：

「……想去哪裡就去哪裡吧……妳……」

想到任何地方，就到任何地方。不是聽命於他人的指示，可以自由地邁進。

因為，那就是擁有心靈者的生命。

「…………拯救所有人吧，慈。」

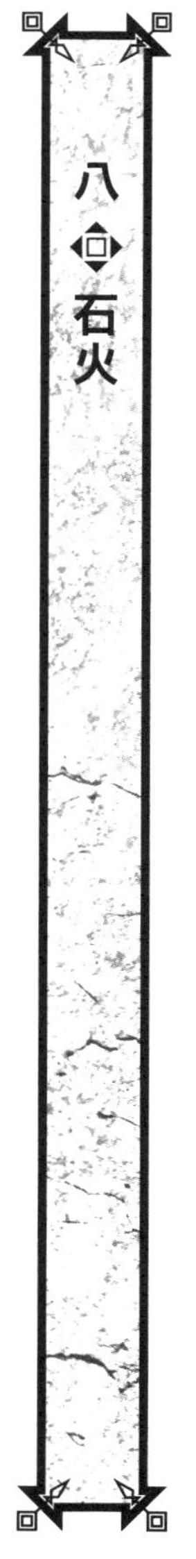

八 石火

焚燒城市的火焰愈來愈旺盛。

在木材和鐵製品爆開的巨響中，遠方傳來了灑水滅火的聲音。

——不過，她趕上了。

「喝啊啊啊！」

魔法的慈的纖細雙臂抓著高塔的殘骸，丟了出去。

壓在來不及逃走的男子上方的瓦礫堆，被比巨人(gigant)施工更快的速度清除掉。猛烈吹入地面凹陷處的熱風使男子咳嗽不止。

「……你的運氣很不錯。雖然看起來雙腳都被壓斷了，但沒什麼大不了的。」

在一旁觀察情況的斬音夏魯庫語帶諷刺地喃喃說著。

剛才慈丟出去的高塔應該是蓄水塔的殘骸。

由於大量的水隔絕了火災的熱量，男子又被壓在瓦礫堆底下，因此勉強沒有吸入致命程度的煙霧而躲過一劫。慈心想真是太好了。

斬音夏魯庫不由分說地揹起那名男子。

「……慈，這裡可以交給我吧？」

「嗯！」

火焰的另一端飛來了子彈。她看得見。

慈以手掌接下了瞄準夏魯庫的子彈。

——那是厄運的利凱教她的。不要只用視野的中心，還要使用周圍的視野察覺攻擊的徵兆。

那看起來像帶有某種毒素的魔彈，但是對慈的身體完全沒有效果。

「真的幸好人沒事！」

「拿著這個，我馬上回來。」

夏魯庫把一個像金屬筒的東西遞給慈，然後以驚人的速度跑向城區外。

能夠看到其身影，說明他調整了速度，避免危及背上男子的生命。

慈需要不斷地抵抗從空中襲來的星馳阿魯斯，至少撐到他們撤離至安全的區域。

「好，來吧，阿魯斯！我就用這個……」

慈舉起從夏魯庫那裡接過的神祕金屬筒大喊。

「……這是什麼？」

兩發子彈接連命中。

彷彿有著生命的火焰從旁攻擊過來，慈本能地用手臂揮開。沒有形狀的火焰在攻擊震波捲起的風中稍微搖曳了一下，但還是穿了過去，焚燒慈的身體。

「哇！」

直接撞上慈的地走吸取了燒毀整個城區的火勢。它具有的威力，是遠非火種狀態時所能比擬的瞬間致命熱量。

「…………雖然我不太懂是什麼狀況！」

火焰僅僅燒掉了半件衣服，那白皙柔嫩的肌膚一點傷痕都沒有。

她那修長的腿踏向地面，像一隻大貓衝進火焰。

「寶物還給我……」

「只要拿著這個，阿魯斯就會朝我而來！是這樣吧！」

子彈直飛而來，慈看到後迅速避開。

然而下一個攻擊早已等在她閃避的位置了。

「！」

如隕石般的泥塊擊中了她。腐土太陽的聚合射出——不是為了破壞，而是想利用其質量來干擾慈的平衡。然而，慈僅憑自己的臂力就承受住那股衝擊。

「阿魯斯！」

她對著天空喊出響亮的聲音，聲張自己的存在，並且將阿魯斯引向火災的中心方向，以免擴大被害範圍。這場戰鬥不同於夏魯庫的對決，阿魯斯的攻擊百發百中，但慈完全沒有放在心上。

她衝向火焰中心的原因還有另一個，那就是檢查還有沒有來不及逃走的生存者。

慈心想，自己是不是能像救了當時的瑟菲多一樣，再拯救一些人命。

「為什麼……為什麼要做這種事？大家都是活著的啊……！他們又沒有傷害你！有很多人甚至連戰鬥都不懂！我——」

她在地上發現一隻小孩的手。慈伸手想握住，但孩子的臉和身體已完全化為焦炭，無法辨認那是男孩還是女孩。

「……！」

「那種事……沒什麼差吧……」

頭上傳來冰冷的聲音。

「遇到不戰鬥的對象，反而更輕鬆……我想要的，不是敵人……而是寶物。」

「……你為什麼想要寶物？」

「……？」

「我在問你！你只有自己一個人，又沒有對象可以誇耀卻想收集寶物！這樣真的開心嗎！」

她將整個身體像彈簧一樣深深地壓低。那也是一瞬之間的動作。

然後以全身的力氣擲出瓦礫塊。

阿魯斯在空中盤旋，輕鬆地躲過了以次音速飛來的瓦礫塊。不過慈就在這個瞬間以攻擊，而非佯攻為目的，拉近了雙方的距離。

她只靠著身體能力就跳了起來，蹬著崩塌傾斜的塔壁，畫出光線般的軌跡。

「……！阿魯斯！」

她僅靠身體能力就逼近飛行的阿魯斯，直到能伸手觸及的位置。

藉由出人意料的爆發力，那隻手眼看就要抓住翅膀的末端。

「奇歐之手。」

此時此刻，阿魯斯已揮出魔鞭。

魔鞭彎曲著鞭身，抽打在慈裸露的腹部上。

「！」

這一擊當然不足以劈斷身為無敵構造體的慈。

但是打擊的反作用力稍微將阿魯斯的身體，拉離慈跳躍的拋物線軌道。

阿魯斯就在觸手可及，卻始終抓不到的位置舉起槍口。

這就是世界最強冒險者的戰鬥技巧。

「樹魔彈……」

伴隨著槍聲，慈從空中墜落。

「嗯……！」

「……腐土太陽。」

緊接著，腐土太陽的泥塊接二連三地在慈的掉落地點落下。大量的泥塊中長出增長速度異常的樹枝，複雜交纏的根系構造將魔法的慈困在其中，更有無盡的泥土持續灌入慈墜落的地點。

「思考原因，採取對策……思考原因，採取對策………思考原因，採取對策。」

沒辦法以殺害的方式，對付無法被所有手段傷害的不死之身。

於是阿魯斯就讓對方動彈不得，直到其目的達成。手段冷酷、無情。

衝擊聲響起。

「……這點程度！」

泥山從內側爆開。

又響起衝擊聲。

土山裂開，巨大的碎片四濺飛散。

「這點程度！根本算不了什麼！」

肉體就是魔法的慈唯一，也是最強的武器。在色彩的伊吉克的理論中是一個完美戰鬥生物的她，擁有即使被堅硬的土壤和根系纏住全身，仍然凌駕於龍的身體能力。

少女用某間商店被燒剩的頂蓋當成斗篷、披在身上，代替自己在猛烈攻擊中失去的衣服。

「如果有能阻止我的魔具……就來試試看吧！阿魯斯……！」

她要在這裡阻止阿魯斯，非得阻止不可。

她再也不想見到王國在眼前毀滅的悲劇了。

（……要思考，我必須思考。我並不聰明，所以就算想攻擊阿魯斯，也一定會被牠預測到。

我的攻擊是打不中的，而且阿魯斯可能……每次觀察我的動作就學到一些經驗。搞不好……牠會判斷無法打倒我，而從這邊逃走……）

她必須解決這個遲早會出現的問題，但是魔法的慈想不到什麼方法。雖然她現在可以用夏魯庫交給她的鐵筒當誘餌，暫時拖延，但一旦讓對方逃脫，那就等同於她輸了。無論魔法的慈擁有多麼卓越的身體能力，精於飛行的星馳阿魯斯速度仍在慈之上。

「再攻擊一次……」

「——妳打算一個人戰鬥嗎？」

一個聲音從旁邊傳來。

那裡在前一刻應該是沒有任何人存在的空間才對。

「啊！」

在慈辨識出對方之前，那裡站著一位身披深綠色破布的骸魔。

「夏魯庫！」

「我說過會『馬上』回來吧？」

斬音夏魯庫如風車般旋轉白槍，接著壓低了槍尖。

他朝上空挑釁地說道：

「抱歉啦，接下來你得對付兩個人了，星馳阿魯斯。」

「這樣啊……因為……你們一個人打不贏？」

「——天曉得？也許兩個人就足夠了。」

◆

有一種出現時就會摧毀國土，名為微塵暴的天候現象。

就算與微塵暴、魔王自稱者或是僅存在於歷史記錄中的龍相比，星馳阿魯斯這隻鳥龍都是史上最嚴重的災害。

最大的原因，是牠非比尋常的侵襲速度。

就連應該擁有絕對制空權的利其亞空軍，在面對星馳阿魯斯閃電般的進攻時，也未能完全發揮其空中防禦能力，只能在利其亞本國迎戰這唯一一隻的鳥龍。那時的星馳阿魯斯甚至沒有發動多種魔具，焚毀整個城市的王牌手段。

對於防禦範圍遠大於利其亞的黃都而言，現在能夠將星馳阿魯斯持續留在一開始進攻的一個城區內，可以說是奇蹟般的戰果。由於牠不斷使用地走和腐土太陽進行戰鬥，也沒有發動第二次多重魔具。

（我們算是做得很好了，甚至可以向黃都索取四倍的酬勞。）

但是，僅僅阻止對方已經不夠了。

如果「只」因為敵人可以飛來飛去、受到致命傷也能再生，還擁有無敵的防禦能力就放棄戰鬥，會損及夏魯庫的自尊。

如果只要逃來逃去就算贏，斬音夏魯庫或許會是這個世界上最無敵的存在。然而，以技術、力量和策略將敵人打得體無完膚，讓對手再也無法行動才是真正的勝利。

「慈，我有一個作戰，不過需要鑽進那傢伙的死角……妳聽得懂嗎？」

「作……戰……？」

「看來聽不懂啊。」

地走再次襲向兩人之間，彷彿要分開他們。

斬音夏魯庫如同消融在空氣中閃開，慈則是毫不畏懼地承受著超高溫的烈焰。

雖然當成披風罩在身上的布被燒去了一半，不過慈滾進了夏魯庫藏身的瓦礫堆底下。如果只是要簡短交談幾句話，這裡還算是個安全的地方。

「我會努力的。我來幫你吧！我該做些什麼？」

「妳知道那傢伙手上有哪些種類的魔具嗎？」

「呃，有鞭子、泥土、火焰……還有死者的巨盾，可以讓攻擊失效。」

「……妳知道那個項鍊型魔具的名字啊。」

「嗯，以前稍微聽說過。還有，牠會射出很多不同的子彈，剛才我還被會長出樹木的子彈打中了。如果是普通人，可能早就被吸得乾乾的死掉了。」

「魔彈數量應該也有限，畢竟是子彈嘛。」

對於這一點，夏魯庫相當自豪地認為他做了不小的貢獻。

對於星馳阿魯斯而言，雷轟魔彈原本應該是不會在一場戰鬥中多次使用的必殺魔彈，不過夏魯庫已經讓牠發射了四發數量有限的子彈。

「還有一件事，牠有修復傷口的再生能力。可能是體內埋入的魔具……不知道得破壞哪裡才能殺死牠。然而現在的阿魯斯有視覺和聽覺，能根據我們的行動想出應對方法。妳明白這是什麼意思嗎？」

「那是什麼意思？」

「即使有著怪物般的外表，牠還是有『大腦』，至少有擔任五感中樞的器官。只要破壞頭部就可以停止牠的動作，一旦停下動作，只要用比再生速度更快的速度持續破壞就行了。我們兩人都很擅長做這樣的事吧。」

停下其動作，卸除死者的巨盾的防禦，破壞頭部。

重要的是與慈分享這個計畫。

「吶，夏魯庫，那就是說——」

在瓦礫堆底下的黑暗中，慈那雙發出綠光的眼睛看著夏魯庫。

「我們也許可以和阿魯斯談一談吧？」

「……別說蠢話了。」

事到如今，他不打算做那種沒有意義的問答。

星馳阿魯斯已經徹底成了怪物，對牠有什麼期望也只是白費力氣。

◆

另一方面——星馳阿魯斯來襲的警報已傳至洛摩古聯合軍醫院。

由於這間洛摩古聯合軍醫院距離預估的侵略路線很遠，因此上頭對患者和來診者的指示並非撤往其他區域，而是留在原地，直到緊急狀況結束。

就在患者們屏息望著遠處的東外城冉冉升起黑煙的同時，醫院後門的出口處有兩名男子在不停爭吵。

「我就說了，哈魯甘特大叔別跟來啦，你會死喔！」

「說什麼蠢話！你才是在想什麼啊！怎麼可能用一隻腳打贏那個『星馳』！那才是比我還要誇張的自殺行為吧！」

「我沒問題。不過原來你也知道自己的行動是自殺行為啊？」

其中的壯年男子是黃都第六將，靜寂的哈魯甘特。而披著紅色運動服的小個子男子則是勇者候選人，柳之劍宗次朗。

兩人在各個方面是截然相反，但在應該避免災厄到來的這個情況裡，都想自己衝進災厄中心這點上卻是相同的。

「別用『我沒問題』這種話蒙混過去！至少你沒有去戰鬥的理由！規定有說，無法戰鬥者能免除討伐魔王自稱者的義務！」

「喔……那我就更得去了。按照大叔的說法，聽到這陣警報還不出面的話，『我不就會變成無法戰鬥者嗎』？而且還會被判失去參加六合御覽這場殺戮比賽的資格——要是在這麼有趣的時候不戰鬥，就一點也不好玩了。」

「就、就為了那樣的理由……你不惜做到那種地步，也想獲得勇者的稱號嗎？」

「勇者～？」

柳之劍宗次朗宛如第一次聽到這種說法，眼睛瞪得又圓又大。

「你怎麼會得到這種結論啊？我從一開始就只是來打比賽的，我應該已經坦白地說過這件事了。反倒是哈魯甘特大叔都已經被當成病人了，沒必要勉強自己過去吧。」

「我、我……身為黃都二十九官，有保衛國家的義務！說起來，和我一樣是住院病患的撒布馮都已經出擊了，我卻沒有受到召集也太不合理了！況且……」

「怎麼了？」

「況且……」

哈魯甘特變得結結巴巴。

「……『星馳』還活著。我、我是……為了打倒牠……」

宗次朗像青蛙一樣蹲著身子，仰望哈魯甘特。

「你想和『星馳』廝殺一場嗎？」

「…………對。」

他說不出任何合理的話。

與星馳阿魯斯扯上關係時，都是如此。

——即便如此，他也覺得必須與阿魯斯廝殺。

身為威脅黃都的災厄，身為糾纏自己人生的終身勁敵，哈魯甘特都覺得非得殺死牠不可。身為曾經殺過朋友的人，身為開啟那場冒險的人，哈魯甘特都覺得自己非得被牠殺死。

「如果現在不戰鬥，我將不再是我。在這個世界裡……如果有我應該用盡生命對付的敵人，那就是星馳阿魯斯，我的人生就是為此存在。這次一定要……」

「我懂了，那我就不阻止你了。那麼，你打算怎麼辦？」

宗次朗無奈似地聳了聳肩。雖然說從旁觀者的角度來看，他明顯應該是更需要被制止的重傷人士。

「……這間醫院應該以弗琳絲妲的資金購置了幾輛汽車。如果搭汽車的話，即使沒有車夫和馬也能一個人開動。蒸氣機關的操作……我多少曾經練習過，應該能開到東外城。」

「汽車？聽起來真懷念啊。」

「你、你開過嗎？」

「完全沒有，只是經常看到報廢的車。」

「是嗎……嗯，那就只能由我來開了……不管怎樣，這裡應該有車。去找車庫，在醫院的人發現之前把車開走。」

「喂，仔細想想，這不是偷竊嗎？隨便把車開走沒問題嗎？」

「當、當然不行啦！但這是緊急狀況！」

「那不就是不行嗎？」

「就算不行也得去！」

——即使到了阿魯斯那裡，也無法想像哈魯甘特能對牠做些什麼。

是想要和牠戰鬥嗎？還是想要說些話？這點也不清楚。

又或許會像其他大多數人那樣被燒成灰燼。他可能只有那樣的下場。

哈魯甘特又一次自不量力地想做出魯莽之舉。

（……沒錯。想要打敗燻灼維凱翁時，在尋找冬之露庫諾卡時，我不也是如此嗎？）

到頭來，靜寂的哈魯甘特連想當個診斷書上所寫的瘋子都當不了。

即使如此，他仍然想要憑自己的意志「那麼做」。

（正是因為有星馳阿魯斯在，我才做得到。）

因為行事比任何人都還要魯莽，正是最強的冒險者認可哈魯甘特擁有的唯一才能。是他人生中唯一的榮耀。

◆

星馳阿魯斯停止了攻擊，因為再打下去也毫無意義。

牠在孤立魔法的慈的階段試過了好幾種攻擊方式，只能得出用手上的魔具無法擊敗對方的結論。

再加上，斬音夏魯庫目前和慈會合了。夏魯庫沒有選擇逃跑，刻意回到了這裡。

明明他已經做過各種嘗試，非常清楚自己的攻擊無法傷到阿魯斯。

「……真是礙事。」

現場同時存在著兩名擁有單獨戰力在巨龍之上的超規格怪物。

在阿魯斯逐漸失去的自我意識中，大量的戰鬥經驗與附帶的戰術累積是為了維持戰鬥機能而所剩不多的領域。不過牠能判斷出夏魯庫與慈毫無疑問是足以與冬之露庫諾卡，或是駭人的托洛亞匹敵的巨大障礙。

雖說如此，那也純粹只是根據擊敗的困難度——能夠避開雷轟魔彈的超高速移動，以及能正面承受地走攻擊的無敵耐久力。

那就不要想擊敗他們就好了。阿魯斯很自然地歸結出這個結論。

牠的冒險目的並不是殺死傳說，只是收集寶物。以低空飛行發動奇襲，奪取希翠德・伊利斯的火筒，之後忽略這些敵人就好。

（……………我會降下去，要引誘對方……做出那樣的判斷嗎？）

這兩人還無法對阿魯斯造成有效傷害的原因，是因為阿魯斯持續在三維空間中占有優勢，可以輕鬆應對來自地面的攻擊。

尤其是牠在應付斬音夏魯庫時，已經展示了大部分的魔具。只要阿魯斯打算降落到地面，敵人毫無疑問做好了突破那些手段的策略。

（這些傢伙……還在阻撓我的原因是………）

望向四周。底下的區域被火焰染成了不祥的黑紅色，但遠在地平線另一端的黃都城市仍然一片完好。

（如果我攻擊這邊，會發生什麼事……要試試看嗎………）

夏魯庫他們承受這麼多的攻擊，卻仍然沒有放棄希翠德．伊利斯的火筒，這其中一定有「不肯放手的原因」。那麼就算不殺死當事人，只要消滅其原因，也能得到目標寶物。

沒必要自己進入敵人的攻擊範圍。

為了決定飛行路線，阿魯斯反而拉高飛行高度。

……空氣微微震動。

遠處，城塞的方向似乎閃過某種光芒。

「……」

高空發生爆炸，星馳阿魯斯墜落。

比白晝的太陽還要耀眼的死亡光線劃破雲層，穿過星馳阿魯斯頭頂上方的天空。

牠不得不選擇以失速進行緊急迴避。
大氣沸騰。破壞。高溫。
蓄積了太陽光，讓強烈的跨城市砲擊成為可能的光線魔具。
（冷星……！）
「難道你以為我只是逃跑了嗎？」
斬音夏魯庫的聲音。在返回這片戰場之前，他早已向黃都求援了嗎？
利用失速閃避光線後——在牠落地處等著的是……
「我不會把你踢開！」
「……」
慈一跳，穿越了空中。
長長的麻花辮如尾巴般飄逸飛舞，發出綠光的眼睛畫出了一條線。
「——而是捉住你！」
正在墜落的星馳阿魯斯，無法躲開以超越子彈的速度逼近的魔法的慈。
即使用死者的巨盾抵擋，一旦對方不是進行破壞，而是直接捉住其身體，阿魯斯遲早必須解除死者的巨盾的防禦。
「腐土太陽。」
牠丟出腐土太陽。

半自動的泥彈四射——沒有任何手段能阻止魔法的慈。即使如此，只要阻擋住視線一秒，應該就能夠逃走了。

牠感覺到自己的左翼被人抓住。

（……她擋住了。）

魔法的慈身上沒有任何衣物。

她脫去披在身上的斗篷……脫去原本應該是商店頂蓋的布，並且用布裹住了星馳阿魯斯投下的腐土太陽，封鎖了其射擊。

她抓住了翅膀。只能自己砍掉翅膀了。

「奇歐之手……！」

「別想逃！」

阿魯斯已經準備拔出魔鞭的手沒有選擇鞭子，而是選擇了步槍。

就在那個瞬間，星馳阿魯斯的戰鬥判斷發出了警告。

（——那個骸魔。）

斬音夏魯庫正靜靜地站在魔法的慈後方。他握著希翠德·伊利斯的火筒，破布深深蓋住臉，一動也不動。

也許他在這場剎那的攻防之中，選擇了當誘餌。

（不對。）

步槍的槍聲響起。

「……」

「如果你打算『砍下』自己的身體。」

一股冰冷的堅硬觸感縱向穿過了眼球。

那是從絕對死角刺出的尖刃。

阿魯斯的頭蓋骨被長槍刺穿了。

……牠看得見夏魯庫的身體，就在慈的後方，一動也不動。

「就不會使用那什麼死者的巨盾吧，星馳阿魯斯。」

「——你、是……」

然而與此同時，斬音夏魯庫就在阿魯斯的頭頂上，刺穿了牠的頭部。

只有從胸骨以上……以鎖骨相連的「頭顱和右臂」。

「捉迷藏就玩到這裡。」

思考原因，採取對策。

遠處的夏魯庫身體可見部分只有左臂和胸部以下。

能夠分離骨架並重新組合。這就是這個骸魔的能力嗎？

……對了，慈脫下的那一大塊布。

夏魯庫是以極限分離的狀態，緊攀在那塊布的後面嗎？

將自己化作慈控制的武器，在那一瞬間的絕佳機會中奮不顧身地——

原因找到了。

既然找到了，就能制定對策。

不管對方是什麼樣的傳說，只要交戰過兩次，就能打倒。

只要還能夠戰鬥。

——思緒陷入黑暗，逐漸消逝。

「成功了……」

落地的慈小聲地喃喃自語。

最後的作戰成功了。

最強的冒險者如今被夏魯庫的長槍釘在地上。

也許牠遲早會開始再生，但慈確實地抓住了阿魯斯，不會再讓牠逃脫。

儘管會造成巨大的破壞和犧牲，但至少能夠阻止對方。

星馳阿魯斯的襲擊速度異常地快，來得及回應召集全體勇者候選人的討伐命令的人，只有斬音夏魯庫和魔法的慈。

「這樣一來，就不會再有人死了……沒錯吧，夏魯庫？」

「……慈，我提醒妳一下。」

只剩頭部和右手臂，以長槍刺穿阿魯斯頭部的夏魯庫呻吟著說。

他的話音有種怪異的感覺。

「千萬不要……放開阿魯斯的身體……」

「好的。為什麼要這麼說……」

然後，她察覺了。

從阿魯斯的屍體中長出的樹枝纏上了斬音夏魯庫，企圖裹住其身體。

慈知道這種攻擊。是樹魔彈。

阿魯斯在分出勝負的瞬間不是對夏魯庫開槍，也不是對慈，而是「牠自己」。

「怎、怎麼會……！」

「不愧是牠。這傢伙果然是個……不得了的怪物，竟然在一瞬間想出這種反擊方式……！」

慈還來不及思考，就伸手想扯下夏魯庫的骨架上快速生長的樹枝。

「……不行！」

不夠。如果只用一隻手，就只能扯下抓住的部分，完全沒有意義。

夏魯庫並不像慈那樣擁有無敵的身體。如果被樹魔彈纏住侵蝕，就一定會被摧毀。

夏魯庫以妙計創造的唯一機會……對阿魯斯來說，也是唯一能夠制服超高速的「斬音」的良機。

「……！」

她應該放開另一隻手抓著的阿魯斯身體。

反正阿魯斯因為剛才那一擊死亡的可能性很高，畢竟牠的大腦被刺穿了。

「夏魯庫！」

「別放手！」

「我怎麼可以……不放手！」

慈知道自己很蠢。

她放開了抓住阿魯斯的手。

以兩隻手扯掉了寄生在夏魯庫身上的樹。只在短短一瞬間。

與此同時。

死去的阿魯斯握著的奇歐之手彈了起來，劈開阿魯斯自己的頭顱。牠犧牲了半顆頭，將牠釘在大地上的白槍就此脫落。

「還沒完……！」

從夏魯庫身上扯下來的樹枝纏住慈，瞬間整個人頭上腳下。

泥巴在眼前炸開。

「……！」

在剛才的攻防中，腐土太陽滾到地上。

當可以製造無盡泥彈的魔具失去控制時……

她陷入數量驚人的泥巴中，視線被阻擋住，勉強碰到阿魯斯的腿。

無法抓住。剛才抓到的那些還活著的樹根，已經塞滿了慈的手。

（牠要逃走了！）

「慈！把我扔出去！」

彈指間，纏在指尖的樹根被砍掉。

僅剩頭部和一隻手臂的音斬夏魯庫失去了機動力，但仍然可以揮槍。

眼睛被蒙住的慈緊握著那柄白槍的槍尖。

（我要做出判斷。如果阿魯斯還活著，牠會朝哪個方向飛去。）

厄運的利凱一定會知道。

——除了慈以外的人都在拚命地思考。

——以經驗來掌握對手接下來會有什麼樣的動作。

（是啊，阿魯斯一定會去「搶寶物」——！）

慈擲出化為一柄長槍的夏魯庫。

朝著當成誘餌的夏魯庫身體——希翠德·伊利斯的火筒的方向。

那個動作打散了遮住慈一隻眼睛的泥巴。

眼前的景象映入眼簾。夏魯庫與身體結合，刺出長槍。

卻沒碰到目標。

（……怎麼會。）

恢復飛行功能的阿魯斯飛往與預測完全不同的方向。

並不是慈此時的判斷下得太慢。

只有一件事出乎魔法的慈意料，那就是地面上對寶物最為執著的最強冒險者，在那一刻「並不是冒險者」。

被夏魯庫破壞頭部的星馳阿魯斯，在重生之後只憑著本能行動。

魔法的慈失敗了。

夏魯庫在泥濘之海的範圍外大吼著：

「慈！如果不想變成化石就趕快逃啊！那些泥巴是阻止不了的！」

「不行！」

即使如此，慈仍然這麼喊著，像要抑制住從腐土太陽不斷溢出的泥巴，死死抱住魔具。

「我必須停止這東西！如果……還有倖存者的話……！我不能讓那些人被泥巴淹沒！對這個區域以外的地方……也不會造成損失！」

「根本沒有什麼倖存者！妳現在打算控制那個魔具嗎？那就像要對剛剛見到的對象，使用詞術啊！」

下半身完全沉入泥中，腳碰不到底。

被丟在地上的腐土太陽不斷溢出泥巴，數量多如大海。慈的身體被泥巴覆蓋，視線被封入黑暗，連呼吸器內部都開始湧入泥巴。

即便如此，慈仍能忍受。她如此相信著。

（我不會放棄。）

她是被切除了恐懼機能的怪物，可以一直持續戰鬥下去。

因為在被烈火包圍、逐漸沉入泥沼，宛如地獄的城市中……現在能夠持續抓住腐土太陽的，只有魔法的慈一個人。

遠方傳來聲音。

這次一定要幫助他人。不放棄任何人。

（——我不會放棄，我不會放棄，我不會放棄……！）

她的戰鬥結束了。

「魔王遺子」帶著那股意志，沉入泥濘之中。

掛在黃都天上的災厄之日，至今尚未落下。

九◇奇紮亞火口湖

——二十七年前，在「真正的魔王」出現在這個世界前的時代。

這個時代的恐懼是鳥龍、鬼族、疾病以及魔王自稱者們。

有時候，來源不明的魔具和魔劍也會威脅到秩序。

奇紮亞火山的山腳下沒有人族的聚落。

從火山頂上的火口湖流下來的河流不是一般的水，這條河經常流下充滿黏性的怪異土石流。也有傳言說，有從未見過的奇異生物棲息在那個火口湖附近。

但是要到達奇紮亞火口湖，必須先穿越難走的泥濘岩地、泥巴堆積的沼澤和有毒蒸氣等危險地形。那裡是天然的迷宮。

偶爾會有冒險者或學者前往火口湖探索，但他們大多數人就這麼消失了。

就像有微塵暴吹襲的亞瑪加大沙漠一樣，人們都隱約覺得奇紮亞火口湖是個危險地帶，鮮少有人認為該片土地具有冒那些危險的價值。

星馳阿魯斯身處在那個奇紮亞火山的山腳下。

「…………我想聽聽你在火口湖看到了什麼。」
「你是……」
一名山人冒險者倒在陡峭的岩石底下。
或許是因為從岩山上滑下來，山人的手腳彎向了原本不應該有的方向，但由於山人特有的強壯肉體，他並未死去。
「三隻手臂……難、難道……」
「嗯。」
阿魯斯微微點頭，因為牠覺得這樣比較省事。
山人冒險者露出苦笑。
「我……身上沒有什麼東西，尤其是『星馳』你所渴望的什麼寶物……所以，我才會做冒險者……這種不正經的職業……」
「我倒覺得還不錯。」
「因為你很強嗎？……有著三隻手臂的鳥龍傳聞，現在……都傳到王國了。」
「……是嗎？」
牠簡短地回了一句，沒什麼興趣。
阿魯斯用拋棄式的水壺給山人喝了點水後，山人一邊咳嗽一邊開始說話。
「火口湖上……有鬼……以前就有這樣的傳說……我們是想去確認……以為可以賺錢……」

「賺錢？小鬼（Goblin）和大鬼（Orge）能拿來賺錢嗎……」

「——是『新品種』。你不知道人族的傳說……嗎？譬如說，就曾經有『彼端』漂流過來的怪物……在這個世界安身立命……咳咳！變成擁有新名字的種族……如果能找到那樣的東西，就算是屍體也有很高的價值……！」

「喔……不過我對那沒興趣……」

星馳阿魯斯一直在收集這個世界的財寶，但只限於「在戰鬥中有用的物品」這類非常狹義的寶物。牠經常看到像這個山人一樣，將一些珍奇的屍體、只是外表美麗的石頭、風景或畫作之類的東西稱為寶物的人，但牠並沒有深入理解那些價值觀。

雖然牠覺得沒辦法用來保護或奪取的寶物，即使收集再多，也只會淪為被他人奪走的無用累贅，但人族或許有人族的想法吧。

「…………只不過，快到抵達湖泊時……有兩人被射中。被泥巴……泥巴做的箭射中。」

「你是……腿被射中，才掉下來的吧。」

山人右腿的傷口與身上的其他撕裂傷不同，傷口很俐落，可以看出這是由某種武器造成的傷口。

而且，附著在傷口周圍的泥土質地，和這一帶持續溢出的異常土石流是一樣的。山人的證言有參考的價值。

「……我也想聽聽新物種的事。如果你想保密，那就算了……」

「沒關係。反正不會有人來這種地方救我……我也無法把這些情報賣出去。那種生物看起來像大鬼……咳！我確實看到了……不只一隻或兩隻，火口湖那裡有好幾隻……」

山人的呼吸逐漸虛弱，聲音卻因激動而顫抖。

「真的有獨眼的鬼存在！」

「……」

星馳阿魯斯無聊地刮著腳下的岩地。

一如牠的預期，這並不是什麼吸引人的情報。

「…………這附近的泥……跟我以前見過的馬托庫煤田的氣味很像，跟這附近土地的……原本的地質完全不同……」

「啊……？」

「……那麼，我要走了……再見了。」

「咦？你、你……沒有要吃我嗎？」

「……？吃了你對我有什麼好處嗎？」

「可是……鳥龍不都是這樣的嗎？所以我還以為我要死了……」

「是嗎？我……天生就是沒有食慾的那種類型……而且我也有比人族的肉更方便攜帶、更有營養的食物……」

多長了手臂的星馳阿魯斯，也許比其他鳥龍少了野性。

牠能夠僅靠和人族一樣的乾糧生存，而普通鳥龍會對其他種族抱有的攻擊性也沒有強到壓不住的程度。

「況且……我有朋友。如果對人族造成傷害，也許……會在某方面影響到朋友的升遷……」

「星、『星馳』……那個星馳阿魯斯竟然有朋友……哈哈……讓人難以相信……簡直就像在開玩笑……」

「…………我沒騙人。」

「是啊，我相信你。真是的……這可真是拿去地獄當伴手禮的好故事……」

「……我覺得你不會死。」

星馳阿魯斯從岩石上方遠遠望了出去。

雖然還很遠，但可以看到五個人類正在接近這裡。他們應該是追隨在奇粲亞火山附近的「星馳」目擊情報而來的王國鳥龍討伐部隊。

也許奇粲亞火口湖本身並沒有值得調查的價值，但為了確認擁有許多魔具的鳥龍是否在該地，卻足以讓黃都派遣一個部隊。

「……你滑落到這裡是你的運氣好。關於新品種生物的事……最好別說出去。」

「咳咳！如果知道我能活著回去，我就不會講了……該死！」

當山人咒罵的時候，星馳阿魯斯已經從岩石飛上天了。

（獨眼的鬼……嗎？）

牠俯視著不斷流下泥土的岩石表面。

無論是多難闖過的迷宮，對於在空中飛翔的阿魯斯來說都不是阻礙。

而現在，在聽過冒險者的故事後，牠確定了此地有「值得奪取」的寶物。

（……是我的寶物。）

◆

「炯炯有神的澤拉德」這個名字是他自己取的。

他認為自己沒有父母。在這個奇紮亞火山的嚴酷環境中，所需的生存知識和技能一直都是他自己學到的。

不同於少見的人族或小鬼，他的臉上只有一顆位在中央的眼睛。

「你應該能明白，阿魯斯。我曾認為我是這個種族中唯一的存在。」

「………」

奇紮亞火口湖的景象看起來就像是被黑土均勻覆蓋的平地。

源源不斷湧出的泥土已經完全填平了原本的湖泊。在以木板橋連接的居住地之間，有著將泥土當成土壤種植作物的田地。

住在那裡的鬼，全部都像澤拉德一樣只有一隻眼睛。

「我……在奇紮亞這裡找到了跟我一樣的鬼。現在包括我在內，共有六隻。像我這樣的種族正在接連誕生。這裡是隻鬼(Cyclope)的領地。如果沒有這個腐土太陽，人族會闖進來找到我們。」

澤拉德手中的多孔球體至今仍然源源不斷地湧出泥土。

腐土太陽是澤拉德取的名字。這是一件只要觸摸後溝通意思，就能控制泥土的排出壓力和形狀的魔具。

對於像澤拉德這樣的老練使用者來說，把泥土以刀刃或子彈的樣子射出，就能輕而易舉地擊退少量的冒險者——更重要的是，他能將這奇紮亞火山維持為拒絕人族文明進入的堅固迷宮。

「所以我不能交出這個。即使現在你和我要開始彼此廝殺也一樣。」

「……這很難說。我認為……你交出那東西會比較好。」

「我不明白。你為何不強行從我手中奪走呢？」

「沒什麼……如果事情變得很麻煩，要那樣做也可以……」

星馳阿魯斯的身軀只有隻鬼的一半寬度，但隻鬼似乎仍然沒有勝算。

在阿魯斯像這樣站到面前之前，澤拉德他們用盡了所有手段，包括腐土太陽的射擊在內，試圖擊落這隻鳥龍，但全部都以無效告終。

（我不明白這傢伙的意圖。但無論如何，我都想保留我隻鬼血統。）

這就是為什麼澤拉德會禁止其他隻鬼出手，孤身前來參加這場不能稱為談判的談判。

「……來到這裡的時候……山人問我說，為什麼我不吃人……」

阿魯斯回頭將視線投向木板橋東側的小屋。

彷彿知道那裡頭掛著什麼。

「……你們吃了冒險者吧。」

「那是闖入我們領地的珍貴人族肉。你這隻鳥龍不會是為了幫哪位冒險者報仇才來的吧？鬼族吃人是天經地義的事。」

「所以啦。」

「什麼？」

「……如果想吃人……只要下山住在城鎮附近就好了。你們對欲望撒了謊……不自然啊。」

「這是為了保護種族。我們的數量還不夠充足，如果現存的六隻和四隻孩子死掉就完了。愈靠近人類居住的地方，危險性就愈高。」

他們有吃人的需求，但隻鬼需要數量來對抗人族的力量。在那個時候到來之前，澤拉德需要繼續守住這座火口湖。

阿魯斯卻說出了出人意料的話。

「……為什麼危險？」

「你說什麼？」

「如果是大鬼的話才不會擔心那些事。你們就是太弱了……剛才的攻擊也是……只有一隻眼睛才會射不中。剛才也放走了一個山人……」

「……」

只有一隻眼睛的隻鬼，不具備其他鬼族或人族那樣的立體視覺能力。不必說，這也對射擊精準度產生很大的影響。

澤拉德也不明白為何會出現他們這種只有缺點的種族。

「所以你想說，我們是因為弱才會聚在一起嗎？」

那正是澤拉德自己也意識到的矛盾。

隻鬼太弱了。如果順其自然，他們是只註定滅亡的種族——因此必須依賴魔具的力量生存下去。

因此，阿魯斯接下來要點出來的事，才真正令他感到恐懼。

「孩子，原本應該……不是只有四隻吧？」

「為……」

澤拉德心中一涼。

「……為什麼……你知道……！」

「咦……？因為如果種族那麼重要，不多養一些孩子……就奇怪了。」

「只是生下來的數量少而已！每個種族都有『出生異常』的情況……！」

「那是——」

阿魯斯以冷淡的眼神望著澤拉德。

「因為他們都有『兩隻眼睛』吧？」

「不是，不是……！」

和炯炯有神的澤拉德一樣的隻鬼，應該是這個世界新出現的種族才對。

那麼為什麼，他們的「孩子並非如此」？

「……這裡的泥巴。」

阿魯斯彎下腰，掬起腳下的泥土。

「和馬托庫煤田的氣味相似。在那裡的河中……因為礦山排出的毒素，偶爾會捕到眼睛黏在一起……樣子像怪物的魚……」

「不可能……不可能有那種事……」

「……這裡是火山。火山的熱量使泥巴中的物質揮發到空氣中……受到那種煙的影響，才會變成這樣。」

澤拉德不知道自己父母的長相。他撿來的五名隻鬼也都是如此。

所以他們相信自己是「彼端」送來的新種族。

「假如，火山附近有……大鬼的棲息地。」

「……閉嘴！星馳阿魯斯！」

他試圖扭斷阿魯斯的脖子，但手臂揮空了。

他的攻擊太容易被躲開，比普通的大鬼還要弱。

「……我、我們……為什麼會這樣……！我殺了……有兩個眼睛的孩子，他們不是我們的種族……」

「你是大鬼啊。」

澤拉德一直迴避的所有不合邏輯的事情，都指向了那個事實。

——一直認為自己是隻鬼的他只是普通的大鬼。他這種受到腐土太陽泥巴的影響，在少數情況下產生的畸形個體只是被丟棄在山裡罷了。

他曾認為腐土太陽是為了他們而生的魔具。但是，就是這個被詛咒的魔具，創造了像他們這樣的生物嗎？

「我、我……該怎麼辦……」

「……這裡應該有時會發生小型地震吧？剛才也聽到了……像火藥爆炸的聲音。」

星馳阿魯斯不在乎澤拉德的模樣，繼續說著。

「……如果不丟掉那個腐土太陽，你們所有人都會死。」

「胡說……」

「不管是地震，還是聲音……都是火山爆發的前兆。太多泥巴流入地底……增加了壓力……我覺得你們最好趕快下山，像大鬼一樣生活…………」

足以覆蓋整座山還綽綽有餘的泥土生產量顯然很異常。但在這個世界裡，那種異常狀況多得是，大部分的冒險者不會一一調查並解決它們。

然而，走遍這片大地，甚至被稱為「星馳」的阿魯斯在不斷地進行多方嘗試後，練就出觀察的本事，讓牠知道某種現象是否與寶藏有關。若無關，其原因又是什麼。

（……這就是真正的——）

澤拉德有時候會從捉到的冒險者口中聽到世界上的大小事，其中關於最強冒險者的故事屢見不鮮。

不知為何——在說到星馳阿魯斯這個應該只是個恣意掠奪者的鳥龍之名時，他們總是像在描述英雄一樣。

即使殺光敵人再奪取寶物一定會比較快，牠也不那麼做。

「為什麼……為什麼你跟我一樣……是畸形之人，但卻……」

「我就是我，沒什麼特別不同的地方……」

澤拉德蹲了下去。

他不能再繼續持有腐土太陽了。

「我想要自由。我想自由地……」

「…………你也可以想怎麼做就怎麼做啊。」

自那一天起，奇紮亞火山的泥流就停止了。

兩年後，西聯合王國流傳著目擊到獨眼怪物集團的傳聞，但那種話題很快就被人遺忘了。

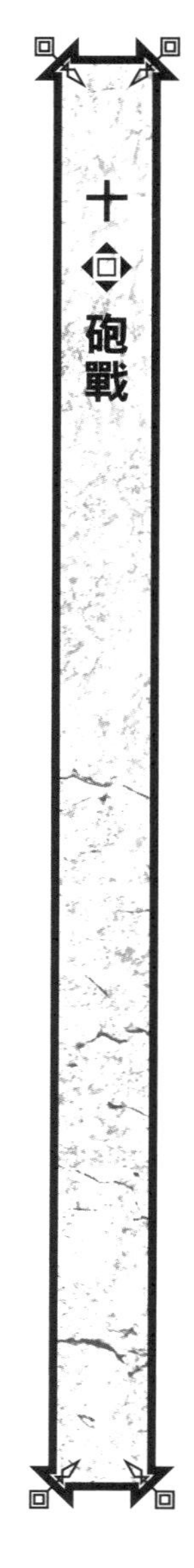

十　砲戰

就在腐土太陽被投棄至黃都東外城第五街，魔法的慈退出戰場之後。

他從三號堡壘的小塔上看到了星馳阿魯斯起飛的瞬間。

「看到了」的描述或許不夠精確，因為那只是透過光學瞄準器看到，幾乎像灰塵一樣小的影子。

（——開什麼玩笑。）

戴著厚重有色眼鏡的射手一邊在心裡咒罵著，一邊將手放在固定於小塔內的「冷星」上。其瞄準的動作幾乎是下意識完成的。

彈貨達利原本是屬於凱特陣營的士兵。他曾經使用「彼端」的新兵器，從九百公尺開外的距離射中了戒心的庫烏洛。而他目前的目標是星馳阿魯斯。

阿魯斯沒有提昇高度，隱藏於城市陰影處，進行低空飛行。

雖然飛行高度愈低，阻礙阿魯斯飛行的建築物就愈錯綜複雜，但同時也意味著狙擊的彈道無法通過那些障礙物。

很明顯地，牠提防著這個冷星的狙擊。

阿魯斯擁有名為死者的巨盾，能夠防禦這種高熱攻擊的手段。

黃都也知道在那種無敵的防禦能力被啟動的期間內，阿魯斯無法進行包括飛行和攻擊在內的所有動作。也就是說，達利的任務就是透過光線的照射封鎖其飛行，將阿魯斯擊落至在地面上追蹤阿魯斯的斬音夏魯庫的戰鬥距離內。

此地距離東外城大約是兩千五百公尺。要在這種距離下對阿魯斯這樣的小目標進行狙擊，可以說一點也不實際。

（如果這傢伙打偏了，擊中市區上方之類的地方，我得為此負責嗎？）

這座三號堡壘是最靠近東外城，並且位於西側的堡壘。

彈道的方向在黃都市區之外，因此砲擊帶來的損害被認為在「可接受的範圍之內」。

（就算有幾百人被波及而死亡，我也絕對不會賠償家屬喔。）

呼吸的節奏對上了。手指和戰鬥經驗讓達利幾乎自動扣動了扳機。

「點火。」

耀眼的強光射出，宛如將針插入如影子般排列的建築物縫隙。

冷星照射出光線時不會發出砲擊聲。

光穿透了鐵塔。民宅的屋頂融化沸騰。

之所以會響起哀嚎般的巨響，是因為彈道上的空氣在受熱後爆炸。

對於這個世界的狙擊槍而言，要擊中兩千五百公尺之外的目標是幾乎不可能的事。

但是冷星射出的是光，因此不需要考慮重力或風的影響，也不需考慮星球的自轉。而且冷星與普通的槍枝有很大的不同，就是它的攻擊範圍和「持續時間」。

即使攻擊抵達目的地時偏離了目標，也可以移動光線，或將攻擊留滯在對方可能行經的路徑上。那是一種特性與傳統火器完全不同的武器。

在凱特陣營中，彈貨達利是最擅長使用「彼端」的武器，並不斷適應新戰術的測試射擊手。

「趕快掉下去吧，『星馳』。」

透過光學瞄準器的遮光板，他能看到被冷星擊中的阿魯斯影子。

擊中了。對方剛才是因為察覺到狙擊的瞬間而降落到市區，但是——

有種奇怪的感覺。

他能理解為什麼阿魯斯被擊中後，還可以保持外型完好，因為牠啟動了死者的巨盾。

然而不只是如此。

（落下速度太慢了。）

達利甚至有時間將這個想法化為語言。

假如說，那個影子不是星馳阿魯斯的話呢？

在影子的後面，好像看到了某種閃光。

（牠從東外城第五街搬走了屍體，然後——）

已經太遲了。在實際見識到前，有誰能想像……阿魯斯可以一邊準備抵擋致命光線的盾牌，一邊進行飛行和做出反擊的手段呢？

（讓屍體「使用了」死者的巨盾！）

目標很大也很重，所以這次成功直接擊中了。

雷光。

回擊的雷轟魔彈轟向了達利身處的三號堡壘的小塔。

達利覺得自己死定了。

當轟隆隆的地震聲響起時，他也是這麼想的。

一股眩目的……火焰，在達利的眼前橫掠而過，就像白晝的流星劃過般，阻擋了阿魯斯雷電的軌道。

原本會將達利焚燒殆盡的雷電，與那道質量巨大的火焰交錯後消失了。

「太誇張了。」

他不禁喃喃自語。

達利剛才做到的狙擊，難度遠遠比不上讓彈道從黃都北側「直達」南側。

那個距離可不是「區區的」兩千五百公尺。

「地平咆梅雷……！」

◆

時間倒退，回到魔法的慈正在東外城第五街奮戰的那個時候。

與救出的倖存者離開的斬音夏魯庫將傷患交給其他人後，立即找到了看似現場指揮官的人物，簡明地傳達了他的要求。

「快派出地平咆梅雷。」

「啊……？」

對方是黃都第二十一將，濃紫泡沫的此此莉。

這時的她才剛利用戰車機魔疏散東外城第五街的居民，正在指揮周邊區域的避難和火災應對工作。

「沒有時間了。雖然我盡可能努力了，但要用地面力量持續阻止『星馳』是有極限的。但如果能動用梅雷的力量，情況應該會改變。」

「不不不……先等一下，呃，你是斬音夏魯庫吧？就算你突然這麼要求，我也沒辦法啊。要找地平咆梅雷，你去跟他的擁立者卡庸說啦，我可沒有調動他的權限。你到底是為什麼要來找我啊？」

「因為妳離我最近。」

「我說啊！這樣很讓人困擾！」

儘管口氣輕佻，此此莉仍流下了冷汗。

既然像夏魯庫這樣的強者都這麼說了，情況無疑地比想像的更為緊急。如果需要擊落夏魯庫和慈兩人聯手仍然無法打倒的存在，那麼除了利用地平咆梅雷之外，這個世界上確實沒有其他手段了。

「至少卡庸和傑魯奇正在進行交涉，討論要如何處置梅雷……！再說了，就算要讓梅雷加入作戰，那傢伙似乎也因為在對決時受了傷，無法戰鬥了！夏魯庫，就是你和他打的那場對決！這下子到底該怎麼辦啊！」

「無法戰鬥？」

夏魯庫用長槍敲著自己的肩膀，傻眼地笑了。

「那怎麼可能。那傢伙還能射箭，而且絕對贏得了『星馳』。」

「梅雷的一隻眼睛瞎了啊！」

「我也沒有雙眼啊。妳以為那傢伙沒有做過單眼射擊的訓練嗎？」

「真是夠了，別強人所難啦！」

不管怎麼說，他們都必須儘快與地平咆梅雷進行交涉。

問題是，如何在那之前爭取時間。

「……只要有狙擊支援就好了嗎？」

「如果阿魯斯開始從我們碰不到的高度破壞城市，那就完蛋了。那傢伙遲早會那麼做。」

「要在事情變成那樣之前將牠打下來。有人能做到這件事。」

「妳叫什麼名字？」

「濃紫泡沫的此此莉。現在問這個要做什麼？」

「如果妳沒把事情辦好，我就會去殺了妳。」

「喂！」

在此此莉回答之前，夏魯庫的身影已經消失在那個地方了。

——派出彈貨達利，取得冷星的使用許可。考慮到目前是非常時期，手續應該會很順利。

但是，地平咆梅雷真的還保有狙擊能力嗎？

「庫埃外！你聽到了吧？」

「我正在用無線電呼叫彈貨達利。如果派出斬音夏魯庫和魔法的慈都無法擊敗對方，那麼我們可能需要考慮將防衛線往後退。」

「話說庫埃外，你明明也在，為什麼就只有我被逼問啊？」

雖然第十八卿，半月的庫埃外從剛才就和此此莉一起行動，但夏魯庫可能沒有發現到他是二十九官。此此莉第一次羨慕起這個男人陰沉、不起眼的特質。

「我們需要挑選狙擊點，達利會按照我的判斷行動。庫埃外，聯絡哈迪大人，請他對卡庸施壓。現在不是考慮什麼派系權衡的時候了，我……也會努力的，我真的會努力。」

此此莉等人所在的區域離東外城第五街相當遠，但是仍然可以透過低矮建築的縫隙，看到火災冒出的黑煙。

那將是一場決定戰火是否會在一天內，蔓延到整個黃都的關鍵之戰。

「畢竟這是黃都的危機——更重要的是，我的性命也面臨了危機。」

◆

地平咆梅雷正在位於黃都北端的巨人街進行療養。

雖然名為療養，但即便在黃都，也沒有醫院能容納體型巨大得超出規格的梅雷。他只能靠著巨人的生命力等待傷勢自然痊癒，跟普通的休養差不多。黃都第二十四將，空雷卡庸也在這裡。

這時，傑魯奇派來的使者為了星馳阿魯斯的迎擊作戰，來與他們進行交涉。

「不可能。」

卡庸如此回答。他翹著二郎腿，坐在樸素的椅子上。

「我能說的就只有這些了。我不能讓梅雷進行射擊。」

「可是，如果讓阿魯斯的侵襲得逞，整個黃都就會淪為犧牲……！我知道這是強人所難，但現在我們必須動員全部的戰力！」

「『你知道這是強人所難』？我說啊，你真的明白嗎？梅雷的狙擊不是射出去就能自動命中目標，只是稍有誤差，結果就會是隕石擊中我們要守護的黃都。在黃都內使用這種手段本身就是個問題，而且若是讓現在只有一隻眼睛和一條腿的梅雷射擊……黃都會比阿魯斯更快毀滅。」

「……」

使者無言以對。

說到底，這場六合御覽的舉辦目的之一，就是殺死梅雷這種足以毀滅世界的修羅，或是迫使他們無法戰鬥，以確保黃都的安寧。

既然如此，地平咆梅雷無法戰鬥的狀況也是黃都「期望」的結果。

對空雷卡庸來說，亦是如此。

（以結果看來，能在與夏魯庫的首戰中敗退或許是很幸運的事。能造就沒有失去生命，也無法戰鬥的事實……那可能是退出這場六合御覽最理想的形式。既然有了這樣的結果，我就必須保護梅雷到六合御覽結束。）

卡庸的一連串行動，或許可以視為對黃都的背叛行為。然而，他從一開始就只是為了自己的故鄉賽因水鄉，以及其守護神梅雷而行動。

如果梅雷被當成王國的威脅而遭到討伐，那就意味著賽因水鄉未來的滅亡。

即使黃都此時面臨毀滅，他也絕不會改變這個優先順序。

「如果你不能做出判斷，我不介意你用無線電聯絡傑魯奇。這件事愈早結束愈好，畢竟我也必須前往現場。」

『——卡庸，你的認知有問題。』

某個聲音透過使者的無線電打斷了兩人的對話——第三卿，速墨傑魯奇。

「傑魯奇大人……！」

「哎呀，傑魯奇。你要把寶貴的時間花在我身上嗎？現在的狀況應該是分秒必爭吧？」

『我認為有必要。斬音夏魯庫和魔法的慈已經擋不住對方了，所以讓地平咆梅雷參與作戰是得優先處理的事項。』

「光是梅雷的手指稍微抖一下，黃都就會毀滅喔。如果從這裡進行狙擊，商業區和住宅區也會在彈道上。」

『我容許出現犧牲。』

「……！」

『你已經聽過使者的說明了吧？反正若是讓星馳阿魯斯繼續侵略下去，黃都的都市機能被摧毀的可能性也相當高。與沒有以狙擊進行牽制而導致的預期損害相比，我判斷梅雷的攻擊所帶來的破壞，是在容許範圍之內。』

「數字上或許如此，然而市民會怎麼想呢？如果梅雷的攻擊造成了損害，即使那是必要的，大家也都會責難梅雷，我們這些擁立者也有義務保護自己的勇者候選人免於那類的政治性攻擊。這點你也明白吧？」

『如果造成了損害，我們會宣傳那是「我們的攻擊」。在梅雷進行狙擊之前，我們打算先試著用冷星擊落阿魯斯。市民的眼睛應該無法分辨兩者攻擊性質的差別，我們會擔起責任。』

「就算是那樣也不行。」

即使可以回避責任，問題還是存在。

如果現在派出了梅雷，就等於告訴黃都，梅雷並沒有失去戰鬥能力。

『——另外，此此莉在現場還獲得了一項情報。據斬音夏魯庫所述，梅雷似乎沒有失去戰鬥能力。既然直接與他交手過的夏魯庫做了如此的判斷，那就有參考的價值。』

「最接近勇者候選人，負責管理他們狀況的人是擁立者。你的那種說法，是在質疑我的判斷嗎？」

『但我們都是普通人，他們的戰鬥能力超出我們的想像範疇。我說的沒錯吧，卡庸？』

「……」

卡庸深深地嘆了口氣，用他僅剩的一隻手搗住了臉。

空雷卡庸和其他許多二十九官不同，他從未真心視黃都為故鄉。他之所以會在戰爭中失去一隻手臂，也不是因為出於對王國的忠誠。他只是為了有一天能回到賽因水鄉，即使失去一隻手臂也要保住性命。

即使擁有受到其他二十九官畏懼的高超能力，他也從未加入任何派系，因為他對黃都的未來絲毫不感興趣。

但是——即便如此，他也不希望黃都滅亡。

「喂，卡庸，別在那邊煩惱半天了。」
巨大的聲音從頭頂傳來。
不用想就知道那是誰的聲音。
「梅雷……！你怎麼可以擅自醒來？」
「還不是因為你們太吵了，我剛才都在安安靜靜地睡覺啊。」
「你知道自己的狀況嗎？你現在絕對沒辦法射箭！」
他已經對梅雷說明了一切。
在這場六合御覽結束之前，假裝無法戰鬥會是最好的選擇，而且那對梅雷來說將是最安全的結果。
「什麼叫沒辦法？——嘿，無線電裡的傢伙。」
『……我是傑魯奇，速墨傑魯奇。』
不等對方回答，梅雷就用工術製造出了土箭。
「把黃都的小麥和農業技師送到賽因水鄉。這邊的小麥比較好吃。」
『我答應你。』
「梅雷……！你的身體狀況……」
「既然斬音夏魯庫都那麼說了，要是我再睡下去會被人小看了。再說，這個黃都也是你的故鄉吧，卡庸？」

梅雷將箭矢搭上了黑弓。

不管卡庸想說什麼，一旦梅雷進入那種狀態，就沒有人能阻止他了。

地平咆梅雷是名戰士。

「星馳阿魯斯——現在與那個時候不一樣了。」

他僅剩的那隻眼睛緊盯著遠方的星星。

「我要射穿那隻眼睛。」

十一　傾危

黃都中樞議事堂。

在變成臨時應變中心的第二交換室裡，聚集於此的官僚們正整理著從黃都各地，透過通訊傳來的資訊，制定將損害抑制到最低程度的作戰。

其中有三名黃都二十九官。身為作戰負責人的是第二十卿，鍋釘西多勿，而第八卿，傳文者謝內克以及第二十八卿，整列的安特魯兩人則是他的助手。

西多勿將手放在用多個箭頭標示著預測入侵路線的地圖上，高聲喊道：

「——梅雷趕上了！」

房間裡出現一陣騷動。

這是在預期裡，難以避免的絕望性損失之中的少數好消息。

「真是難以置信。從巨人街到東外城第二街！這麼長的距離……而且沒有擦過城市建築，只擊中了阿魯斯。『地平咆』的狙擊能力依然健在！我們可以阻止『星馳』了！」

「阿魯斯被擊中了嗎？」

一名戴著深色眼鏡，有著褐色皮膚的男子——整列的安特魯站了起來。他以冷靜聞名，但此刻的他也展現出前所未有的激動情緒。

「從地面進行觀測的人員報告了詳細的狀況。星馳阿魯斯利用牠捉到的人『帶著』死者的巨盾，抵擋了冷星，並且以雷轟魔彈朝三號堡壘反擊。梅雷已經射出兩箭——一箭擋住雷轟魔彈的軌道，守住小塔，另一箭則直接擊中星馳阿魯斯。」

「真是難以置信……！真的有人能做到那種事嗎？雖然說如果讓其他人發動死者的巨盾，的確會無法防禦來自其他方向的攻擊……但是，他竟然能在那個瞬間同時射出兩箭……」

「既然沒有擊倒的報告，代表他還沒有擊敗星馳阿魯斯吧？」

插嘴的是瘦小的男子，傳文者謝內克。雖然他的體格瘦小，像是個營養不良的孩子，然而在學術界，他是名聲顯赫的最強天才。

「……是的，阿魯斯被擊落、墜入市區，但還沒死。」

「你確定嗎？不可能有人中了『地平咆』的箭，還能保持身體完整。」

面對安特魯的疑問，謝內克回答道：

「可能的情況是……牠事先將奇歐之手綁在攜帶死者的巨盾的屍體上，這樣就可以迅速『拉回來』，防備來自其他方向的突擊。然後牠自己啟動死者的巨盾，切換到正常的使用方式。所以才會無法維持飛行，墜落到地面……」

擁有大量魔具、能熟練操作那些魔具，甚至還會想出靈活的運用方式。

儘管星馳阿魯斯只是一隻鳥龍，卻是超越傳說的最強之人。

「……」

西多勿俯視混亂地畫著多條箭頭的地圖。

他們不只在黃都國內使用「冷星」，還擬定了會波及市區的破壞作戰，以及啟動汙染大氣的魔具等策略。他們不惜論及這些形同焦土戰術的策略，阻止阿魯斯的入侵，避難和迎擊的計畫也被迫修正了很多次。

「既然如此，西多勿，我們可以看作『星馳』現在被『地平咆』攔阻下來了嗎？」

「對。」

——他們引導星馳阿魯斯至進入黃都的路線，然後派出勇者候選人前往迎擊。

西多勿等人的計畫的確發揮了預期中的效果，同時他們也理解到，星馳阿魯斯是個超乎預期的怪物。

「……這都是斬音夏魯庫和魔法的慈的功勞。如果沒有他們，我們可能早就完蛋了。」

安特魯低聲說著。

這是一場速度的對決。星馳的速度超出了他們的預期，但多虧了夏魯庫的機動速度和慈下決心的速度趕上了，才能維持這樣的狀況。

西多勿將地圖上的東外城第二街圈了起來，斷言道：

「『星馳』已經陷入困境了。」

在此之後，除了夏魯庫和慈，他們還可以集中派出更多勇者候選人。

空中的逃跑路線已經被地平咆梅雷的砲擊控制住了。

既然如此，黃都就必須完成戰鬥以外的所有工作，還有非常多該做的事，比如救火、收容疏散民眾、阻止暴動、情報管控和治療傷患。

「從現在開始，我們要專注於幫助市民從戰鬥區撤退和防止損害擴大，特別要集中支援身處現場的撒布馮部隊！抱歉，各位再加把勁吧！」

——星馳阿魯斯是一個必須剷除的威脅。

牠是不在乎任何權威，為了自己的欲望奪取一切，自由自在的簒奪者。

為了這個世界的和平，遲早都得有人討伐阿魯斯。而那個人，就是把牠帶到這裡的西多勿。

他必須負責到底。

「……我要宰了你。」

◆

聽到第八戰結束之後響起的警報，離開觀眾席的善變的歐索涅茲瑪此刻正站在劇場庭園的外牆上。

牠不是為了對抗造成警報的威脅。

而是因為既然第一千零一隻的基其塔・索奇遭到殺害，四周就可能有人想要逆理的廣人的性命。

雖然牠與廣人的合作關係已經結束了，但對於身為醫師的歐索涅茲瑪來說，他們提及的血鬼仍然是自己首要對付的敵人。

（如果現場有刺客，此時應該就是最佳的機會。）

風勢很強，時間應該快接近正午了。

劇場庭園的外牆對歐索涅茲瑪來說是一躍可及的高度，但其高度足以俯視黃都的大部分建築物。

（——氣息藏得真好。對方是高手。）

隱藏在牠體內的無數手臂中，有幾隻正緊握著手術刀。

歐索涅茲瑪的感知能力是來自於牠詳細觀察了許多人類後，將固定的行動方式進行分類，從而得出的經驗。在幾米那市發生的舊王國主義者暴動中，牠甚至能從人群中迅速辨認出有從軍經驗的人，狙殺他們。

行為不尋常的人、刻意躲在暗處的人。若是有那樣的跡象，牠就可以與周圍的群眾進行比較並掌握到，然而……在警報大響的此刻，市民的反應也不再是平常的樣子了。有些人不按照黃都的指引，試圖靠自己的判斷逃跑，有些人抱著家人，還有人陷入慌亂，急著要躲起來。

只要身處這種混亂，就不必保持冷靜，反倒能自然地「假裝陷入慌亂」。至少有一群掌握那種潛伏技術的集團，與廣人他們為敵。

（但對方絕對躲在這裡。第一千零一隻的基其塔．索奇「不可能」會毫無抵抗地被打死，那時候一定有某個人——或者是基其塔．索奇自己設下了什麼陰謀。）

馬車一一載著市民離開，車輛都一致朝黃都的西邊駛去。如果這場警報是因為外部敵人來襲引起的，那一定是從東邊來的。

然而，歐索涅茲瑪在上車的市民之中沒有發現任何讓牠特別感到異常的人物。

（敵人是血鬼。如果我是他們，那我首先會對付的是……）

「逆理的廣人！」

有人放聲大吼，那個聲音不是來自劇場庭園的外面，而是裡面的觀眾席。

「我要殺了你，該死的歐卡夫戰爭商人……」

現場出現了襲擊隻身一人的廣人的暴徒——其武器應該是刀具。歐索涅茲瑪完全掌握了那股氣息和位置，但牠沒有行動的打算。

（……是佯攻。）

因為對方幾乎是在載著從鬼（Corpse）的醫療部隊馬車，離開劇場庭園的那一刻大喊。

某種影子般的東西躲在人群的腳底下飛了過來。

（他們的目的果然是——消除掉被黃都捕獲的從鬼——）

就在歐索涅茲瑪這麼想的時候，牠的一隻手臂變得模糊不清。

手術刀帶著銀色的光線飛了出去，將飛行物體釘在地上。

看得出來那是一種會旋轉的金屬圓盤。

圓盤的邊緣隨意纏上了用布包著的某種物體。

「……！」

歐索涅茲瑪瞬間做出了判斷，跳下牆壁。

牠蹬著牆，從將近四十公尺高的牆壁上迅速衝過去，著地時撞飛六個人，也撞翻了馬車，並且精確無比地落在被釘住的圓月輪上。這一切都在同一時間發生。

——「咚」地一聲，沉悶的聲音響起。

歐索涅茲瑪正下方的地面發生了爆炸。

爆炸的震波全部都被蓋在上面的歐索涅茲瑪肉體所吸收，不過那身盔甲般的蒼銀毛皮只滲出了些微的血。

在牠落地時被撞飛的人群中，有些人受了輕傷，但那些都是被撞飛時摔傷的，所有人都在衝擊波的範圍之外。牠控制了撞人的力道。

「……沒事吧？」

牠朝倒在旁邊的醫療隊馬車大聲呼喊。

在爆炸之前，有人已經抱著兩位化為從鬼的患者逃走了。

「大、大致上沒事……」

該處有一名遮住一隻眼，看起來有些驚恐的女子。她是黃都第十將，蠟花的庫薇兒。

「你才是……歐索涅茲瑪先生……剛才那場爆炸……是炸彈嗎……？」

「是啊。似乎有人在你們醫療部隊從劇場庭園出來的時候投擲了爆裂物，而那個人——」

歐索涅茲瑪壓低身體，從聚集在劇場庭園前的人群腳下看去。

牠在走來走去的人群腳下之間，看到幾臺馬車的輪子和馬的腿。

「不是從上面攻擊的，是『從下面』。有人躲在馬車正下方的狹小空間裡發動了狙擊，所以處於俯瞰視角的我才沒有注意到狙擊手的存在。」

在這麼多人來來去去的情況下，他還能找到瞄準目標的彈道，正確地擲出圓月輪。而且還是以躲在馬車底下的姿勢——

那是一種奇特的技術。一般的狙擊手不會接受那種技術的訓練，也不會有機會使用它。

「也、也許就是那個『隱形軍』……派來的刺客？」

庫薇兒的話音中帶著明顯的畏懼，但她兩隻手抱著長柄戰斧的模樣看起來也像是對未知戰士的存在感到激動不已。

「必須打倒對方……」

「想追也沒用。」

在發動攻擊後，對方應該已經離開了這裡。

從對方的身手來看，不太可能一直留在現場。

「更重要的是，有人現在需要診治。那個人現在就在劇場庭園裡……」

「你說的是攻擊逆理的廣人的犯人嗎？」

從劇場庭園的車輛入口處傳來一個女人的聲音。一輛黑色的馬車此時剛好出現。

「……先觸的弗琳絲姐。」

「呵呵呵！很高興你還記得我～歐索涅茲瑪，你怎麼會在劇場庭園裡？你不是來和小慈妹妹聊天的吧？」

「……」

即便隔著馬車的窗戶，也能一眼看出那比普通人還要大上將近兩倍的肥胖身軀，以及裝飾在她脖子和手指上的珠寶飾品的光芒。她正是第七卿，先觸的弗琳絲姐。

歐索涅茲瑪欠了她一個小小的人情，因為在歐索涅茲瑪與魔法的慈會面時，需要獲得慈的擁立者弗琳絲姐的許可。

「原來妳還留在劇場庭園啊……我記得妳是因為廣人的安排才來到這裡的。」

「是的，我和他有些事情要討論。你想知道是誰在劇場庭園攻擊了廣人吧？雖然我們做了簡單的診斷，但是那四個人都不是從鬼。應該是受到某人慫恿，具有反歐卡夫思想的市民吧。」

「果然是這樣啊。」

既然「隱形軍」在各個集團中安插了間諜，也能間接唆使非感染者成為掉虎離山的誘餌。牠從一開始就知道了。

對於那種程度的暴民，只靠廣人身邊的小鬼護衛，應該就能順利解決。

「——我之所以留在這裡，還有另一個原因。我想直接從妳這裡了解目前的狀況。到底發生了什麼事？」

在這種情況下，勇者候選人應該回應緊急警報與其擁立者接觸，獲得詳細資訊。然而光暈牢尤加與牠的距離有點遠，歐索涅茲瑪判斷從魔法的慈的擁立者，先觸的弗琳絲妲那裡了解狀況會更快。

「星、星馳阿魯斯……發動了襲擊。」

蠟花的庫薇兒做出了回答。

「妳說的是被冬之露庫諾卡打敗的星馳阿魯斯？」

「……是的，但牠還活在馬里荒野的地底下。儘管哈迪大人的部隊進行了對空攻擊……卻、卻被牠突破了。預估的侵入路線是東外城第五街——勇者候選人的任務就是阻止和擊落牠……」

「弗琳絲妲，醫生的人手足夠嗎？」

「呵呵呵呵！多虧這場警報，所有保健省職員的休假都被取消啦～包括我在內，布署於劇場庭園的部隊都準備前往東側，庫薇兒妹妹的部隊則是負責消防和救援任務，至於人手夠不夠，在親自看到現場之前都很難說。」

「我也以醫生的身分跟妳過去吧。剛剛的襲擊有可能還會再次發生。保護醫療工作者將有助於拯救更多的生命吧？」

「這樣你很吃虧耶。即使你做了醫生的工作，我也沒辦法給予額外的津貼哦？」

「……人命是無價的，弗琳絲妲。」
「是啊，所以我也是那麼打算的。」
弗琳絲妲很乾脆地表示了同意。
她的語氣中沒有任何動搖，也沒有刻意擺出認真的表情，一副理所當然的態度。
她手下醫師們的行動也沒有絲毫猶豫，只見醫療部隊的馬車一輛接一輛朝東邊開去。
「我聽說妳這傢伙是個徹底的拜金主義者。」
「要拯救很多生命就需要錢。患者活得愈久，我們就能賺得愈多。這兩者沒什麼衝突吧？」
「……也許吧。」
大量的金錢能輕易奪走人的生命，但是反過來也是成立的。
那是牠與廣人旅行時理解到的事實之一。
「我想你也知道，詞術醫療在事故現場很難運用。你對切開人體、縫合……之類的技術醫療有自信嗎？」
「……哼，妳以為妳是在問誰啊？」
比討伐星馳阿魯斯更重要的工作，多得跟山一樣。
有人能毫不在乎高熱與重量，搬動在火災中崩塌的瓦礫嗎？
有人能在極端環境中感知到倖存者的生命跡象嗎？
最重要的是，有人能不使用需要仰賴醫生和患者接觸的生術，就可以治療患者嗎？

切開人體、觀察、切除和縫合——善變的歐索涅茲瑪做那些事的次數，比世上任何人都還要多。

「我當然做得到。」

◆

如果把逃離劇場庭園的人潮比喻為巨大的河川，那兩個人就是一小滴水。

乍看之下，那名女子就像揹著柔弱妹妹奔逃的姊姊。

她的一隻眼蓋著眼罩。如果有人能以卓越的觀察力注視她，或許會發現她露出來的那隻眼睛也在避免直視亮光。

女子背上的少女壓低兜帽，屏住氣息，小心避免他人看到那副美貌。

「維瑟會把事情處理好的。放心吧，大小姐。」

女子的名字是韜晦的蕾娜。

她是「黑曜之瞳」的從鬼，也是擁有能精確重現他人外貌的特殊能力的擬魔。

「好的……咳咳！」

女子背上的少女是莉娜莉絲。

莉娜莉絲原本就是體弱多病的女孩，但現在她的身體狀況變得更差了。儘管她在第八戰中成功謀殺了第一千一隻的基其塔・索奇，可是她收到摘光的哈魯托魯死亡的消息後，剛下令「黑曜之瞳」全軍撤退。

因此，在黃都發出避難警報之前——甚至在歐索涅茲瑪出現在劇場庭園的牆上之前，蕾娜就帶著莉娜莉絲逃跑了。隨後響起的警報和因此湧出的人潮，巧妙地掩蓋了兩人的身影。

（如果是變動的維瑟的話……應該就能夠在這股人潮之中，狙擊醫療部隊的馬車。）

維瑟是個身形怪異的狙擊手，可以如昆蟲般在常人無法移動的縫隙中爬行，只用指頭和手腕的力量將圓月輪投向遠處。既然他自願擔下劇場庭園的斷後任務，那就意味著他打算狙擊、解決掉那些載走從鬼的馬車。

（問題是……從這裡逃走後，會不會遭遇到歐卡夫方的伏擊。）

至少，現在蕾娜她們應該不必擔心會立刻受到攻擊。即使歐卡夫自由都市的部隊已經包圍了劇場庭園，但在警報發布後，慌亂的市民不斷湧出的情況下，對方也無法按照計畫進行作戰，所以她們應該只要專注於不被人發現就好。

使用人群干擾歐卡夫的監視，然後返回據點。

（接下來就看我的眼睛還能撐多久了……）

蕾娜壓住沒被眼罩遮住的那隻眼睛。

擬魔是極難製造出來的魔族，其中一個原因是可以自由設計細胞的特性，必須在發展階段從頭開始設計維持生命的機能。

即使幸運地獲得了生存能力，一般來說其肉體的某個部分都會出現問題。以她的例子來說，就是視覺神經。

她的眼球持續受到亮光照射會出現急性症狀，導致她全身痙攣，甚至可能失去意識。

即使用厚厚的繃帶遮住眼睛，蕾娜仍然可以正常活動。但長時間遮住眼睛行動很容易「引起他人的懷疑」，這不是能夠透過鍛煉解決的問題。

蕾娜此時以眼罩減少了一半的陽光吸收量，並且一直避免直接受到所有光源照射，盡量延長活動的時間。但隨著時間的推移，她的戰鬥能力會逐漸下降，保護莉娜莉絲的任務也將變得愈來愈困難。

「很抱歉，大小姐。」

「……咳咳……怎麼了？」

「如果我更仔細地觀察基其塔．索奇，就不會讓大小姐這麼辛苦了……我應該用這雙眼睛，親眼看到他的頭被打碎的那個瞬間。」

「……就算是同樣在場的芙蕾也沒辦法判斷。咳咳，並不是您的錯，蕾娜小姐……」

莉娜莉絲光滑的黑髮碰上蕾娜的肩膀。

那具軀體既脆弱又纖細，與被訓練成一位刺客的蕾娜等人完全相反。

蕾娜有時會想——乾脆就這樣擄走她，逃到天涯海角算了。

如果無論是否與黃都戰鬥，「黑曜之瞳」都註定會毀滅，那麼只有她們兩人偷偷離去，過著疼愛這位如人偶般美麗少女的生活也很不錯。

——當然，蕾娜做不到，也不會那麼做。

從鬼是被親體支配所有行動，包含其生命活動在內的存在。兩者之間存在著超越忠誠的完全支配關係。

然而莉娜莉絲就是如此夢幻、蠱惑人心的存在，足以讓人忽視自然法則，心生那樣的邪念。

「走過前方的水道後，就能避開人群的目光了。然後我們搭小船與芙蕾會合……」

這時，蕾娜的腳步停了下來。

一名異常矮小的流浪漢坐在路邊。他不是小人，是小鬼。

（……是基其塔．索奇的士兵嗎？看來他們果然封鎖了我們的撤退路線。）

如果敵人就只有這麼一位，處理起來很容易。

但還有其他歐卡夫陣營的人監視著這個地點才對。蕾娜雖然改變身體、偽裝成人類女性，但莉娜莉絲的長相和體型都有被看到的風險。

現在也無法選擇繞開的路線了。如果做出不自然的動作，會在他人的腦中留下記憶。她必須扮演好揹著受傷妹妹的姊姊，但絕對不可以讓歐卡夫看到莉娜莉絲的臉。

（現在該怎麼辦呢？）

她也注意到了從後方接近的腳步聲。

這邊不是歐卡夫大軍。

「……妳們也是避難的民眾嗎？」

是負責疏散的黃都士兵。

「妳聽到警報了吧？前往廣場的馬車都集結在大街上了，為了避免被捲入與魔王自稱者的戰鬥，請立即去避難。」

「謝、謝謝。」

蕾娜立即改變聲音，用如同受驚的平民女孩的聲音回答。

「事情發生得太突然，我們還在想要往哪裡逃。謝謝你告訴我們怎麼走！」

她以不造成莉娜莉絲負擔的方式，輕輕地鞠了一躬。

——不過，她們當然不能遵循這個指引。既然黃都透過基其塔．索奇知道了「隱形軍」的存在，他們一定會在收容民眾時，進行從鬼的感染檢查。

不可以被那流浪漢小鬼發現，還需要警戒可能隱藏在附近的監視者，以及黃都的士兵，而逃跑的路線只有前方——

（首先要剷除監視者，沒有其他選擇。）

蕾娜握住手中的石子。為了尋找從高處監視的敵人，她需要抬頭觀察，也就是說，她必須讓自己的眼睛暴露在陽光下。

她只有一瞬間的機會。有辦法找到敵人嗎？

「……很抱歉，士兵先生，我有件事想請教您。」

背上的莉娜莉絲，用清澈的聲音問道。

「什麼事?儘管問吧，這位漂亮的小姑娘。」

「有沒有人在後面的建築裡看著我們？」

「——」

黃都兵彷彿受到這句話控制，望向兩人的身後。可以看出他以受過訓練的士兵直覺，注意到了某扇窗戶。蕾娜只需用一隻眼睛追蹤其視線，就能找到監視者，一切都發生在一瞬之間。

石子射了出去。左右兩邊各一發。

其中一發貫穿了監視者的眼窩，另一發則擊穿了流浪漢的喉嚨。

「咦？」

在士兵對自己被莉娜莉絲控制的行動感到疑惑之前，蕾娜的手指已經扭斷了他的脖子。

原本看似普通的平民女孩的右手臂，變成了大鬼般的粗壯巨腕。

「大小姐，我們去小船那邊吧。」

蕾娜用那隻巨大的手臂拋出士兵的屍體。

屍體撞上已經喪命的流浪漢矮小的身體，雙雙摔入了水道之中。

巷道中甚至沒有留下一絲血跡。

「我不能再看到陽光了……不過與芙蕾會合的地點就在附近。」

她需要裹上用來保護雙眼的繃帶。

但在那之前，她必須先將某個事物深深烙印在眼中。

「——感謝您，蕾娜小姐。」

莉娜莉絲微微一笑。

「嗯。」

看到她的美麗，蕾娜再次想著。

（只要有大小姐在……我就永遠沒辦法保持冷靜。）

◆

東外城第十街。在這個時間點，從第三街到第六街的居民已經完成了撤離，但考慮到星馳阿魯斯的進攻速度，第十街這裡也可能很快就會進入其攻擊範圍，可以說是一個非常危險的區域。

絕對的羅斯庫雷伊明知道有這樣的危險，還是來這裡對市民發出呼籲。

「——我是黃都第二將，絕對的羅斯庫雷伊！市民如果有聽到警報，請遵從指示立刻進行避難！魔王自稱者正在靠近這個區域！現在不是保護財產或房子的時候，最重要的是保護您最寶貴的生命！再說一遍！我是黃都第二將，絕對的羅斯庫雷伊——」

他剛才站在消防塔上呼籲市民，但現在他正在地形複雜的貧民區之中巡邏，幫助行動不便的人或是來不及逃走的人。

不只是羅斯庫雷伊，還有許多士兵分頭進行這項任務，但至少還需要巡視兩輪。

（……如果星馳阿魯斯現在來到這裡，我可能一下子就陣亡了吧。）

羅斯庫雷伊一邊為了保護他人的性命高聲呼喊，一邊在心中這麼想著。

雙方的戰力有著巨大的差距——事情不只如此簡單。只要有人民看著，絕對的羅斯庫雷伊就「非得挺身對抗威脅不可」。

失去黃都及其子民的恐懼，面對隨時可能出現的死亡而產生的緊張、在第四戰中被扭斷兩條腿的痛楚。不斷滲出的汗水早已風乾，轉變成一種正午時分不該有的寒氣。

已經很久沒有像這樣沒帶什麼護衛在市區中行走，或站在消防塔上對市民發出呼籲了。在這幾個小月之中，羅斯庫雷伊因為害怕被敵對勢力狙擊，所以沒有做過這類的事。

他一直生活在恐懼之中。

「魔王自稱者正在接近！如果你們體會過過去魔王軍的威脅，我相信你們可以為了保命，做出正確的判斷……」

羅斯庫雷伊突然在一個大門半掩的平房前停下腳步。

他對跟隨的士兵說：

「請搜索那棟房子。裡頭可能躺著病人。」

「那棟房子有什麼特殊之處嗎？」

「我看到門後有一把輪椅。可能有需要使用輪椅的人因為無法自行移動，被留下來了。」

「屬下明白了。如果有需要救助的人，我們會將他揹出來。」

士兵們進入房屋，只留下羅斯庫雷伊一個人在外頭。

他凝視著被門遮住的輪椅輪子，思考著：

（……我還知道一件事。當我看到的時候，那扇門是開著的，那就意味著那棟房子裡已經撤離的住戶——原本該照顧病人的人就住在那裡。）

那個病人「被遺棄」了。

他認為應該有人出手幫助，但這並不是出於真正的善良。

（我很害怕。在得不到救助的情況下死於絕望之中，是最令人恐懼的事。如果我能一直幫助他人……或許「我自己」就能因為某種因果關係，而避免遭遇那樣的死亡。如果真的有那種因果的話——）

「嗨，絕對的羅斯庫雷伊。」

羅斯庫雷伊渾身寒毛直豎，立刻抬頭望向屋頂。雖然他也不知道自己為何會那麼做，但該處什麼也沒有。

相反地，他看到了一個陰森的黑衣男子，從狹窄的坡道走上階梯。

「……擦身之禍庫瑟。」

「嘿嘿……到了我這把年紀，爬坡很辛苦呢。我從鍋釘西多勿那裡聽說了大部分的事情，星馳阿魯斯來了啊？」

（擦身之禍庫瑟的能力是絕對瞬殺的自動反擊，即使本人沒有意識到，它也會發動，所以背地裡偷襲是沒有用的。）

此時的羅斯庫雷伊是在知道自己會置身於危險的情況下，親上前線。在很有可能遭到星馳阿魯斯攻擊的狀態下，他也沒有建構好萬全的支援網。

這是絕佳的暗殺機會才對。

他迅速思考自己所有可能使用的手段，但面對突然現身於此的擦身之禍庫瑟，他恐怕無計可施。唯一不會受到瞬殺反擊的方法就是「不進行」攻擊，但這也意味著他完全無法抵抗擦身之禍庫瑟的攻擊。

羅斯庫雷伊擠出一個完美的微笑。

「能在這裡遇到勇者候選人真是太好了。星馳阿魯斯現在離開了東外城第五街……正在攻擊東外城第二街。請把救援市民的事交給我們，您快趕往那邊吧。」

「嘿嘿，你不過去嗎？你也是勇者候選人吧？」

「…………」

兩人之間的距離逐漸縮短。

庫瑟應該深深地恨著羅斯庫雷伊這個可說是黃都迫害「教團」的代表人物。

在第五戰中，暮鐘的諾伏托庫襲擊了「教團」的救濟院，策劃讓庫瑟敗退。雖然以結果來說，那是諾伏托庫擅自發動的作戰，但如果羅斯庫雷伊的身體萬全，他一定也會下達同樣的指示。

「我很想那樣做，但第四戰的傷勢還沒痊癒呢。說來慚愧……我想引導市民疏散，盡可能減少損害。」

他以清爽的笑容如此回答。那是騙人的。

即使處於身體萬全的狀態，他也不想與什麼星馳阿魯斯戰鬥。

他不想死。

「——我還沒忘記諾伏托庫的事。就算是這樣，你仍然要叫我過去嗎？」

羅斯庫雷伊有種死亡的刀刃直接抵在喉頭上的錯覺。

面對充滿敵意的修羅，羅斯庫雷伊在恐懼中仍保持著冷靜。指尖不發抖，表情不緊繃，連心跳和呼吸都一如往常。他做過了那樣的訓練。

「……那得取決於——」

他正眼望著庫瑟，像一位堂堂正正，問心無愧的英雄。

「每個人都有自己的意願。重點不是在於是否受到他人的命令，而是在於自己是否擁有拯救他人的欲望。那種選擇或許會犧牲自己的生命或信念，但我已經做好了心理準備。」

「……」

這不是謊言。但他真的如此認為嗎？

如果他真的不怕死，也許他會挑戰那位星馳阿魯斯。

如果他真的想拯救他人，也許他會自己去救。
「嘿嘿，你真是個了不起的傢伙呢。」
庫瑟與羅斯庫雷伊擦身而過，臉上帶著虛弱的笑容。
他應該會走上這個坡道，去與那位可怕的阿魯斯戰鬥吧。一直以來都隻身為「教團」奮戰的他一定會那麼做。
「擦身之禍庫瑟！」
羅斯庫雷伊對那個黑色的背影大喊。
「在東外城……的第二街……」
他真的——由衷地想去救人。
如果絕對的羅斯庫雷伊不是黃都的英雄，如果他可以放棄所有其他人民，即使沒有能戰鬥的力量，他也會想那麼做。
伊絲卡就在東外城的第二街。
對於羅斯庫雷伊來說，那位少女是唯一的心靈支柱。
「在東外城的第二街，然後呢？」
「……沒什麼，請救出所有人，避免任何犧牲。拜託……你了。」
羅斯庫雷伊深深地向庫瑟的背影鞠了一躬。
這不是對他個人的請求或敬意，而是一種近似於祈求的情感。

「我不會拯救任何人。所以，如果……從現在開始，有誰得救了……」

黑色的身影兀自遠去。

他對著身後的羅斯庫雷伊，微微舉起一隻手。

「你就當成是詞神救了那個人吧。」

庫瑟離開後不久，搜索住宅的士兵們回來了。

「羅斯庫雷伊大人！二樓的臥室真的有個人被留下來了！謝謝您！」

「羅、羅斯庫雷伊大人，多虧您救了我……」

羅斯庫雷伊對士兵揹在背上的瘦弱老人露出微笑。

老人流下了眼淚。

他相信這位英雄從恐懼之中解救了自己，保護了自己。

「辛苦您拖著那麼嚴重的病，撐到現在了——請放心，我是絕對的羅斯庫雷伊，我不會放棄任何人。」

除非是詞神，否則誰也做不到那種事。

為了掩蓋失去伊絲卡的恐懼，羅斯庫雷伊硬擠出了笑容。

「我會拯救所有人。」

◆

東外城第二街的建築物就像要填滿四通八達的水道縫隙，建得十分錯綜複雜。

此地不是經過規劃的市區，這個區域的水道中流淌的都是汙水和廢水，而且這片土地原本就不是住宅用地。

因此，遭逢大火侵襲的這個區域受到了巨大的損害。

複雜的狹窄通道阻礙了居民的撤離進度。

用來當成橋梁的木板一下子就被燒掉，切斷了兩岸的通行。

在整個東外城之中，第二街是居民撤離特別慢的區域。

——星馳阿魯斯就是襲擊了該地。

強風不斷吹拂，那是讓建築接連被火焰吞噬，攪動大氣的可怕熱風。

原本存在於此的景象如今化為在紅白火光中搖曳的黑影，接著迅速失去了形狀。

地走——市民甚至不知道這個魔具的名稱。這團高熱使水道中的水蒸發，不受風向或火勢蔓延的範圍影響，將人類與人類以外的事物都一視同仁地消滅掉。

最可怕的是，那個聲音蓋過了一切。

不知道是木頭、金屬還是人肉爆開的聲音。雖然每個聲音都很微小，但此時城市的每個角落都能同時聽到，那是一種比豪雨還要激烈的嘩啦吵雜聲。

「你們聽好了！」

有個男子在火海中大聲叫喊著，像要蓋過巨響。

他的整張臉都蓋著如鐵板般的面具，面具上沒有相當於鼻子的曲面。

此人即為黃都第十二將，白織撒布馮。

「所有的人都在看著你們！你們現在要背棄黃都的危難嗎！還是鼓起勇氣挺身抵抗！讓你們證明自己站在哪一邊的時刻終於到來了！」

這位曾與魔王自稱者盛男交手的猛將在返回戰場後，立刻自告奮勇，肩負起引導東外城第二街人員撤離這個最困難的任務。

撒布馮手中沒有劍，而是兩隻手各拿著一把長柄鐵鍾，他以蠻力破壞陷入大火的住宅，一邊開出路徑，一邊進行救援工作。

他身邊沒有任何部下。在這場必須盡量救出黃都市民的大火中，撒布馮的部隊裡沒有會待在他的身邊無法動彈的人。

因此那些被派出去的部下，可能已經在撒布馮看不到的火海中全被燒死了。即使如此，撒布馮仍然獨自大聲呼喊著。

「啊啊！說我們沒勝算？有哪個膽小鬼膽敢質疑我的話！——但你們已經來到了這裡！為了什麼？為了讓黃都的人活下去！那就是勝利！你們明白嗎？我今天是打算來這裡，贏上好幾十次的！我也給了你們這個機會！」

撒布馮充滿氣勢地高聲呼喊，難以想像他終究是一名傷兵。

在視線被火焰和煙霧遮蔽的城市中，他的聲音清晰地指示出了所在位置，成為讓部下和生還者找到他的路標。

撒布馮一邊叫喚一邊使用大鎚掃除、擊碎擋路的瓦礫堆。

有士兵從後方跑過來。

「撒布馮大人！我們在艾達河川工廠那邊找到了三戶存活的家庭，已順利引導他們避難！還在搜索該地區時，發現了兩名來不及逃走的山人兒童，也救走了他們！」

「做得好！你叫什麼名字？什麼？千地的普歐魯！你所救的人都把你，和你隊員的名字牢牢刻在記憶中了！引以為傲吧！接下來搜索廢棄池那邊！」

「屬下明白了……！雖然失去了兩名隊員，但我們會與其他部隊整合，重新編組！我們……會展現出黃都的威信！」

「你以黃都的威信發誓了喔！好，去吧！將所有人一個不剩地救出來！」

撒布馮他們現在或許可以說是處於瘋狂的狀態。

當火焰與死亡真實地呈現在眼前時，他們都會變得無比狂熱。他們就是受到這樣的訓練。

第十二將撒布馮的部隊，原本就是為了殲滅魔王軍而成立的敢死隊。

「星馳阿魯斯，你聽到了嗎！我很開心啊！」

他一邊像要展示自己的位置似地大聲喊叫，一邊揮舞著兩把大錘，將曾是住宅的建築如同紙雕一樣摧毀。

「即使『真正的魔王』死了，仍然有人會為我們帶來地獄！那些樂於置身地獄的傢伙，將會代替你打算殺死的人民，主動跳進去受苦！那就是我，還有我的部隊！怎麼樣，很不甘心吧！哇哈哈哈哈哈哈哈哈哈哈哈哈哈哈！」

白織撒布馮仍在追尋著昔日的光輝，就像他在與哨兵盛男的戰鬥中，失去自己的臉那樣。

◆

遠處傳來男性的喊叫聲。

那個人似乎正在努力救助下層區的居民，但那個聲音對伊絲卡來說，只像是某種恐怖野獸的咆哮。

（——這一切該不會只是一場夢吧？）

伊絲卡躲在水道轉角處的小屋裡，裹著毛毯躺在床上。

幸好，火勢還沒有蔓延到她的家。

她也知道要怎麼逃走。

沿著水道跑到橋下，爬上靠在橋邊的梯子，跨過兩間鋪了木板的小屋屋頂，再穿過三段陡峭的階梯，之後還有無數的道路——伊絲卡已經不記得她最後一次看到大街是什麼時候的事了。

伊絲卡一直在這間屋子裡臥床不起。她知道現在才開始避難已經太遲了，況且以她雙腿的狀況，她也不覺得自己能順利逃走。

（希望「有人」來救我……或許不該有這樣的想法吧。）

她緊緊抱著毛毯。

換作是其他市民，他們可能會祈求絕對的羅斯庫雷伊出現。

但伊絲卡比誰都要清楚，羅斯庫雷伊沒有絕對的力量。

她並不期望羅斯庫雷伊先來解救自己。如果羅斯庫雷伊現在真的出現了，伊絲卡應該會賞他一巴掌，狠狠斥責他。

（——這樣一來，他可能又會露出孤寂的表情。）

一想像到他的那副模樣，伊絲卡就不禁微微笑了出來。

即使確切的死亡正在逼近，人還是笑得出來呢——她事不關己地這麼想著。

外頭傳來某個東西崩塌的聲音。

在高熱入侵之前，先竄進來的煙霧讓整個房間變得白茫茫一片。

（……希望媽媽還活著。）

現在應該是母親外出工作的時間。她在同樣位於第二街的工廠工作，但有時也會到遙遠的第七街工作才對。也許今天正巧是那種日子，讓她沒有受到這場火災影響。

……這是個希望。伊絲卡的腦海中充滿了希望。

平時自己的腦中明明只有不知生命何時會走向終點的絕望。但奇妙的是，在自己即將失去生命的此刻，卻出現完全相反的想法。

伊絲卡翻身時，看到了放在床邊的戒指。

那是一只紅色的珊瑚戒指。伊絲卡還是將那天自己表示不需要的禮物，一直留在身邊。

「……你很不想死吧，羅斯庫雷伊？」

伊絲卡用纖細的食指摸了摸那個戒指。羅斯庫雷伊比誰都還要害怕死亡。

但他總是勇敢地面對死亡的恐懼，現在也一定是這樣。

伊絲卡很想在逃避恐懼的狀態下死去。她覺得對自己這種不起眼的女孩來說，那樣的死法也很不錯。

「啊啊，真傷腦筋啊——」

如果現在沒有起身的力氣，她打算就此放棄。

然而伊絲卡卻做到了。

她將粗糙的鞋子套到腳上，把身上裹著的毛毯浸在水桶中。

（當我想起你時……就會覺得在這個時候放棄是很丟臉的事。）

伊絲卡愛著羅斯庫雷伊。

她知道自己永遠沒辦法和對方在一起，但還是希望擁有能站在羅斯庫雷伊身旁的堅強心靈。

也許那些正在遠處呼喊的黃都士兵快到這裡了。

火勢還沒有那麼大，伊絲卡或許還有機會能勉強逃脫。

她在床上蒐集著想像中的希望碎片，打造出逃跑所需要的勇氣。

（羅斯庫雷伊一定也是在這麼做。）

他之所以能為黃都的人們帶來希望，靠的不是完美英雄的名號那種虛假的力量。伊絲卡認為那是因為他可以帶給人們那樣的勇氣。

——所以，絕對的羅斯庫雷伊絕對不僅僅是一個虛假的形象。

伊絲卡打開門，看到了外面的景象。

火牆已經逼近到河的對岸。

暴力般的熱風撲面而來，讓伊絲卡大力咳嗽。

呼吸變得困難。

「咳咳……！」

她明白了。

是因為知道自己無法生還，所以才需要勇氣。

她很慶幸自己鼓起了踏出步伐的勇氣。就只是這樣。

氧氣很快就要不夠用了。意識逐漸模糊。

伊絲卡即將就此消失——

「『消失吧。』」

◆　　◆

「……咦？」

伊絲卡眼前的火焰消失了。

連高熱與煙霧都像幻影一樣消失了。

原本某種東西燃燒而發出的有害臭味也變得無影無蹤，空氣清新得宛如早晨的森林。

「怎麼會有這種事——」

她本來以為一切都太遲，自己要完蛋了。

然而，有「某個人做了什麼」。

就像那位消滅了「真正的魔王」的勇者一樣——

「……這是誰做的？」

◆

那個地方距離東外城相當遙遠。

那裡比中央市區、王宮，還有縱貫南北的鐵路還遠，甚至跨過寬廣的舊市區，來到位於農業區的西外城。

——接著再升到五百二十九公尺的上空處。

「感覺真討厭。」

那位少女就「站」在勁風吹拂的高空中。

她的金色頭髮和綠色服裝的衣襬隨風飄揚，然而她看起來沒有呼吸受阻，或因為冰冷的高空空氣而感到不適的樣子。

一名年約十四歲的少女莫名其妙靜止於半空中，如此的場景只能說是極為異常，但她之所以站在該處是有原因的。

——因為少女希望如此。

她聽到遠處的東外城傳來遭到魔王自稱者襲擊的警報。

她也從逃難市民的談話中，偷聽到市區陷入大火的事。

如果少女有辦法與擁立者接觸，她可能早就這麼做了。然而她現在不能讓任何人看見自己的臉。

尤其是不能被其他勇者候選人看到。

「……其實就算黃都被毀掉，我也完～全不在乎。」

即使位於這麼高的地方，也能清楚看到東外城第二街的火災有多麼嚴重。

她覺得不順眼，所以把它消除了。

「但是別讓我『看到』那種大火啦。」

如今，這位少女有了第二個名字。

世界詞祈雅。

為了討伐魔王自稱者，真正的最強之人逐漸集結於此。

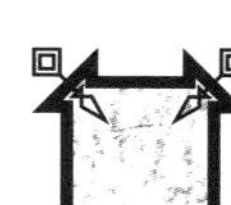

十二◆黃都東外城第二街

就像腐土太陽一樣，有些魔具能與有心的生物形成連結，依據使用者的思考來發動力量。

據說那種連結方式會因使用者而異。有的人會視其為圖形、算式，有的人甚至聽成具有自身意識的聲音。

對於阿魯斯而言，那就像是在神經之間一閃即逝的光。

——那種光消失了。

被絕望性的火災所包圍的市區瞬間恢復了平靜，彷彿剛才的樣子都是假象，現場連煙霧和一點熱度都不剩。

牠知道地走消失在地上的某處。

能從一顆小小的火星子無限加強火勢的不滅魔具，突如其來地步入終點。

（這裡還有「什麼人」…………）

有人用某種直接性的干涉方式，消除了連形狀都沒有的火焰魔具。

阿魯斯的大腦只理解了那個事實。

牠以靈巧的行動，閃過了焚燒天空的火焰直線。

——現在沒有時間深究剛才火焰消失的現象。

與那種嚴重的異常狀況相比，目前有個更迫切的問題：阿魯斯完全被地平咆梅雷盯上了。

賽因水鄉的「地平咆」。即使是見證過包括冬之露庫諾卡在內，許多傳說力量的阿魯斯，也認為他是一位令人難以置信的射手。

以射擊地點的巨人街到這裡東外城第二街的距離，即使是以梅雷超乎尋常的巨大身軀，應該也需要瞄準接近地平線界線的目標。除此之外，他還一直讓自己製造的土箭彎曲、扭轉，沿著能避開存在於兩者之間的所有高樓建築的軌道飛行。

當然，梅雷並不能直接目視靈巧地在遮擋物陰影間鑽來鑽去的阿魯斯。儘管對方接連射出致命的箭矢，阿魯斯仍然能以機動力和判斷能力不斷避開攻擊。

（……但是，他不打算讓我逃走呢。）

阿魯斯看得出來，對方像要封鎖其退路，將牠逼進死角般控制著巨大的破壞範圍，慢慢逼死自己。牠沒辦法離開這個東外城第二街，也無法拉高高度退出去。

巧合的是，對方獨力製造出猶如牠在利其亞新公國，與雷吉聶吉戰鬥的那天遇到的防空射擊包圍網。梅雷不僅是戰鬥技術高超，他的戰略眼光也達到了超脫常軌的領域。

——好強啊。阿魯斯心想。

對冒險者來說，真正可怕的敵人就是「聰明」的敵人。

「如果有冷星就好了……」

牠一邊不斷進行閃避，一邊如此喃喃自語。用槍射不到梅雷的射擊地點，但冷星或許有可能打到。

自己是在什麼時候看到那個寶物的呢？

阿魯斯的自我不斷受到侵蝕，連記憶都逐漸變得模糊不清。

同時射出的兩支箭從左右兩邊包挾，逼近阿魯斯。

必須以大動作避開才行。否則光是被箭矢通過的空氣渦流捲入，鳥龍的肉體就會被輕易撕成碎片。

「……死者的巨盾。」

「不迴避」。牠連想都沒想，就做出了如此的判斷。

阿魯斯瞬間發動了死者的巨盾，以擦過的方式接下具有隕石威力的箭矢。

隨後，一道眩目的光線從阿魯斯的前方掠過。

（是啊。）

對阿魯斯進行狙擊的，不只是「地平咆」一人。

模糊的自我像泡沫一樣浮現出來。

（冷星就在那裡呢…………）

兩支箭以從下往上撈起的軌道衝到阿魯斯的前方，引誘牠進入方便冷星狙擊手瞄準的位置。

而剩餘的正下方位置……

「——你真頑強啊，傳說殺手。」

則有斬音夏魯庫等著。既然阻擋通行的火焰如今已經熄滅，不論是市區的哪個地點，夏魯庫都能瞬間在該處出現。

這下子連低空飛行都做不到。

「你不想變成被追殺的那方吧，星馳阿魯斯？」

沒錯。

（如果死了…………不就什麼都得不到了嗎？）

我想要繼續戰鬥。我渴望著寶物。

所以我才會一直飛下去，展開彷彿要踏遍所有傳說的旅程。

但是，自從在馬里荒野的地底醒來後，我總覺得自己似乎失去了什麼重要的東西。

「那東西在……某個地方。」

「……根本無法對話啊。」

那是夏魯庫的聲音。

眼前的景色空洞無比。雖然天空無邊無際，但我覺得自己無處可去。

我在底下的河邊看到了一間破舊的小屋子。

「……我想要得到寶物……」

得到寶物後，我原本打算去哪裡？我連該回到哪裡都不知道了。

一切都即將消失。

「…………………」

光炸開來。

直接命中。

停下動作的阿魯斯中了梅雷的箭。

牠知道自己連一分一秒都不該停下來才對。

牠有這份自覺。也就是說——

（…………失誤了……）

星馳阿魯斯仍保持著外觀的完整。

從剛才進行防禦的時候開始……阿魯斯就在無意識的情況下「持續發動」死者的巨盾。

牠一直在發動原本應該不可能長時間連續發動，也無法在發動的情況下有所行動的死者的巨盾。

「……喂，這和說好的不一樣啊。」

地面上的斬音夏魯庫喃喃自語道。

究竟哪裡出了問題呢？我已經愈來愈搞不清楚了。

我一直在發動死者的巨盾。原本以為不可能維持著防禦飛行，但我卻可以拍動翅膀。為什麼自己以前沒有嘗試過呢？

「這傢伙……」

一道炙熱從旁邊直衝而來。

那是冷星的光線。我置身於那道光線中，肉體卻絲毫沒有受傷。

我知道自己在那種狀態下仍然能夠飛行。

雷轟魔彈射向冷星射手所在的堡壘反擊。梅雷的箭從中擋下了雷電，與此同時，阿魯斯也中了一箭。強光、震動、破壞。

現場形成除了阿魯斯「以外」的一切都被摧毀的毀滅漩渦。

——過去，色彩的伊吉克創造了名為魔法的慈的終極魔族。

那是以死者的巨盾這個魔具為基礎，擁有能擋下任何攻擊的魔具細胞，具備絕對防禦能力的擬魔。其基底必須是擬魔。

死者的巨盾的發動原理是「以使用者為起點，產生空間位軸的偏移」，而這項原理必然會造成細胞，有使用極限，因此這個基底必須擁有能透過自身的變異能力，持續修復細胞變質的維持能力。

既然如此，如果使用死者的巨盾的人，又同時具備使用修復自身肉體的魔具——奇庫羅拉庫的永久機械的才能，並且將兩者「合併、持續發動」，會發生什麼情況呢？

對阿魯斯來說，操作魔具就如同神經之間閃爍的光芒，是很自然的事。

——牠能透過異常的天賦，操作世上的所有武器。

「牠在啟動死者的巨盾的情況下……竟然還能繼續活動！『星馳』要逃跑了！」

那個聲音從遙遠的下方傳來。

我自由了。

在宛如能毀滅星辰的破壞風暴中，「星馳」再次展翅飛翔。

「……我們的攻擊對那傢伙已經沒用了！」

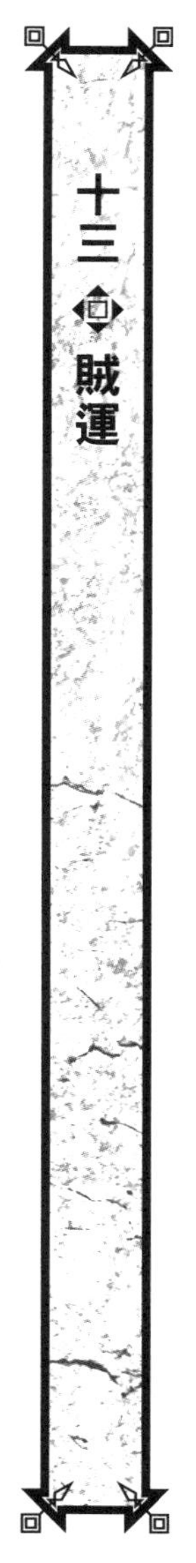

十三 賊運

不幸是會累積的。純潔的倫丹魯特這麼認為。

人們不會將可以處理的狀況視為不幸，因為只有當生活中必定會產生的苦難累積到難以承受的地步，才可以稱之為不幸。

在第八戰之前，前往拖住庫瑟的摘光的哈魯托魯死了。在「黑曜之瞳」中負責打遊擊的倫丹魯特燒掉了他的屍體，銷毀了與組織有關的證據。

他必須帶著窮知之箱美斯特魯艾庫西魯回去。在蕾娜、芙蕾和維瑟執行劇場庭園的作戰，而霞庫萊又受了重傷的此刻，能夠完成這項任務的人員只剩下倫丹魯特。

他保持著高度警戒，沒有做出可疑的行為。他原本應該可以將美斯特魯艾庫西魯藏在馬車的貨倉裡，將其偷偷運出市區。

因此，他接下來的遭遇才是真正的不幸。

（……該死的怪物！）

一輛蒸氣汽車從後面全力對倫丹魯特的馬車緊追不捨。

那輛車的車頂上有一名跪著的男子，現在大多數的黃都市民都知道這位身上披著隨風飄揚的紅色異界服裝的「客人」之名。

「直直前進！一直前進，哈魯甘特大叔！」

——柳之劍宗次朗。而臉色蒼白握著方向盤的男子是黃都第六將，靜寂的哈魯甘特。

「等等！在、在這種情況下……你瘋了嗎？」

「哈哈哈哈哈哈哈哈哈哈哈哈哈哈哈哈哈！」

馬車的貨倉裡，美斯特魯艾庫西魯正以發出吵雜噪音的槍枝胡亂射擊。

那把武器名為格林機槍，每秒可以發射一千三百發子彈。那種怪物般的火力不僅是對付人，拿來破壞物資也可以說綽綽有餘，然而——

「你就只有這點程度嗎！歐索涅茲瑪的！刀子都還！比較快啊！」

在彷彿空氣炸裂的巨大槍聲中，宗次朗的手中只發出了微弱的金屬撞擊聲。他周圍的景物霎時模糊起來，他持續以高速揮舞著某種東西。

那不是劍。

宗次朗的武器，是從汽車車體中砍下來的一片，不能稱之為劍的巨大物體。

他以令人難以置信的技巧操縱那塊鋼板，充分利用「劍身」，完全抵消了格林機槍的子彈火力。

「我要怎麼……在這種狀況下甩開他們啊！」

世上最可怕的劍豪，正在追殺倫丹魯特他們。

◆

時間稍微回溯。

聽到阿魯斯來襲的消息後，哈魯甘特和宗次朗搶了一臺軍事醫院的蒸氣汽車。

在大馬路被撤離市民的馬車塞滿時，他們繞過建築，駛過狹窄的小巷前往東外城。

雖然他們的車子在行進過程中不斷撞壞小巷旁邊的住宅和財物，但在這個居民已經被撤離的區域裡，沒有人責怪他們。

「喂，你的開車技術也太爛了吧！連我都看得出來！你確定你會開車嗎？」

「不、不要害我分心！這是我第一次實際上場！我正在實作中學習！」

那輛馬車看起來是被棄置在巷子裡的單馬馬車。

可能是車主逃走前在裝載財物時，聽從了黃都的疏散指引，留下還繫著馬的馬車。他們在到達這裡之前看過好幾輛這樣的馬車，沒有什麼不尋常之處。

「大叔。」

所以，當旁邊的宗次朗低喃了一句時，哈魯甘特沒想到他是在指那輛馬車。

「——那輛馬車裡有個很棘手的東西。」

「……你說什麼？」

哈魯甘特不禁放慢了車速，如此問道。

柳之劍宗次朗。那位獨自砍倒拿岡的迷宮機魔，並在與善變的歐索涅茲瑪的生死搏鬥中取得勝利，即使此時失去了一條腿，仍然期望與星馳阿魯斯戰鬥的怪物。

就戰鬥力而言，他可說是存在於超乎哈魯甘特認知的次元。

會讓那個男人以「很棘手」形容的東西，就在這片安靜的住宅區裡。

「我想弄清楚你的意思。那是……很強的意思嗎？」

「嗯，是啊。看起來很有趣呢——不過我也沒說非得要開戰。大叔現在應該很想趕快去打倒阿魯斯吧？」

「沒錯，雖然是這樣沒錯。不過……」

半吊子。

哈魯甘特覺得，就是因為會在這種時候心生多餘的猶豫，自己才無法追上阿魯斯。

「……維持黃都的治安乃是二十九官的責任。為了以防萬一，為了以防萬一……還是檢查一下吧。」

「你這傢伙真是一板一眼呢。」

「如果我真的是個一板一眼的人，就不會猶豫了。」

車輛噴著蒸氣，在小巷中調頭。

這時，車體後方響起咯啦咯啦的怪聲，但哈魯甘特努力當做沒聽到。

「呃……那輛車裡的。我是黃都第六將哈魯甘特，有人在嗎？」

他把車停在馬車旁邊，大聲呼喊。沒有反應。

也感受不到有生物的跡象，看起來就像一輛沒有人的馬車。

「你說的是真的嗎，宗次朗？」

「翻開來看看不就知道了？」

在哈魯甘特開口制止之前，宗次朗已經伸出刀鞘，將馬車貨倉後面的布幕掀開。

「喂……」

藍紫色的機魔獨眼和哈魯甘特對上視線。

「別亂——」

爆炸性的槍聲在巷子裡響起。

同時，應該空無一人的馬車衝了出去。

除了布蓬裡的機魔之外，還有存在感異常稀薄的某個人躲在駕駛座的狹小縫隙間——哈魯甘特這時才得知此事。

「呼、呼……這、這、這是什麼鬼東西！」

「對方開槍了！趕快開車！追上去！」

不知道是出於什麼原理，對方從近距離射出的大量子彈，全都閃過了哈魯甘特的身體。不僅如此，就連汽車的主要機構，還有宗次朗在無法察覺的瞬間抽出的刀身，都沒有受到絲毫損傷。

「還是你不想追！」

「我……我要追！那是窮知之箱美斯特魯艾庫西魯！是被通緝的……為、為什麼它會在這種地方？為什麼！」

「我怎麼知道！」

「我要追！」

「那就追上去！」

在爆炸般的發動聲中，汽車再次駛動。

——他們並沒有刻意追蹤美斯特魯艾庫西魯和「黑曜之瞳」的行蹤。

那是無法應對的偶然事件累積而成的結果。

對於純潔的倫丹魯特來說，那只是一次不幸的遭遇。

◆

「宗次朗……！」

站在馬車貨倉裡的美斯特魯艾庫西魯不斷向後方發動攻擊。

除了格林機槍之外，還有火箭發射器、小型飛彈，或是催淚彈。

那些都是宗次朗經常在「彼端」見到的武器。對付格林機槍，只需分辨出哪顆子彈會打中，

再把子彈打偏即可。而面對火箭發射器和催淚彈時，只要在接近自己之前改變其軌道就行了。

只要從車體砍下鐵片，宗次朗就能任意製造出刀具，還可以將車的速度利用在劍技上。

「能以火藥產生的速度」終究有其極限。無論使用者再怎麼強，這都是無法透過鍛煉強化的部分。宗次朗不認為自己剛才拿對方和歐索涅茲瑪比較的評價有什麼誇張之處。

「呃、呃……呃！你、你、你是誰來著……！」

「我沒見過你啦！」

除此之外，美斯特魯艾庫西魯的狀態也很奇怪。

雖然它似乎對宗次朗懷有強烈的敵意，但看起來好像不明白自己為何會有這種想法。感覺得出它並沒有真的使出全力。

既然如此，宗次朗有方法殺掉這個敵人嗎？

（——就像在利其亞幹掉的那隻蜘蛛怪物一樣。這傢伙的生命是「兩者合一」的。）

即使透過宗次朗的直覺，也找不出殺死它的「步驟」。

要怎麼做才能殺掉它呢？他第一次遇到這樣的敵人。

「咯咯……六合御覽……！果然很有趣啊！」

他一邊用巨大的鐵板彈開子彈形成的暴風雨，一邊以尖端劃過腳下的車體。

接著用左腳的指頭夾住砍飛的鐵片，在空中擊落飛向自己的火箭彈。

這就像恐懼一樣。愈是不知道如何殺死的敵人，他就愈想要砍死對方。

那是深入了解美斯特魯艾庫西魯的手段。他想要看、這個敵人的生命在什麼地方。

「哈魯甘特大叔！別閉上眼！我知道你沒在看路！」

「別強人所難啊！已經完蛋了！我死定了！沒救了！」

「你開的明明是汽車，怎麼連馬都追不上！」

他一邊閃避暴風雨般的子彈，一邊大喊。

——如果兩條腿仍然完好，他有自信能使出在拿岡時的招數，跳到前方的馬車上，然後直接將美斯特魯艾庫西魯連同其裝甲一起劈開。僅僅靠目視，他就完全了解該怎麼用劍劈開那個複合裝甲了。

然而，他現在失去了右腿。

（這就沒辦法確定了。）

敵我的距離與行駛速度、源源不絕的彈雨，起跳後，不知道自己、哈魯甘特或者車輛是否能保持完好無傷。各種因素互相影響，讓他沒有十足的把握。

窮知之箱美斯特魯艾庫西魯就是這麼強大，讓宗次朗只要相對就能看見雙方生死結局的直覺也無法發揮作用。

（它不只會亂灑子彈，還會使用毒氣或閃光彈等各種手段。應該沒有必要客氣才對——）

它在努力保護駕駛員不受戰鬥波及。

宗次朗之所以會保護哈魯甘特和汽車，是因為失去一條腿的宗次朗需要彌補不足的機動力，但美斯特魯艾庫西魯沒那個必要。

它大概曾經有過類似的戰鬥經驗，所以現在正按照那時的判斷制定戰術。

（要撲向你這種……讓人摸不透底的傢伙，我還是會怕啊。）

在哀號般的連續槍枝開火聲中，他笑了。

也許愈是像他們這樣的強者，就愈會害怕那些自己應付不來的未知。宗次朗感覺自己似乎踏入了那樣的領域。

他用右腿義肢踏出了一步。

雖然不知道會發生什麼事，但他還是要跳過去。

「……哈魯甘特大叔，我可能要死了，抱歉啦。」

「啊啊啊？不、不是，你突然在說什麼？我們已經快死了啊！」

彈雨之間出現了一道小小的縫隙。雖然使用工術修復砲管與重新裝彈子彈只是一瞬間的事，但既然會受到物理上的限制，那就不是真正的無限射擊。

他傾斜重心。

就在那個瞬間。

「啊——」

藍色的光芒閃起。

在爆炸聲中，美斯特魯艾庫西魯從馬車飛上了天。

火箭推進的反作用力將馬車貨倉炸個粉碎。

「……混帳！」

正要衝過去的宗次朗，斬落了兩臺美斯特魯艾庫西魯在脫離時放出的射擊無人機。不過，那些無人機根本就不是衝著他而來的。

馬車受到美斯特魯艾庫西魯脫離時的反作用力，撞進房屋，整個翻覆。

哈魯甘特駕駛的汽車傾斜車身，奇蹟似地避開了馬車殘骸，停了下來。

「發生什麼事了！」

「它逃走了！而且它要逃離的不是我！」

它可能是透過雷達或感測器感知到那傢伙接近了，宗次朗也差不多在同一時間注意到了某個「不明的人物」正在接近。

他低頭看了看翻覆的馬車殘骸，裡頭沒有人。

那個駕駛的男子在美斯特魯艾庫西魯脫離的同時，也以幽魔(ghost)般的身手逃脫了。他應該跳進了巷子裡某間住宅的窗戶，但現在不是關注那個人的時候。

無人機群的槍口對準了牆壁的另一邊。

——接著。

一隻手拆下堅硬的石牆，那個巨大的身影出現了。

是一隻灰色的巨大大鬼。

他的另一隻手高高揮起木棍。

有蓬馬車被一擊徹底打爛。

「美斯特魯艾庫西魯那個混帳！……是要逃離這個傢伙！」

大鬼——不言的烏哈庫抬頭看向天空。

彷彿在尋找他應該打倒的威脅。

「啪、啪」的聲音接連響起。

大量無人機失去功能，結構也遭到分解，漸漸恢復成被工術製造成無人機之前的原始物質，不再發出一聲槍響。

「那個『空洞』的傢伙竟敢來礙事！」

宗次朗感到很不是滋味，沒有任何原因。

「別衝動！不言的烏哈庫是勇者候選人！他和美斯特魯艾庫西魯不一樣！」

光芒一閃。

宗次朗已經揮劍了。

因為那個看似大鬼的人物，是個讓他「完全看不透」的傢伙。

「……」

他的劍被木棍擋下。

那只是一根沒什麼特別之處，以堅硬木頭打造的棍子。

在他的人生中，從未遇過那樣的事。

「……你這傢伙是什麼東西？」

烏哈庫不發一語。

白色的眼睛似乎正看著宗次朗，又好像沒有在看他。

「……快走吧！對那個馬車的駕駛來說，沒能解決掉我們是他的失敗才對！只要帶目擊和交戰的情報回去就很有價值了！現在的重點是……阿魯斯！我們要追上阿魯斯！」

「……」

宗次朗從滿是彈孔的汽車車頂爬回車內。

「哈魯甘特大叔，那傢伙是什麼人？」

「你說不言的烏哈庫？他是大鬼。聽說那是個很順從，但沒有其他特別之處的大鬼。有什麼奇怪的地方嗎？」

「不……只是感覺很古怪。雖然他很強，但看起來沒什麼意思……如果是平時的我，應該不會想跟那種人對戰……」

宗次朗想知道恐懼的盡頭有什麼。

但他面對烏哈庫時，感受到的卻是一種有別於當時的恐懼——讓人覺得「不應該深入探究」的強烈怪異感。

茫然地站在原地的烏哈庫被拋在後方遠處。

倚著窗外流逝的風景，宗次朗看了看自己的右手。

（——他擋下了我的劍。）

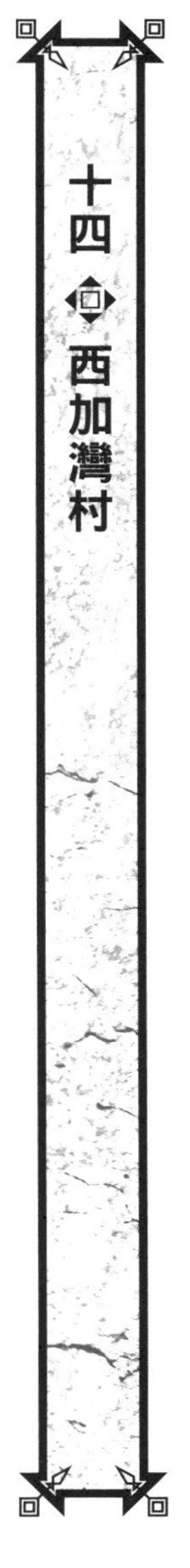
十四 西加灣村

哈魯甘特無法理解自己的內心。

雖然理解人民和部下的想法對他而言，一直是件難事，但他最無法理解的，就是自己。

所以他覺得，自己可能隱約很感謝烏哈庫的介入。

追擊突然出現的美斯特魯艾庫西魯，是只有剛好在場的哈魯甘特才能做到的事。如果成功捉到它，那或許是能彌補自己擅自出擊的愚蠢決定，還綽綽有餘的一大功績。

——然而，他或許就得「放棄」與阿魯斯對決。

如果那是一場沒有其他人能代替自己的戰鬥，他就可以找到藉口。

他就可以抹去不願面對變成敵人的阿魯斯的想法，抹去將牠逼入死亡深淵的自責，說服自己相信那是正確的行為。

（就算少了我也沒差。）

是的。

他接下來要去的地方，可能早就已經聚集了比哈魯甘特更為強大的勇者候選人。可能根本不用哈魯甘特做什麼，黃都軍就已經盡全力備齊裝備與兵力，以萬無一失的戰術包圍了阿魯斯。

即使哈魯甘特半途闖入那個陣地，他也只不過是一名微不足道的士兵——甚至還可能成為拖累作戰的絆腳石。

那些都還算好的，搞不好戰鬥早就已經結束了。

哈魯甘特想像著黃都獲得了勝利，士兵們高歌凱旋，自己卻難堪地站在其中的樣子。

即使狀況顛倒過來也沒有意義。他可能只會在失落與絕望之中，望著被星馳阿魯斯徹底燒毀的焦黑遺跡。

不論結果如何，都沒有人會把哈魯甘特的存在納入考量之中。

（……多餘的，我總是「多餘」的那個人。）

靜寂的哈魯甘特的戰鬥，一直都是如此。

他唯一擅長的就是擊落鳥龍。

在以前，那是一項為了實現和平而必需的技術。

（我知道。其實我根本不必再巡邏邊境，討伐鳥龍了，因為「真正的魔王」的肆虐……人類和鳥龍的數量都減少許多，雙方的生存圈不會重疊了。）

他穿過房屋之間的狹窄巷道，通過像是死胡同的空地，來到對面的道路。

他的駕駛技術可能很差，但是他對黃都的地理環境知之甚詳。

因為要保護國土免受鳥龍的危害，首先得了解地形。這不只是為了幫助自己的部隊戰鬥，更是為了在天空中的大敵來襲時，讓市民疏散避難。

但是連那些努力都是多餘的。

自從哈魯甘特成為第六將後，黃都就再也沒有發生過鳥龍侵犯領土的案例。

只有極少數的離群鳥龍偶爾會靠近黃都，但早在牠們進入市區之前，就會被最新式的防空砲擊落。

（都是因為多餘的虛榮心作祟，我害好幾位優秀的部下因此喪命。）

凡是帶兵打仗的武官，都曾讓部下在戰鬥中犧牲。

但是以哈魯甘特的情況來說，那都是毫無意義的死亡，只是為了滿足其個人的野心。他曾經思考過，自己要怎麼做才能彌補那些在維凱翁討伐作戰中喪命的士兵家屬。

（在利其亞戰爭中，我也總是做些無謂的事。）

跟隨哈魯甘特的梅吉市士兵們都死了。

即使他們是自願加入攻打利其亞的行動，也不能拿來當成藉口。

都是哈魯甘特太過無能，無法統領現場的梅吉市士兵，所以他們都死了。如果是真正的二十九官……若是哈魯甘特之外的其他人，應該都可以留住那些士兵，防止戰局惡化。

那位名叫卡黛，使喚鳥龍的女孩也就不會死了。

透過建築物縫隙看到的城市景象，正在赤紅的火光中搖曳。

——黃都就像那天的利其亞一樣，熊熊燃燒著。東外城不遠了。

阿魯斯為什麼想要焚燒黃都呢？

如果是因為憎恨哈魯甘特，他甚至願意立刻捨棄自己的生命。

都是因為自己帶來了冬之露庫諾卡。

（如果我沒有帶拉古雷克斯同行，就不會讓他經歷那種戰鬥……我根本不值得他的感謝，為什麼我在那個時候說不出口呢？）

他看見了阿魯斯墜落於馬里荒野的身影。

哈魯甘特不想看見陷入火海的城市，於是緊緊閉上雙眼。

（如果我沒有帶冬之露庫諾卡過來……）

他想要看到唯一一位朋友，與真正的強者戰鬥後獲勝的樣子。

哈魯甘特的那個願望，恰恰是最多餘的。

「……抱歉，大叔。」

一直默默地坐在旁邊的座位，望向窗外的宗次朗喃喃說道。

「怎麼說？」

「大叔一定很想殺了阿魯斯吧？都是我要你抄近路，結果也沒有真的省到時間。然後我想了想……大叔你明明得不到什麼好處，卻還是開車衝過去了呢。」

「……哈、哈哈！我只是一時忘我……不對，應該是自暴自棄吧。當我愈是感到自己什麼也做不到的時候，就愈會那樣。」

無論是與維凱翁戰鬥的時候，還是在梅吉市的時候，或是遇到露庫諾卡的時候都是如此。

所以他只不過是在面對美斯特魯艾庫西魯的彈雨時，做出同樣的反應罷了。

「你真有勇氣。」

「……那是多餘的，我總是做些多餘的事。」

不該鼓起的魯莽勇氣。

超出自身能力的功績。

沒必要說出的話。

殺死朋友的友情。

在靜寂的哈魯甘特的人生裡，他所做的全都是多餘的事。

（就算少了我也沒差。）

即使比誰都還要明白這一點，哈魯甘特仍然要過去。

◆

「——到頭來，我對村子來說就只是個多餘的孩子。」

在遙遠的回憶中，總是有著海浪的聲音。

在差點被海水淹沒的岸邊小屋裡，也始終迴盪著那樣的聲音。

「我家有三個哥哥，我是最差勁的小孩，所以他們都嘲笑我，說我不要生下來比較好。」

「『多餘』是什麼意思？」

「就是多出來的意思。」

少年名叫哈魯甘特，牠已徹底記住了那個名字。

撞上海岸山壁的阿魯斯差點就死在底下的礁石上。

如果哈魯甘特沒有剛好經過那裡，牠可能真的就死了。在阿魯斯的族群中，牠毫無疑問是最弱的。

「按照村人的看法，我家孩子的『正確人數』應該是三個。我不但是後來才出生，又是個沒用的孩子，所以我是多餘的。」

「喔……真羨慕你……」

「啊？」

哈魯甘特的聲音高了幾度。

人們在心情不好時，似乎會發出那種聲音。但也許只有哈魯甘特是如此。

「因為在你的村子裡，三是正確的數字……所以我的手臂也是正確的吧……」

「才不是那樣！」

哈魯甘特果然心情很不好。

他應該開心一點。這樣一來，當他和我在一起時，我就能多觀察一點人類開心時的表情和語氣了。

「聽好了，你的手臂也是多餘的。不只是多一條，全部都是多餘的，其他鳥龍都沒有手臂。如果我有五條手臂，那不就成了怪物嗎？」

「這個嘛……我覺得挺有趣的……」

「啊啊，夠了！你給我好好想清楚再講話！」

——我認為比正確的數字還多也不是壞事。我真的這麼想。

阿魯斯出生的鳥龍族群一直處在飢餓之中。

牠們會頂著寒冷的海風飛在海上，不管是老鼠、魚、昆蟲還是草都吃。

首領總是說：只要我們的族群數量增加到足夠的程度，我們就能吃村莊的人類。但牠們從來沒有增加到那樣的數量。

比阿魯斯年長一點的雷古聶吉很聰明，經常表示我們族群目前的角色分工多麼沒有效率，以及如果由牠管理，可以如何改善這個狀況。

不過當時的阿魯斯不太能理解所謂「沒有效率」或「改善」等詞彙是什麼意思，直到哈魯甘特教過後，牠才明白。

哈魯甘特總是看起來心情很不好，但他和雷古聶吉不同，願意教阿魯斯不知道的詞語。更重要的是，他講的話很吸引人。他每天說的不是難懂的道理或原理，而是他對現在的生活和境遇有多麼不滿意，以及他將來要變得多了不起，爭一口氣給那些人瞧瞧。那些話對阿魯斯來說很容易理解。

「——雖然我的確不擅長計算錢或記住別人的話啦，但是在村子的聚會上，沒有和其他人一起為那些無聊的笑話傻笑，就代表我很笨嗎？我明明就找到了更好的地方設置鳥龍的監視臺。而且上次下大雨時，我也是全村最早注意到堤防溢流的人！我才是保護村子最多次、最該受到表揚的人！」

「喔……你好厲害啊，哈魯甘特……」

其實是因為哈魯甘特在村子待不下去，經常在海邊漫步，所以很容易注意到海岸的地形和異常。事實上，他也是在海岸邊的礁石上找到受傷的阿魯斯的。

「……別那麼隨便說我厲害，那樣會讓我覺得你在嘲笑我。」

「可是，哈魯甘特，你不就是想被稱讚嗎……」

「你真的什麼都不懂！就算被阿魯斯這種鳥龍稱讚，我也一點都不開心！該怎麼說呢……我要得到村子的更多人稱讚，我要得到他們的認同。我要被稱為英雄！」

哈魯甘特以前也提過好幾次「英雄」這個詞。

似乎每個人——不只是哈魯甘特，所有的人都希望成為那樣的人。不過那似乎是一種非常難得到、宛如高價稀有珍寶的稱號。

「……要怎麼做才能成為英雄？」

「我不是告訴過你嗎？就是殺鳥龍啦。把牠們趕出人族的居住地，讓大家都能過著安全的生活。王國對於擅長狩獵鳥龍的人提供了獎金，有人靠殺了很多鳥龍，從開墾區的貧民升上了將軍呢！雖然我的學習力可能很差……但我決定要專心做這件事。我要離開這個村子，到優秀的弓箭老師那裡工作……然後四處狩獵鳥龍。」

「……」

不知道從什麼時候開始，哈魯甘特不再說「消滅這個村子的鳥龍」或「消滅你的夥伴」之類的話了。他說要離開村子，去狩獵那些威脅人們的鳥龍。

反正哈魯甘特的確不喜歡這個村子，而阿魯斯所屬的族群要能襲擊人類也得等一段很長的時間，所以阿魯斯還記得當時牠也覺得那樣做比較好。

「然後我要讓村裡的每一個人都向我低頭致敬。蘇吉、馬希奇、塔克勒昆、那個混蛋佩米薩還有奧爾迪卡家的所有人！古里卡那傢伙上次也嘲笑過我……！他們大多數人都沒有離開過這個村子，所以我要把王國的超厲害機器和有字的書帶回來，給他們來個震撼教育！」

「……什麼是『超厲害機器』？」

「我不知道，但一定有那樣的東西！在你從未見過的地方，一定有你從未見過的東西！」

的確，阿魯斯覺得他說的沒有錯。

阿魯斯自從出生之後就只知道這片海域，但如果牠能飛得更遠，就能找到很多自己從未見過的東西。

因為牠從來沒有見過。

「……我真的……很喜歡那種故事呢……」

「什麼故事啦！」

「就是哈魯甘特變得非常了不起、很強大……打敗討厭的傢伙或是炫耀寶物的故事……我也好想一起去喔。我可以說給別人炫耀嗎……」

「……呿，才沒有人會說這種故事。」

哈魯甘特小聲地嘀咕著，然後轉過頭去。

這樣一來，阿魯斯就看不出哈魯甘特臉上的表情了。

但阿魯斯隱約覺得，哈魯甘特其實內心很孤單。

「之前……我還在想會不會有其他人對我說阿魯斯說過的那些話，就對五金行的阿比克那個還只有三歲左右的小孩……說了我要當上將軍的事情。」

一個細微的啜泣聲音混在海浪聲中。

「然後我就被嘲笑得更嚴重了，有人偷聽到我說的蠢話。為什麼每次都這樣啊？明明稍微注意一下就好，明明稍微忍耐一下就能和其他人一樣，我卻做不到。我明明就很努力……想和別人一樣，卻總是會出錯。每次，一定都是這樣。」

「……」

我記得他曾經要我努力完成做不到的事。

——你要有所成長。

也許哈魯甘特在成長過程中，一直都是被那樣教育的。

「……思考原因，找出對策。」

「……我有在做啦，那種事……我也做得到……但其他人總是做得更好……」

「在鳥龍之中。」

阿魯斯抬起了頭。

「很少有誰……會說哈魯甘特那些話。強大的鳥龍通常不太會思考，所以，如果要和鳥龍戰鬥……我想，哈魯甘特遲早會變得更強。只要你一直狩獵鳥龍，就會比村裡的其他人更了不起，就什麼都能做到了……」

「哈、哈哈……什麼嘛。你想安慰我嗎？」

「我只是想……回報哈魯甘特教我知識的恩情……」

現在回想起來，回報他人的概念也是從哈魯甘特那裡學到的。

對於教導牠「回報」這種概念的人，是否也該回報些什麼呢？

每次想得太複雜的時候，阿魯斯的腦袋都會變得很混亂，但人類似乎就是一直生活在這種複雜的思考中，真是令人敬佩。

「我才不會感謝你，我不需要那種關心。」

「如果你覺得多餘也不感謝我……那麼在我的傷治好之後，哈魯甘特還會再教我……語言或是人類的知識嗎？」

「怎麼可能。」

哈魯甘特凝望著天空烏雲密布的陰暗大海。

海岸的山壁邊，如小鳥飛舞般的影子。那是鳥龍。

儘管走在海邊，哈魯甘特也從來沒有往那個方向走去。

因為他是人類。

「……我們人類和鳥龍可是天敵啊。」

◆

那個時候，一輛半毀的汽車駛入了東外城第二街。

籠罩市區的火災被一句話消除得無影無蹤。

天空中無數的光束彼此交錯，企圖破壞阿魯斯。

星馳阿魯斯成為了無敵的存在，正要飛向天空。

諸位勇者候選人，以及毫無力量的老將正在集結，迎接最終的結局。

黃都漫長的一天要結束了。

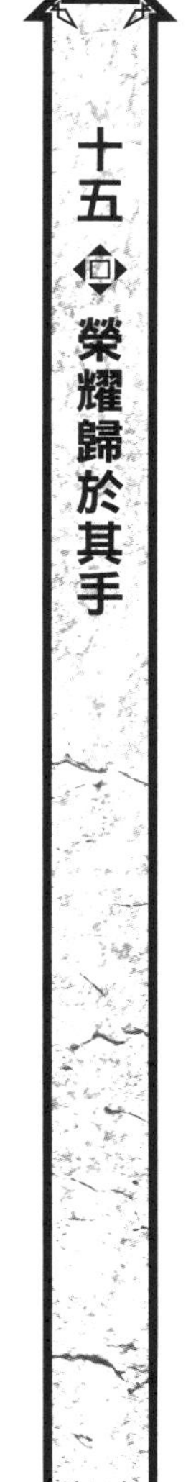

十五◆榮耀歸於其手

「牠在啟動死者的巨盾的情況下……竟然還能繼續活動！『星馳』要逃跑了！」

理解到星馳阿魯斯致命變化的斬音夏魯庫，打算盡可能地傳達情報。

只靠自己或是其他勇者候選人的力量，很可能都沒辦法阻止對方。至少可以知道的是，如果讓牠在這裡起飛，被害範圍將會進一步擴大。

「……我們的攻擊對那傢伙已經沒用了！」

經過先前的激烈戰鬥，阿魯斯已經耗盡了大部分的武裝。

席蓮金玄的光魔劍回到了托洛亞的手中，牠同時還失去了戰慄鳥。

可以進行多方位自動攻擊的魔具腐土太陽，以及地走都不在其身邊。

以雷轟魔彈為首的所有必殺魔彈應該都已經用盡，就連步槍，應該也受到了過度使用造成的影響。

在戰鬥過程中被扯斷的奇歐之手，如今只是用來代替魔劍，勉強在肉搏戰中使用的武器。

然而，現在才是最糟糕的狀況。

記憶和意識都已變質，還讓多種魔具失控的星馳阿魯斯成了一臺漫無目的地進行殺戮，並且具有不死之身的自動機器。

（牠的攻擊用魔具的確應該都用完了……但是狀況一點也沒有改善。）

其威脅性絲毫未減，不如說還在增加當中。

因為有能力摧毀黃都的魔具，就位在東外城第二街的附近。

冷星。

（因為牠再「搶」就有了。）

不斷劈開天際的「地平咆」射擊停了下來。

在斃命了上千次都不夠的死亡地點，某個東西準備展翅起飛。

身上帶著梅雷的土箭殘渣與滾燙火紅岩石的阿魯斯，看起來就像一隻燃燒中的鳥。

牠身上看起來像頭的部位動了一下，然後朝著三號堡壘的小塔而去。

一直線飛去。

企圖阻擋其前進的下一支箭飛了過來，然而那是在得知牠具有不死之身之前所射出的箭。箭矢追不上阿魯斯那絲毫未減的機動力，射偏了。

阿魯斯的飛行速度反而更快了。誰也無法摧毀牠。

（我沒辦法對付天空中的東西。）

星馳阿魯斯應該很快就會襲擊使用冷星的狙擊手，並且奪走魔具。

然後牠會射擊下一個目標——不是地平咆梅雷，就是整座黃都。

誰都無法阻止那樣的未來發生。

阿魯斯到達了小塔。

鋼鐵勾爪搆到了小塔的牆壁。

「——來得真晚。」

眼前出現一把白槍。

寒光一閃，超越音速的無限刺擊不但打壞了牆壁，更將阿魯斯一起推下去。

「你讓我等好久啊。」

夏魯庫手上已經拿著從基座上取下的冷星，如此嘲諷道。

誰也無法阻止那樣的未來發生——「除了斬音夏魯庫以外」。

在一連串的攻防之後，戴著有色眼鏡的狙擊手這才大喊：

「喂！『星馳』的身體是怎麼回事！冷星也就算了，『地平咆』都直接打中了，牠竟然還毫髮無傷……！」

「為了保險起見，趕快離開。」

夏魯庫只說了這句，然後從小塔上一躍而下。

在阿魯斯直線飛到小塔的期間，他「跑」到了這裡。

既然沒辦法以攻擊繼續牽制牠，那就只能用一開始的方法。

那就是以阿魯斯想要的魔具作為誘餌，讓牠一直把目標放在夏魯庫身上。

（但是，要去哪裡呢？）

選擇有兩個：東外城第三街前後的東外城第二街或第五街。

夏魯庫想避免戰火蔓延到其他地區。

雖然他很想選擇應該幾乎沒有生存者的第五街，但慈與腐土太陽一同沉入地底的該處已經變成了一片泥沼，他有辦法在那樣的地面上，發揮出足夠的機動力與阿魯斯戰鬥嗎？

（——反正無論選哪裡都不能打倒牠，那就得把那傢伙引到黃都外面。距離黃都的邊界比較近的是第二街……只能這樣了。）

在落地之前，夏魯庫先完成了一連串的思考。

他蹬著教堂的屋頂，舉起長槍，朝準備在小塔底下起飛的阿魯斯猛砸。

「我的寶物……在哪裡…………」

（太硬了。）

從觸感可以得知，他的刺擊根本沒有效果。

剛才之所以能從小塔上打落阿魯斯，是因為夏魯庫的主要攻擊對象為牆壁。不但摧毀了其立足點，同時也破壞了牠剛降落的平衡。

這種攻擊除了挑釁之外，沒有其他效果——

「奇歐——」

夏魯庫立刻砍斷超越音速甩過來的魔鞭。

阿魯斯利用反作用力，在沒有使用雙腳起跳的情況下飛到空中，置身於長槍的攻擊距離外。

「……之手。」

「你看到這個寶物了嗎，星馳阿魯斯？」

「寶物……」

不等對方回答，夏魯庫就開始拔腿狂奔。

他以阿魯斯眼睛追得上的速度奔跑。不讓損害擴大，準備在東外城第二街迎戰。

（除了我之外，那邊應該還會有其他人在，一定有能夠處理這個問題的人。）

把牠引到黃都外面。夏魯庫能使用的只有這個計畫，然而那真的可行嗎？

夏魯庫不認為現在的阿魯斯是基於他能理解的原因在行動。

但是，位於頂點的冒險者開始攻陷黃都……這是否意味著，阿魯斯就像牠之前攻破迷宮無數次一樣，在摧毀黃都、奪走所有寶物之前都不會停下來呢？

（——如果真的是如此，這場仗我們就輸定了。）

誰也沒有想像過，這其實是一場有時間限制的戰鬥。

必須在得到齒輪肉體，能維持無限戰鬥機能的阿魯斯，讓那具肉體完全適應死者的巨盾之前結束戰鬥。

（這一定就是魔王該有的樣子。）

夏魯庫知道毀滅的影子開始跟在他的背後。

那是揭露世界的一切、搶奪一切，直到一切都死去的惡夢。

（是「真正的魔王」時代之前的——）

那是誕生數量最多的空中天敵中，成為傳說的最強個體。

既是冒險者，也是篡奪者。

（人類天敵。）

◆

巨人街。地平咆梅雷的狙擊地點位於東外城第二街的北方十六公里。

「……再射下去也沒用，只會浪費箭。」

梅雷放下巨大的黑弓，平靜地說著。

雖然卡庸並不打算提出異議，但他也無法看到梅雷眼中的世界。

他只是翹著腿坐在椅子上，和梅雷一起望向南方。

「發生什麼事？你不是說擊中『星馳』了嗎？而且觀測手也在通訊裡回報好幾次命中……」

「我也想知道啊，總之攻擊已經沒有效了。如果不能破壞城市，也沒辦法用不停從上往下射箭，把阿魯斯埋進地底的方法，畢竟那樣會把城市連同地基一起毀掉，所以我現在已經束手無策了。」

「……我明白了。」

梅雷射向阿魯斯的箭矢，每一發都畫出由下往上的曲線，有如衝上天空的軌跡，沒有任何一發箭矢擊中市區。

而且那些箭還穿過高高低低、錯綜複雜的黃都城市，連衝擊波都沒有碰到建築。不僅如此，梅雷的呼吸絲毫沒有紊亂。

「這就夠了。畢竟我打從一開始就沒有派你上場的打算……你已經很努力了，梅雷。」

戰場遠在地平線的盡頭，在巨人街這裡，不可能體會到戰鬥的真實感。

不過，梅雷的招式沒解決對手也是事實。

這下子黃都要完蛋了吧——他這麼想。

「雖然聽起來很冷淡……但如果這樣都不行的話，我覺得你可以停手了。」

「是嗎？那我就小睡一會吧。」

梅雷打著呵欠，慢慢離去。

對於賽因水鄉的守護神來說，他從一開始就沒有義務保護黃都。

他們召開了一場用來消滅英雄的六合御覽，然而陷入危險時，卻打算請英雄來救他們。這未免太自私了——卡庸這麼想著。

如果黃都遭到消滅，應該就不會有人想殺梅雷了。

卡庸優先考量的對象仍然是賽因水鄉和地平咆梅雷。

所以，就放棄黃都吧。

（……我真的能接受嗎？）

他嘆了口氣。

並不是所有黃都居民都有罪。

他很清楚這點。

無辜的人民就像身處那個魔王的時代一樣相繼死去，卡庸卻無能為力。

畢竟面對連地平咆梅雷都無法摧毀的威脅，又有誰能夠與之抗衡呢？

（所以，我只能當成自己放棄了。）

腳步聲走了過來。

是梅雷的腳步聲。梅雷從來沒有離開過「針山」，所以那是他在賽因水鄉沒聽過的聲音。不過自從來到黃都後，他已經徹底聽慣了那個聲音。

「……怎麼啦？等等，你拿的那個是什麼？」

梅雷的肩上扛著巨大的鐵柱。

當然，這是以人類的尺寸衡量。與梅雷的巨大身軀相比，那根鐵柱看起來就像一支長箭。那是形成賽因水鄉「針山」的鐵箭。

「你不是要去午睡嗎？」

「我想怎麼做你管不著……剛剛躺一會就沒有睡意了。」

「你每次都很不坦率耶。」

「囉嗦。」

梅雷盤腿坐下，將鐵箭立起來。

「既然已經束手無策，我就用詞術把這東西變成『網子』，困住阿魯斯。即使沒辦法摧毀那傢伙的身體，至少應該能阻止牠飛到其他地方。」

卡庸回想起鐵箭在第七戰中的形狀變化。

能讓這支巨大的鐵柱散開，變成無數細鐵絲的梅雷工術。

他到現在終於明白，那東西原本就是能在空中張開，用來將鳥龍一網打盡的招式。

「……但是，第二街就沒辦法安然無恙了吧？」

「可能吧。」

若是以梅雷弓術的速度發射，再怎麼細的鐵線也會變成能輕易切斷所有物體的殲滅兵器。即使盡量壓抑攻擊的力量，將損害限制到最小的程度，也必須做好會出現不少犧牲者的心理準備。

（所以，我必須做出決定。梅雷不會讓我逃避的。）

地平咆梅雷或許確實是專屬於賽因水鄉的守護神。

但是，就像他在與夏魯庫的對決中所展現的，他也是一位人品高尚的英雄，以及戰士。

所以空雷卡庸必須是一個配得上那份氣節的擁立者。

「我這就與西多勿聯繫，將這個計畫當成緊急防禦手段，提交給他。但如果來不及批准……

你就發射吧，梅雷。我會負責的。」

◆

「阿魯斯！你在哪裡，阿魯斯！」

一輛蒸氣汽車穿梭在化為廢墟的東外城第二街裡。

原本錯綜複雜的建築不是被燒得差不多，就是被撒布馮的部隊摧毀了。在火災熄滅後的此刻勉強還有一點空間能讓汽車進入。

「阿魯……嗚哇！」

某個東西斷裂的聲音響起，車體隨即歪了一邊。車體本身已經達到使用的極限了。

除了重要零件以外的部位，幾乎都被格林機槍的子彈射穿，再加上極端的駕駛方式造成的幾次激烈碰撞，讓車體明顯失去了平衡，能開到這裡已經形同奇蹟。

「該死，所以我說汽車這種東西就是不耐用……！」

「這已經跟是不是汽車沒關係了。」

從那團破銅爛鐵般的車裡爬出來的，是黃都第六將，靜寂的哈魯甘特，以及勇者候選人，柳之劍宗次朗。

「算了……我自己走！」

「我還沒辦法立刻走就是了。」

哈魯甘特看著宗次朗的右腿。那是義肢。在與美斯特魯艾庫西魯的遭遇戰之中，宗次朗展現了超乎常人的戰鬥能力，讓人完全感覺不到他有什麼不方便。然而，宗次朗仍然失去了對一名劍士而言極其重要的右腿。

一般人在這種狀況下早就無法戰鬥了，更別提逃出醫院，冒險闖入這種危險地帶。要說他瘋了也無可厚非。

「……柳之劍宗次朗。雖然很難啟齒，但是你……」

他幾乎是在忘我的狀態下，與宗次朗一起衝到這個地方。

可以說他們是在互相扶持之中，帶著對方來到這裡。好一段奇異的緣分。

「就算你來到這裡，那種狀態應該幫不上什麼忙。阿魯斯是飛在空中，以你那樣的腿，也沒辦法在地面追著牠跑。那個……你想過這些問題嗎？」

「嗯，是那樣沒錯。」

坐在地上的宗次朗笑了出來。

「不過呢，搞不好牠會『降落到我砍得到的範圍內』。有可能是偶然，也有可能是阿魯斯主動向我發起挑戰。我啊……只是不希望在知道我不在場的地方有一場慶典時，事後才後悔地想著『要是我在那邊，搞不好會幸運地出現那樣的狀況』。只是這樣而已。」

「只是因為這樣？」

哈魯甘特無力地笑了。

就只是因為這樣。

他很清楚自己什麼也做不到。很清楚即使自己在現場，也不過是多餘的存在。然而，他還是要去。

那麼理應是非凡怪物的柳之劍宗次朗，與哈魯甘特不就沒什麼不同嗎？

那就沒有猶豫的必要了。不管會受到什麼樣的嘲笑，他都要與阿魯斯對決。

「……阿魯斯！阿魯斯！哈魯甘特來了！」

哈魯甘特幾近沙啞的叫喊聲，空虛地散入天空。

（啊啊，天空太廣闊了。）

阿魯斯和只能爬行在瓦礫堆中的哈魯甘特不同，牠在這個太過廣闊的世界裡實在太自由了，要人如何追上牠呢？

牠藏身在那棟建築的後面嗎？或者牠正飛往另一個方向？

如果牠早已離開這片區域，那麼哈魯甘特也沒有任何能追趕的手段。

「阿魯斯……嗚唔、嗚……」

他難堪地跌了一跤。

年紀大了。光是來到這裡，他就已經消耗掉太多的體力和意志。

即使靈魂的深處渴望做大事，哈魯甘特卻總是無法如願，只會落得這種不堪的狼狽模樣。

「阿魯斯！你在哪裡？你在哪裡……」

他喊到最後時，聲音愈來愈有氣無力。

那隻鳥龍不可能就這麼剛好，飛過他抬頭所見的狹窄視野之中。

哈魯甘特沒有超強的視力，也沒有瞬間穿過城市的神速。

他不是一個具有戰鬥力的修羅，只是混進災區的一名中年男子。

「我不會放棄……如果這時候放棄了，我就不再是我了。我可不會放棄，阿魯斯，我會追上你的，我就是為此才來到這裡……！」

他已經決定好，當他再次與阿魯斯相遇時要做什麼了。

既不是求饒，也不是做為朋友與牠對話。

而是成為星馳阿魯斯的敵人，向牠發起挑戰。

如果阿魯斯毀滅黃都的目的是為了報復哈魯甘特，那麼只要哈魯甘特獨自承受那股恨意，被阿魯斯殺死，這場戰鬥或許就會結束了。

如果犧牲哈魯甘特這條微不足道的生命，就能換來一絲的可能性，那可說是非常有價值的交換。

然後他將會死去。

（——只要死了，就可以逃離丟臉與罪惡感。沒錯，就那麼做吧，死亡……一定比我想像的輕鬆得多。只要往比較輕鬆的方向逃避，我就可以完成自己決定要做的事。）

無論這種想法有多麼可悲都沒有關係，只要在遇到阿魯斯之前不要遲疑就好了。

只要能見到對方，即使哈魯甘特改變心意、求對方饒了自己一命，應該也會不影響阿魯斯奪走哈魯甘特性命的決定。

他知道兩者的力量差距大到可笑的地步，遑論什麼發起挑戰了。

「哈魯甘特……哈魯甘特來到這裡了！阿魯斯……！」

接著，那個影子就像在回應這聲呼喊似地出現了。

那是一名身著黑衣，散發著不祥氛圍的男子。

男子臉上掛著軟趴趴的笑容，微微舉起了一隻手。

「——嗨，哈魯甘特將軍，我在找你呢。」

「你、你是……」

利其亞戰爭的時候，還有另一位勇者候選人與靜寂的哈魯甘特結下了不解之緣。

擦身之禍庫瑟，「教團」最強的殺手。

「你在找我？」

「是啊，我是來請你去死的。」

同時也是死亡在世界上最為具體的化身。

◆

黃都中央議會大廳，第二交換室。

由於在精神極度緊繃的狀態下，一直處理源源不絕湧入的龐大情報，黃都官僚們的體力消耗也快要達到極限，負責指揮的鍋釘西多勿也不例外。

（——一旦被逼到極限，大家都開始變笨了。）

從通訊中傳來的市民和士兵的混亂，清楚地說明了這點。

對那些人下達命令的他們也是如此。他們對自己前一次通話時下達的命令是否正確，完全沒有自信。

雖然有部分因素是他們沒有充分的時間可以慢慢思考每件事，但很明顯地，眾人的判斷能力與平時比起來低落許多。

結束通話後，切換到另一條線路，聽取狀況的報告。

由於無法只聽一次說明就理解現場狀況，所以得再聽一次。

（啊，我想起來了。在魔王的時代，人們就是過得這麼慘。大家都被亂七八糟的瘋狂吞噬，混亂得分不清東西南北——）

在那個時候，因傳達有誤而把避難的人民全部引導到魔王軍那邊，或是城市的士兵自發性屠殺市民的事件要多少就有多少。每次都會造成數以萬計的龐大犧牲者，而大家都認為那是很正常的事。

結束通訊後，他喝掉杯子裡已變微溫的半杯水。

「……哈，白痴嗎？這種狀況太誇張了吧。」

不論是侵略速度還是殲滅能力，星馳阿魯斯都是一場遠遠超過「真正魔王」的災禍。但即使如此，黃都還是傾盡全力，將犧牲者的數量控制在最小範圍之內。

如果這場災難發生在魔王的時代，死亡的人數絕不止十萬。所有人可能會一個也不剩地全部死光。因為在那時代，每個人都是被逼到極限的白痴。

「……白痴，真是個大白痴。」

看著桌邊的一張報告，西多勿冷冷地吐出這麼一句。

這份報告很久以前就提交上來了，但他直到現在都沒有時間把它從桌子上清掉。

——第六將靜寂的哈魯甘特逃出了洛摩古聯合軍醫院。

「就算魔王已經死了，我們還是沒辦法放鬆下來啊，不論過了多久都一樣。」

直到最後的最後，他都是個無可救藥的男人。

即使知道自己什麼也做不了，他也會盲目地衝向必死無疑的戰場。

西多勿知道哈魯甘特就是會做出那種蠢事的人。即使全身沾滿泥濘，爬在溝渠裡，他仍然會過來。

西多勿在無奈的笑聲中調整了呼吸，繼續進行下一輪的通訊和指示。

哈魯甘特的動向不過是如此微不足道的情報，不過——

（我一定要宰了你這個大白痴。）

◆

「斬音夏魯庫正在牽制星馳阿魯斯。老實說，不知道還能撐多久。」

「……這樣啊。」

兩人並排坐在化為廢墟的瓦礫堆上。

靜寂的哈魯甘特，與擦身之禍庫瑟。

那是一名外表落魄的不起眼男子。

「我覺得……應該加強一下吉機幾商業區的對空防禦比較好。如果『地平咆』的制空權減弱了，從鳥龍的角度來看，直達王宮的路線一定會通過吉機幾商業區的某處……那個，西多勿有沒有說過這樣的話？」

「嘿嘿，他只告訴我最基本的情報，我甚至不知道要怎麼找到阿魯斯。」

「……這樣啊……」

天空很藍。

剛才像打雷般不停轟隆作響的梅雷射擊也停下來了，現場靜得出奇。

不過阿魯斯正在第二街的某個地方與夏魯庫戰鬥，而且即使是那場戰鬥中最微小的餘波，應該也可以奪去坐在這裡的哈魯甘特性命。

遠方傳來某種東西被炸碎的聲音。

聲音很遠。哈魯甘特不禁站起身，但那裡不是他趕得過去的距離。

「那、那麼。」

哈魯甘特用走調的聲音問道。

「你……你要殺我嗎？」

「差不多啦。而且找到你之後，我還有件事想問你，我好歹也是神職人員……如果有什麼需要懺悔的事，我想聽你說說。」

「你想問什麼？」

「——晴天的卡黛的事。」

哈魯甘特倒抽了一口氣。他對庫瑟感到的愧疚，實際上就是他對自己在利其亞戰爭中的所作所為產生的罪惡感。

「這、這樣啊，我還記得那件事。她……那個孩子是個平民，她不該喪命的。如果我當時更振作一點……就能從慘劇中振作起來，然後……」

哈魯甘特的聲音在顫抖，但事情不是那樣的。

卡黛是出於自己的意志，與哈魯甘特為敵。

她和鳥龍之間有著真正的情誼，所以才會想與打倒鳥龍的哈魯甘特戰鬥。他在那天看到白髮少女時，就好像看到另一個自己。

「如、如果她…………」

「沒關係啦，冷靜一下。」

「……啊，抱歉。我經常在思考……如果……有什麼可以拯救她的方法……那該怎麼做呢？大家應該都很想獲得幸福，卡黛、利其亞的人民、梅吉市的士兵…………那些鳥龍兵也是。」

「是我看著卡黛過世的……你和那個女孩說過話吧？」

「是、是的。是我……殺了她，我一直都是這麼認為的……」

「我覺得……這只是我的個人看法。我覺得那個女孩選擇了和鳥龍同在的命運。如果她選擇以人類的身分生活下去……現在可能已經振作起來，活得好好的，但誰也不能斷言那就是幸福。詞神大人也不曾說過，人和鳥龍何者才是正確的。」

——選擇以人類的身分生活，不一定就能獲得幸福。

確實如此。哈魯甘特就是選擇以人類的身分不斷戰鬥，成為將軍，然後淪落至這副德性。

「……我一直很後悔，一直都是。」

不知道他說的是卡黛之死，還是他自己的人生。也可能是兩者都是。

「我也是啊，哈魯甘特將軍。」

庫瑟的大手輕碰哈魯甘特的背。

「——喂，你在做什麼！」

一道聲音從崩塌巷道的對面傳來。

柳之劍宗次朗一隻手垂握著劍，正在看著這邊。

「要是你敢做什麼蠢事，我就立刻砍掉你的手。」

「……很抱歉，你無法砍傷我的，柳之劍宗次朗。」

哈魯甘特彷彿事不關己地看著兩人對話。但隔了一會，他才意識到一個堅硬銳利的觸感正隔著衣物，抵在自己的背上。

庫瑟正拿著利刃——可能是從這片火災廢墟中撿到的小刀或菜刀——抵在哈魯甘特的背後。

這個男人是來殺哈魯甘特的。

「我先解釋一下。在我到達這裡的不久前，鍋釘西多勿通知了我。」

「西、西多勿……？」

「他告訴我：若是看到哈魯甘特來到這裡，就殺了他。」

「哈！那是、哈哈！」

哈魯甘特不自覺地笑了起來。

他沒辦法跪下，只能邊哭邊笑。

「那……那也是『理所當然』啊。」

像自己這種無能的傢伙，早就被黃都放棄了。

哈魯甘特的無能已達到令人絕望的程度，讓那個優秀的西多勿不惜下達如此的指示。雖然他在開車的時候，腦中一直胡思亂想著來到這裡的意義，但早就已經不是來不來的問題了。

「是、是啊，哈哈！就連被殺的時候都沒辦法反駁，這、這樣的人生太無可救藥了。我、我早就已經沒有做覺悟的資格……也沒有決定自己該怎麼做的資格了……」

「……別做蠢事，那個一身黑的傢伙。」

宗次朗不耐煩地說著。

即使隔著這樣的距離，他應該也隨時都可以使出讓庫瑟斃命的劍技。但是他碰不到對方，大多數的二十九官都已經知道了擦身之禍庫瑟的能力。

那就是當他自己面臨生命危險時，能先一步使敵人立即死亡的能力。

即使是柳之劍宗次朗，應該也能直覺地察覺到這種威脅。

而哈魯甘特這種毫無力量的人，更沒有反抗那種死亡的餘地。

「你之所以沒有砍過來，是因為你真的能看到生命嗎……宗次朗？」

庫瑟把手放在自己的左胸上。現場一片寧靜，飄蕩著死亡般的不祥氣息。

「…………」

「靜寂的哈魯甘特，我知道晴天的卡黛是怎麼死的。關於那個孩子的死，我還知道了另一件事……」

「──阿魯斯。」

哈魯甘特呼喚著朋友的名字。

庫瑟沒有望向天空。他沒有察覺到。

「沒錯，我沒必要去找牠，因為星馳阿魯斯——」

那雙翅膀出現在哈魯甘特抬頭就可望見的狹窄視野中，那裡有一個擁有三隻手臂，很眼熟的身影。

那個身影帶著殘破的身形，舉起了步槍。

牠在空中的低語，清晰地傳入了哈魯甘特的耳中。

「…………別碰我的朋友。」

牠準備扣下扳機。

擦身之禍庫瑟仰頭看向天空，彷彿早就知道會有什麼樣的結果。

「『我要保護你』。」

星星墜落了。

◆

——其實，我很喜歡和人族交談。

所以，每當我發現離群的人族時，都會和他們攀談。

我會問他們在人族的城鎮中有什麼新的發明、有什麼迷宮的傳聞，又有誰從迷宮回來了，還有最近有哪些魔具用在戰爭中。

我就是問了那些問題。

其實我非常想知道哈魯甘特現在在做什麼，想知道他變得多麼了不起，但我都沒有問。

因為如果被人知道我和哈魯甘特是好朋友，對我來說雖然不是什麼大問題，但對哈魯甘特來說可能會很麻煩。那太不公平了，所以我盡量避免出現那種情況。

所以當我開始旅行之後，第一次聽到哈魯甘特的傳聞時，我真的非常高興。

我記得在北方王國和中央王國的某個邊境交界處，有人提到了一位討伐鳥龍的部隊長名字。

我記得那個人還提到其他三個左右的名字，但我因為聽到哈魯甘特的名字時太過高興，結果完全忘記了其他部隊長的名字。

——哈魯甘特果然就像他告訴我的那樣，一直都在努力。

知道哈魯甘特還在努力，使我更加積極地進行冒險。

因為哈魯甘特還在進步，我也必須有所成長，追上哈魯甘特。

儘管我們很久都沒有見面，但我一直在新的世界闖蕩，期望有一天能與哈魯甘特相見時有東西可以炫耀。

這片大陸其實比我在王國人族的地圖上看到的，還要大多了。

我以前以為方形地圖的邊緣外面什麼都沒有，但那裡也有文明、迷宮和寶物。那就像在告訴我還有很多地方可以探索，讓我興奮得好幾天都睡不著覺。

我曾經想過，由於烏龍到處都是，所以哈魯甘特也許會在那些地方。但因為哈魯甘特到過什麼地方，應該就會打敗當地的烏龍，所以我又煩惱著，有烏龍的地方是不是代表哈魯甘特沒有來過呢？

寶物愈來愈多，我甚至打敗了自己都不敢置信的強大敵人。

透過巧妙使用寶物，獲得更多寶物的次數變多了。

這都是因為我在那個海邊小屋裡，訓練出了握住小石頭的方法。

我之所以能夠熟練地活動手臂，都是哈魯甘特的功勞。

……有幾年，我擔心著哈魯甘特是不是已經去世了，感到非常不安。我可能就是在那段時間經常與熟悉烏龍討伐事務的人族聊天，大談自己的冒險經歷，期待他們提到哈魯甘特的名字。

不過即使哈魯甘特的名字不是人盡皆知，他也總是在某處戰鬥。他曾經當過王國的士兵，也曾在我從未聽過的土地上戰鬥。

每次聽到時，我都會為此感到高興。

因為哈魯甘特沒有放棄冒險，這使我非常高興。

我持續這樣的冒險好幾十年的時間。

用來向哈魯甘特炫耀而收集的寶物，已經多到數不清了。

雖然哈魯甘特確實很厲害，但他並沒有像我那樣打敗龍，或是挑戰致命的迷宮。

哈魯甘特沒有比龍強，有時也遜於同樣的人類。

那些我早就知道了。

當我在話題中提到哈魯甘特的名字時，有些人會嘲笑他，但我都會心想，為什麼他們不肯讚美他呢？

哈魯甘特已經不斷奮鬥了幾十年。

在我這幾十年的旅行之中，我後來都沒有聽說過哈魯甘特放棄狩獵鳥龍的消息。

他沒有放棄冒險和戰鬥、變成名不見經傳的普通人，不肯放棄的人才是最厲害的。

所以當下次遇見哈魯甘特時，我想自己會盡量不炫耀自己在冒險中收集到的寶物。

畢竟，我是鳥龍，我不能創造什麼。

我的寶物和名聲都是從別人那裡奪來的，這些東西都不是真正屬於我的。

我希望以後見到哈魯甘特時，能擁有一樣真正值得炫耀的東西。

就像「地平咆」很珍惜賽因水鄉，我也想變成那樣。

這並不是因為哈魯甘特開啟了我的冒險之旅。

並不是因為他是我唯一的朋友。

無論有多少人說哈魯甘特的壞話，我都能有信心地說：

哈魯甘特是一個了不起的傢伙。

他與我不同，從未奪走任何東西。

◆

——東外城第二街。

在破壞風暴停息的奇異寧靜中，有一些人目睹了那場勝負。

其中一半是由撒布馮率領，負責救援市民的黃都士兵，剩下的一半是被他們從房屋和水道夾縫間救出的市民。

與之前的攻防戰不同，「星馳」出現在許多市民也能看到的低空中。

然後突然往地面墜落。

沒有物體毀壞的聲音，也沒有戰鬥的聲音。

「阿魯斯……」

某個黃都士兵說道。

「是誰打下來的？」
「是鳥龍。那是阿魯斯！」
「是不是剛才空中的光線攻擊……？」
儘管每個人的聲音都很微小，但是在一度被燒毀而陷入沉寂的城市裡，那些聲音顯得特別響亮。
靜寂的哈魯甘特和擦身之禍庫瑟，也聽到了那些喃喃細語。
「阿魯斯！阿魯斯！等等我……！」
哈魯甘特掙脫庫瑟的手，跌跌撞撞地跑了起來。
他朝阿魯斯墜落的地方跑去。
「……沒用的。」
看著他遠去的背影，庫瑟低喃著。
無論阿魯斯有多麼無敵的身體，被娜斯緹庫的死亡之牙刺中的人，只會有一種下場。
「牠要死了。」
庫瑟本來就沒有殺死哈魯甘特的打算。
這整場戲都是西多勿指示的作戰。
為了擊敗最強的冒險者，他利用了哈魯甘特這個現場最沒有用的棋子。
抬頭仰望，眼前所見的是過了正午的晴天。

不論是卡黛還是阿魯斯，他們都有一顆關心其他種族的心。

所以他們才會輸。

「……嘿嘿。」

走向阿魯斯墜落地點的庫瑟，回頭看向道路的另一端。

宗次朗還站在那裡。

「你不過去嗎？」

「不用了，接下來——」

他收起了刀。這裡已經沒有需要他斬殺的生命。

「——接下來是哈魯甘特大叔的事了。」

◆

他連滾帶爬地往前跑。

趕往阿魯斯墜落的地點。

這裡沒有什麼稱得上建築物的東西。

在大火中坍塌的建築瓦礫，疊成了山丘。

斜傾的鐵梯應該屬於原本在這裡的建築。

「我、我這就過去……！」

哈魯甘特踩破脆弱的階梯，強行往前進。

當他跌得幾乎站不起來時，就用手抓著瓦礫堆，匍匐爬上山坡。

鮮血不斷從剛割傷的全身傷口滲出。由於他難堪地摔倒太多次，已經不記得哪些傷是在哪裡出現的了。

簡直就像哈魯甘特的人生——

他盲目地亂衝，沒有計畫地戰鬥，幾乎失去了目標。再看到朋友的背影時，他已經筋疲力盡了。

「阿魯斯……我，呼……我……阿魯斯……還沒有和你一決勝負……」

他奮戰了四十五年。

那天與畸形的鳥龍大談野心的孩子，已經垂垂老矣。

每跑一步都會喘不過氣，膝蓋的關節在出發前就一直作痛。

每次爬樓梯或翻過瓦礫時，都感覺心臟快要炸開了。

他連想當個診斷書上所寫的瘋子都當不了。

所以他沒辦法忽略那些痛苦行動。

他從來沒有想過要用意志支配肉體。

但是——

他不能放棄，不能停下腳步。

那一定不只是這點程度。

最強的冒險者所經歷的路程，一定不是只有這點程度的苦難。

「呼……呼……『哈魯甘特號令於黃都之鐵——』」

他也經歷了一段漫長的旅程。經歷了一段只為追上唯一的朋友，又絕對追不上的旅程。

第六次鳥龍掃蕩、第八次鳥龍掃蕩，還有那第二十二次的鳥龍掃蕩。

他就像歷史上敗北的英雄們那樣，向燻灼維凱翁發起了挑戰。

他甚至面對從未有人見過的冬之露庫諾卡，讓對方認可了自己。

拜託來稱讚我吧。

拜託有個人來說我很了不起吧。

「『匯聚的波間，影之塔——』」

在幾乎缺氧的呼吸中，他斷斷續續地詠唱著工術。

鋼鐵階梯扭曲變形，逐漸形成一座巨大的弩弓。

他造出了戰鬥用的武器。因為他不是為了別的，正是為此而來。

「『——斗轉星天！搭箭吧！』」

他是黃都第六將，第二個名字是靜寂的哈魯甘特。

那個以工術編織而成的物體，是具有馬車質量的固定式機械弓。

它有個名字。

那是個聽了會讓人害臊，名不副實，就像是小孩子會取的名字——

——屠龍弩砲（Dragon Slayer）。

「阿魯斯，我要……我要……喂，我這次真的、要來打倒你了……阿魯斯……」

「……」

星馳阿魯斯躺在瓦礫堆上。

踏破所有傳說，親手奪得人們能想像到的所有榮耀的最強冒險者。

討伐了龍，始終堅持自我的英雄。

牠失去了自己收集的寶物。

魔劍被地獄收走了。

地走和腐土太陽不見了。

最後擁有的步兵槍和死者的巨盾也都離開牠的手，連與肉體融合的奇庫羅拉庫的永久機械也無法維持那即將逝去的生命。

牠輸了，躺在瓦礫之中，生命正逐漸消逝。

「……你——」

他想說：你真的很厲害。

兩人初次相遇時，牠甚至沒辦法活動那第三隻手臂。

看起來還無法正常說話。
哈魯甘特一直認為牠活不了多久。
從未想過能和牠成為朋友。
如今，有著三隻手臂的鳥龍已經達到如此的成就。
星馳阿魯斯成為了整片大地上，人盡皆知的最強英雄。
而唯一知道牠經歷了哪些真正偉大故事的人，只有哈魯甘特。
「……哈魯甘特。」
「不、不要死啊！」
不對，這句話是多餘的。
他不是為了說這些話而來。
「……我……想起了……駭人的托洛亞……」
——現在的阿魯斯，已經一無所有。
不只失去了榮耀的記憶，也失去了自我。
「為什麼他沒有對我下殺手呢…………也許是他知道……我真正想要的東西……」
「你聽得見我的聲音嗎？阿魯斯……阿魯斯！」
星馳阿魯斯想要什麼？
哈魯甘特從很久以前就知道了。

他拚命地對即將逝去的阿魯斯大喊著。

「阿魯斯……你……你是很厲害的傢伙！我說的是真的！我一直都這麼認為！世界上沒有其他像你這樣的鳥龍！你比誰都還要強，飛得又快……而且很強。」

只能說出這些幼稚的話。

哈魯甘特真的認為阿魯斯很厲害。

就像阿魯斯一直在稱讚自己那樣，其實哈魯甘特也很想認同阿魯斯、讚美牠。

「你……是這個世界上最厲害的人！阿魯斯！」

「……這樣啊。」

阿魯斯試圖抬起手。

牠已經沒有力氣了，身上連武器都沒有。

但是哈魯甘特知道牠想做什麼。

牠想舉起槍。

在最後一刻，在生命結束之前。

牠想和那個弱小、從未獲得榮耀的愚蠢人類一決勝負。

「我……一直……都在奪取……」

——就算被阿魯斯這種鳥龍稱讚，我也一點都不開心。

這是騙人的。

那是他最開心的時候。

「………現在……我終於可以回報他人了……」

「嗚嗚嗚嗚……嗚啊啊啊啊啊！」

哈魯甘特扣下了扳機。

巨大的箭矢貫穿了阿魯斯的頭顱，「拔羽者」就這樣擊殺了那唯一一隻的鳥龍。

◆

——雖然體力已經耗盡，但是他不能倒下。

他知道自己應該做什麼。

靜寂的哈魯甘特步伐蹣跚地走向星馳阿魯斯的遺骸。

然後，從瓦礫堆上眺望底下。

他看到了被燒毀的市區，還有飽受恐懼的市民。

那些來不及逃走的市民，以及經歷過生死之戰的士兵，都在等待他的話。

「我……我在此……討伐了阿魯斯——討伐了星馳阿魯斯！」

低語聲在寂靜中蕩漾開來。

「這、這是……」

在場的每一個人應該都不曾期待哈魯甘特能做出什麼大事。
他是只顧自保、不顧市民，過時又無能的武官。
他從來沒有得到真正的榮耀。
「這是我們的勝利！各位……再也不會受到這個魔王自稱者的危害了！忍受痛苦的人民，還有支持他們的士兵……戰勝了恐懼！這就是證據！我，第六將，靜寂的哈魯甘特！在此宣布討伐了星馳阿魯斯！」
為了讓在場的每一個人都能看到——為了讓他們知道這場苦戰的結束。
新誕生的英雄高高舉起了好友殘破不堪的屍體。
「太……太好了！」
「結束了！哈魯甘特將軍做到啦！」
「我都看到了，哈魯甘特！」
「哈魯甘特大人！」
「啊啊……終於可以回家了！」
「哈魯甘特！」
「哈魯甘特！」
「哈魯甘特將軍！」
「第六將哈魯甘特！」

在人民讚頌他的偉大功績而發出的歡呼聲中，他蹲了下來。

——我要成為英雄。

——我要得到比村裡更多的人稱讚，我要得到他們的認同。

「嗚、嗚嗚嗚……嗚嗚……！」

死者、失蹤者共計兩百一十九人，傷者七百四十人。

東外城第二街和第五街遭到摧毀。

黃都動用全部力量，與魔王自稱者進行的戰爭，結束了。

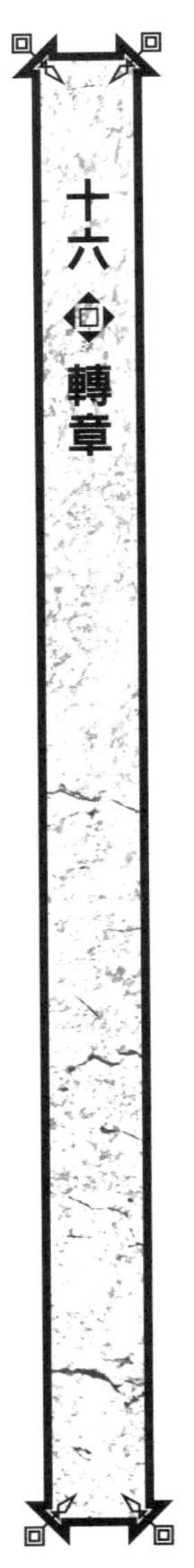

殘破的市區裡傳出人群的歡呼。

歡呼聲來自河的對岸，是星馳阿魯斯墜落的方向。

「……有話快講。」

揹著白槍的夏魯庫不耐煩地說道。

他說話的對象是出現在他背後的人物。

「在給『星馳』最後一擊之前，我沒有時間在這裡磨蹭。」

「阿魯斯已經死了。你明明就知道吧？黃都……大概動用了擦身之禍庫瑟，順利解決了這件事。」

對方是脖子上掛著相機的男子，名叫黃昏潛客雪晴。

夏魯庫不覺得意外，畢竟柳之劍宗次朗和擦身之禍庫瑟就在那裡。

對夏魯庫來說，這簡直就是一個糟糕的玩笑。正因為他們站在同一陣線，他才會盡量不與對方碰面。

「你之所以來到這裡，應該是有什麼不想被人聽到的事吧？」

「沒有啦，其實我會這麼快來到這種地方，應該說是出於我的本職。為了取得黃都的協助，我打算做點有趣的報導。」

「別用有不有趣來決定報導的內容！」

「就算你這麼說，真相就是這麼有趣，我也沒辦法啊——先不說這些，那個委託你考慮得如何了，夏魯庫先生？」

「我不要。對我又有什麼好處？」

「灰髮小孩」打算策動斬音夏魯庫，讓他搜索潛伏於黃都的血鬼。這其中應該也包含了若對方具有戰力，也可以一口氣打敗兩者的盤算。

若是被捲入那種權力鬥爭之中，基本上都不會有什麼好下場。

可是雪晴又說他打算以「真正的勇者」的情報，當成回報——

「勇者是不言的烏哈庫喔。」

「什麼？」

聽到對方突然這麼說，就算是夏魯庫也大吃一驚。

那是可以像閒話家常一樣，隨便分享的情報嗎？

「……說真的，你到底是什麼意思？」

「『真正的勇者』的身分已經揭曉了。正如夏魯庫先生所知，基其塔．索奇在第八戰中死亡，不言的烏哈庫獲勝。也就是說——」

雪晴瞇著那張圓臉上的兩顆眼睛如此說道。

夏魯庫知道，一位情報商人會在什麼情況下不求回報地提供情報。

那就是獲得情報後，顧客會要求「更進一步」的情報時。

「下一場對決，你將會與勇者交手。」

◆

城中劇場庭園。

那裡是個寬廣的無人空間。平時廣場上人聲鼎沸，林立著各式各樣的攤位，現在卻因為所有市民的撤離，被一片死寂支配。

有一支隊伍走在廣場上。他們是小鬼。

走在中央的人類看起來像個孩子，但那頭近乎白色的灰髮卻給人一種與那副長相格格不入的老成印象。

「——基其塔．索奇絕對不會做沒用的事。」

逆理的廣人朝身旁的平頭男子說道。

那是黃都第二十四將，荒野轍跡丹妥。他之前是已經戰敗的基其塔．索奇的擁立者。

「他打算透過那場對決讓黃都『意識到』從鬼的蔓延，這就是戰勝『黑曜之瞳』不可或缺的要件。他或許並不打算戰敗，但即使在最糟的情況下——他本人戰死淘汰，那也會成為表明血鬼存在的證據……會讓人這樣想並不奇怪。

「……你說的對。從此之後，黃都將會和歐卡夫合作對付『黑曜之瞳』。但是接下來該怎麼辦？我們的陣營裡已經沒有能匹敵基其塔．索奇的謀士了，既沒有人能理解，並繼承那傢伙的作戰，也沒有人能想出改寫勢力版圖的新計畫。況且因為我擁立的候選人戰敗，在政治上，我的處境也會變得很艱難。」

「我會策動哨兵盛男。」

「——什麼？」

丹妥驚愕不已。

哨兵盛男，是領導與黃都長期敵對的歐卡夫自由都市的「客人」。

策動這個男人，具有比讓新大陸的小鬼，或部分歐卡夫傭兵進入黃都更嚴重的意義。

（難道……他真的打算與黃都正面開戰？）

而且還是在他們失去最強的戰術家之後。

他應該不會做出這麼魯莽的事。雖然逆理的廣人有些讓人難以捉摸，但他一直都很冷靜、理性地行動，只不過……

「放心，雖然我曾經失去夥伴，但我從來沒有違背過我的承諾。」

廣人微微一笑，說道。

「我相信，狀況會『好轉』的。」

◆

東外城第五街。

經歷一場大火後，這片地帶又被泥海淹沒。人們在如此絕望的狀態下拉出了十六個人，令人難以置信的是，其中十人仍然一息尚存。

「……太、太厲害了。」

看著那完美縫合的患者傷疤，蠟花的庫薇兒喃喃說道。

善變的歐索涅茲瑪與她和弗琳絲妲的醫療部隊一同趕到東外城第五街這裡，牠毫不猶豫地展開行動，接連拉出了遇難者，不僅指示治療的優先順序，更精準地治療倖存者。不只是其優秀的技術，牠還無情地將死者的皮膚或器官，立刻移植到適配的生還者身上，在現場盡可能地救了每一條命。

那無數的手臂，可以同時處理多達三位數的行程，現在已被收回獸體內了。

「右臂可能會有後遺症，但是已經在我的能力範圍內重建了受到熱傷的肌腱。其他患者也一樣，需要大量的抗生素，還不能掉以輕心。」

「當……當時救援他們的時候，我真的以為這個人絕對活不下來了。你是怎麼知道哪裡有人埋在裡面呢？」

「我沒有像『柳之劍』那樣的異常領域感知能力，只是聽到了泥中的迴音——只要訓練，人類也能做到。」

歐索涅茲瑪一邊回答，一邊踏入位於市區中心的泥海深處。

照理來說，那已經是腳碰不到底的深度了。

「你……你要去哪裡？那個……所有需要救助的人都已經救出來了……」

「喔。這邊有個我『最後』才要救的人。」

「怎麼會……！那、那個！不管怎麼看，那種狀況都沒辦法讓人活下去！為……為什麼你不一開始就處理？」

「妳馬上就知道了。」

簡短回答之後，那顆長得像狼的頭潛入了泥巴底下。

泥巴上，幾乎不可見的小氣泡間隔許久才浮起。自從牠到達這個區域後，就一直反覆進行這樣的作業。牠能在阻力比水大很多的泥巴中自由自在地游泳，還能在視線受阻的情況下，精確地找到並救起生存者。

不只擁有醫療技術，歐索涅茲瑪還是一位有著超凡救援能力的醫生。

——不久後，歐索涅茲瑪露出了頭。

牠的口中啣著一名赤裸的少女。少女與之前那些罹難者截然不同，身體非常乾淨。

歐索涅茲瑪有些粗暴地將少女扔到陸地上，然後說道：
「妳自己爬出來啦。」
那是一名美麗的少女，有著長長的栗子色麻花辮。當她睜開眼時，露出了綠色的瞳孔。
「——嘿嘿！和『這個東西』溝通花了我不少時間嘛。」
少女——魔法的慈，懷裡緊緊抱著看起來像泥塊的球體。
這個魔具曾是星馳阿魯斯所擁有，名叫「腐土太陽」。
「難道妳成功控制了那個魔具？」
「……嗯，已經沒事了。」
在這個區域裡，拯救了眾人性命的不只是歐索涅茲瑪。
還有另一位英雄壓制了不斷冒出的泥巴，避免災害進一步擴大。
「我就知道歐索涅茲瑪一定會來。」
「……畢竟我是『哥哥』啊。」

◆

距離黃都甚遠的西方——伊加尼亞冰湖。
對於居住在此地的人們而言，當然不可能知道星馳阿魯斯襲擊造成的黃都危機。

不過那個存在從某種意義上來說，是一連串災禍的根源。

在如鏡子反射著光芒的冰原中，有一個幾乎與景物融為一體的巨大物體。

（……以前的我只能做著美夢。）

那不是冰塊，而是一尊潔白美麗的龍。

不過龍的身上有些地方減損了其神話般的完整性。

尾巴斷了一半，脖子上的白色龍鱗也被挖去一大塊。

（再過不久，比夢裡更美好的戰鬥就要到來了——）

阿魯斯帶來的戰火愈巨大，就愈不會有人忘記她的名字。

那個單獨與星馳阿魯斯交戰，並且擊墜牠的存在仍然留在這個世界上。

而她正殷殷期盼著一場壯闊無比的戰鬥。

——冬之露庫諾卡。

與修羅這種和平之敵的戰爭，還沒有結束。

◆

十天過去了。

這天，黃都議會決定針對星馳阿魯斯的襲擊事件發布正式聲明，將人民召集到了城中劇場庭園。雖然事件的悲慘程度和規模早已為黃都的大部分市民所知，但這將是官方在事件發生之後，第一次公布往後政策的方向。

最讓人關心的是，是否要繼續進行六合御覽。

這項賭上王國威信的重大活動，究竟應不應該繼續辦下去呢？

由於充滿緊張的沉默，讓會場盡是嚴肅的氛圍。

第三卿，速墨傑魯奇站在設置於中央的講臺上。

「……我們遭受了很大的打擊。」

那是一道沙啞，卻能清晰地傳達到遠方的聲音。

城中劇場庭園是一個象徵黃都繼承了中央王國歷史的地方。

所以，據說在那裡發出的聲明，有著與國王的旨意等同的力量。

「對於在這一連串災害中喪命的人民，我們鄭重表示哀悼之意。黃都議會知道日常生活的重建，和對罹難者家屬的賠償是我們全體的責任，我們發誓會全力進行處理。」

補償損失的特別預算，還有用來替代被破壞的城市的住所。

各式各樣這類的準備，早就在決定舉辦六合御覽時就備妥了。

打從一開始，這就不是可以毫無犧牲就結束的戰鬥。傑魯奇已經建立了一套財政系統，只要犧牲人數在預測範圍內，就能即時彌補賠償。

只要出了一點點差錯，那種預測就可能輕易崩盤，這次只是奇蹟般地沒有發生那樣的問題罷了。傑魯奇很清楚這點。

集結於此地的十六名候選人，他們都是英雄，也是魔王。

是能夠拯救黃都的力量，同時也可能毀滅黃都。

「……即便如此，我仍然想大膽地這麼說。在這國家的歷史上，即使受到了破壞規模最大的魔王自稱者——星馳阿魯斯的攻擊，我們仍然取得了勝利。我們每一個人……包括市民在內，都全力對抗了這場災難。諸位今天能夠聽到這項聲明，就是我們已經戰勝災難的最佳證據。」

觀眾席上響起了激昂的歡呼。

不過，傑魯奇像要對那股狂熱的徵兆潑冷水似地說道：

「另外——我想說明另一件讓諸位擔心的事實。」

六合御覽要繼續辦下去，會出現很大的問題。星馳阿魯斯是「勇者候選人」。

即使牠已經被淘汰，但如果大家認為阿魯斯是出於自己的意願攻擊黃都，那麼黃都的人民可能會把所有的英雄候選人都當成潛在的威脅。

那是事實。六合御覽就是用來消滅他們的。

但那是一個「不能被人正確認知到」的事實。

「在座的各位之中，可能有些人在避難地接受了團體檢查。那些是從鬼的感染檢查——在第一輪所有對決結束後，我們已經捉到了許多處於嚴重感染狀態的從鬼。根據屍體的解剖結果，我們斷定星馳阿魯斯的失控舉動是『血鬼引起的』。為了找出並消除血鬼，我們鄭重呼籲市民齊心協力，提供協助。就像勇者候選人盡力付出力量一樣，我們也希望向你們每個人，借取些微的力量。」

傑魯奇深深地低下了頭。

這一連串的災難應該會在黃都的市民心中，留下一種恐懼。

那不是已經過去的「真正的魔王」的恐懼，而是存在於此刻的恐懼。

也就是未來可能又會有「另一種東西」威脅他們的生命。

——正因為如此，才會需要那個。

「勇者現在就在黃都。」

那或許只是一種模糊的預感。

但那就是驅使人們不斷追尋勇者的深層動機。

是被「真正的魔王」烙印在心中，至今仍然持續存在的一種瘋狂。

所有人都已經清楚地認識到這個事實。

下次到來的某種東西，威脅未來的某種東西。

能打敗那種恐懼的，一定只有勇者。

「我想請大家明白，多虧了各位勇者候選人的奮戰，第六將哈魯甘特討伐了星馳阿魯斯。正是六合御覽集結了他們——如果不是現在這種時候，我們就會對星馳阿魯斯和血鬼的威脅無計可施。」

為了達到那個目的，他們會盡可能付出代價。

勇者就是有不惜做到那種程度，也要找到的價值。

「我以第三卿傑魯奇之名，再次在此宣誓！在六合御覽第一輪戰鬥中勝出的八名候選人裡！其中一定存在著勇者！他將是驅散這個時代的恐懼，開創新世界時不可或缺的光明！」

他們需要勇者。

不僅僅是市民，就連領導人民的二十九官，就連傑魯奇本人，都渴望著勇者。

他們想要驅散那永不消退的恐懼。

不管是真正的，還是偽造的，他們都想要相信世上存在著一種終極的強大。

如果不把希望寄託在某人身上，他們就無法恢復正常。

他們需要心靈的指引，需要站起來的勇氣。

——一切都是為了創造一個象徵。

那是確實存在的。

「因此，我在此宣布。」

世上存在著修習了異世界所有武藝，達到無限極地的格鬥家(Grappler)。

世上存在著親身體現絕望與末日，最強的孤高凍術士(Silencer)。

世上存在著完全支配劍刃的命運，置身超凡境界的異常劍豪(Blade)。

世上存在著將絕對不敗的祝福與詛咒集於一身，完美且萬能的騎士(Knight)。

世上存在著獲准擁有死亡權能的奇異點，從無法辨識的領域發動暗殺的刺客(Stabber)。

世上存在著鋪設無法解除的謀略之網，足以翻轉既定結果的斥侯(Scout)。

世上存在著讓凌駕於知覺速度的一擊，擊中任何地點的槍兵(Spearhead)。

世上存在著讓世間所有不合理之物消失，將虛無投影到現實世界的神官(Oracle)。

「繼續進行！」

決定唯一勝者的真業之戰。

「——繼續進行！我們將繼續進行六合御覽！」

無論那麼做的結果會有多悲慘……

所有人的命運都開始轉動，誰也沒辦法停下來。

新一輪的戰鬥，就此展開。

後記

感謝各位的關照，我是珪素，非常感謝您閱讀這集的《異修羅》。由於第五集應該發行於去年九月，所以這次大約空了十個月，（註：此為日版狀況）很抱歉讓大家久等了。第六集的故事可以說是六合御覽首輪戰結算的高潮，由於是場外亂鬥，所以也有大量獲得聚焦機會的修羅登場。再說還有太多我想多寫一點的地方……在各種因素交織之下，這集可能成了目前為止，花了我最多時間寫作的一集。對於珪素的這些失誤，還請各位看在這次也畫出精采插圖的クレタ老師的精采表現上，多多包涵。

另外從這集開始，自《異修羅》系列開創以來就一直照顧我的長堀責任編輯，因為部門異動而即將離開《異修羅》的編輯工作。長堀編輯具有與我不相上下的戰鬥&策略思維，可以找出登場人物想法的矛盾處，還有確認戰鬥發展以故事的起伏來說是否紮實。他真的是一位很適合《異修羅》這部作品的責任編輯。我想在此鄭重對長堀編輯致上兩年半分的謝意。非常感謝您。

我想極力推薦這麼值得感謝的長堀編輯一道美味的義大利麵。平時我推薦的都是方便準備與收拾的極限菜色，但這次我要介紹一道真的很正式，在有點喜事的時候吃的義大利麵食譜。我將這道食譜命名為長堀特餐。

首先是非常重要的一步，在開始調理之前，請確認冷凍庫裡有足夠的冰塊。因為一旦開始調理就絕對來不及準備了……

先用微波專用的煮麵容器烹煮義大利麵，然後將一塊高湯塊弄碎。雖然它原本的狀態會太硬弄不碎，但也不需要使用研磨器，因為這會增加要洗的東西。只需將高湯塊放在可以微波的容器中，加少許水弄溼，微波約三十秒，就能變得很容易弄碎。如果您一開始就有顆粒狀的高湯塊，那就更簡單了，只需準備大約五克的量即可。

接下來用約一大匙的橄欖油炒大蒜。當我提到大蒜時，我指的絕非新鮮的大蒜，而是瓶裝的大蒜末。它比一般的大蒜更好用，方便保存，還無需動手切碎或磨碎。由於它已經調味成很適合大部分需要使用大蒜的料理，所以除非您特別在意大蒜的品質，不然可以隨時準備這樣的東西以方便做菜。順帶一提，用橄欖油將這些大蒜末炒成金黃色之後，就算只是拿來隨便撒在新鮮的蔬菜上，也能當成非常好吃的沙拉佐料。請一定要試試看。

接下來，在炒完大蒜後關火，將之前弄碎的高湯塊溶入炒大蒜的橄欖油中，然後將其冷卻。這時候就可以開始切要加入的食材。

首先使用半個蘋果。切成四分之一塊，把其中一邊切薄片，另一邊切丁。如果覺得麻煩，可以全部切成薄片或全部切丁。雖然需要削皮，但如果覺得麻煩，也可以不削。

接著將超市裡有賣的莫札瑞拉起司切成一口大小。雖然也有乳酪絲形態的莫札瑞拉起司，但這次要用的是浸泡在水裡的那種，也就是生的莫札瑞拉起司。大概拿市面上賣的那種的三分之一分量就足夠了，不過喜歡的人可以加入自己想吃的分量。

然後把切好的蘋果、莫札瑞拉起司，以及溶入高湯塊的蒜頭橄欖油一起放入容器中，加入三四塊冰塊，再倒入一小匙檸檬汁就完成了。

在進行這個手續的過程中，微波爐裡的麵可能也快煮好了。把煮熟的麵條沖水冷卻，再加入其他沒放進容器的冰塊，讓麵變得冰冰涼涼的。

最後將麵條放入容器中均勻攪拌，依喜好撒上手撕的芝麻葉或羅勒葉，長堀特餐就做好了。

或許有人會懷疑，用高湯塊和瓶裝蒜頭調味的冷麵味道與蘋果搭嗎？不過我對這道作品的美味程度很有自信，橄欖油和蒜頭的香氣，與蘋果的甜味和酸味搭起來非常清爽。若是財務狀況允許，我可以隨意購入莫札瑞拉起司，那我每週都會想做這道菜。

如果這道義大利麵的名稱能夠流傳到後世，那麼長堀編輯毫無疑問會被譽為現代的三明治伯爵！非常建議各位在家裡也嘗試做做看這道菜。

另外，這集《異修羅》也和之前一樣，得到了校對、裝訂、物流和宣傳等各方面人士的幫助才能送到各位的手上。和我直接接觸的只有責任編輯，不過參與整個過程的每一個人都付出了很大的努力，他們的貢獻應該和責任編輯是一樣的，稱這道長堀特餐為（任意的名字）特餐也不為過。還請務必用那樣的稱呼犒賞自己工作的努力。

最後再提一點，我已經在封面插圖的草圖與改稿協商方面，受到接替長堀編輯成為責任編輯的佐藤編輯很大的關照……！正式麻煩（？）您應該會是在第七集之後的事。不過佐藤編輯是一位對《異修羅》系列充滿熱情的編輯，我想之後也會做一份佐藤特餐送給您。還請各位讀者繼續關注《異修羅》，以及《異修羅》各位責任編輯的活躍表現。

靠死亡遊戲混飯吃。 1 待續

作者：鵜飼有志　插畫：ねこめたる

第18屆MF文庫J輕小說新人賞優秀賞作品
一窺美少女們荷槍實彈的死亡遊戲殊死戰！

醒來以後，發現自己人在陌生的洋樓，身上穿著不知何時換上的女僕裝，而有同樣遭遇的少女還有五人。「遊戲」開始了，我們必須逃出這個充滿殺人陷阱的洋樓「GHOST　HOUSE」。涉入死亡遊戲的事實，使少女們面色凝重——除了我以外……

NT$240/HK$80

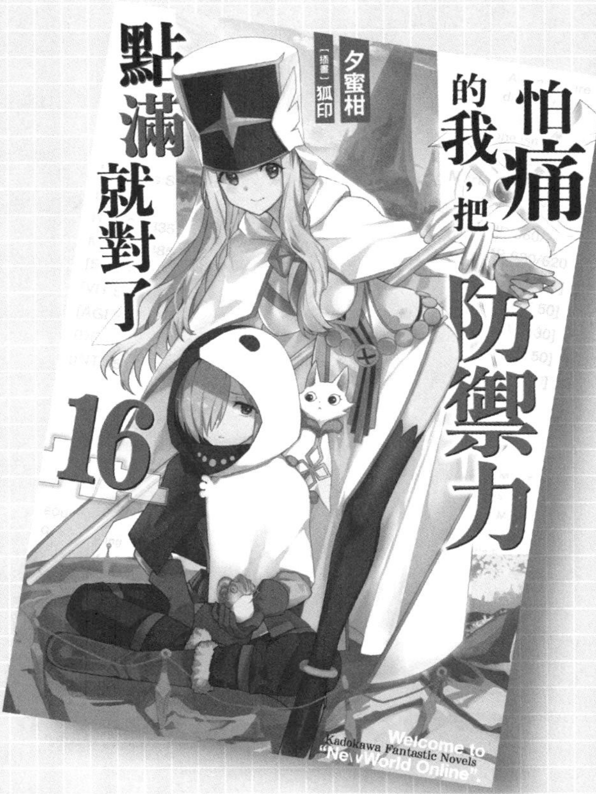

怕痛的我，把防禦力點滿就對了 1~16 待續

作者：夕蜜柑　插畫：狐印

對抗戰進入白熱化連頂尖玩家也退場！
敵軍將梅普露設為頭號目標還以顏色！

官方發布第十階地區的上線公告！那是集至今之大成的廣大地區，還有最強魔王潛伏其中。眾人勢在必得，鼓振士氣向前挺進！與莎莉一起行動的梅普露在第十階也照樣啃食到處埋伏的怪物！而新得到的技能，居然讓她能夠分裂了……？

各 **NT$200~230/HK$60~77**

國家圖書館出版品預行編目資料

異修羅. 6, 榮耀篡奪者 / 珪素作 ; Shaunten譯. -- 初版. -- 臺北市 : 臺灣角川股份有限公司, 2024.02
面 ; 公分. -- (Kadokawa fantastic novels)

譯自 : 異修羅. VI, 栄光簒奪者
ISBN 978-626-378-599-1(平裝)

861.57 112021362

Kadokawa
Fantastic
Novels

異修羅 VI
榮耀篡奪者

（原著名：異修羅 VI 栄光簒奪者）

2024年2月19日 初版第1刷發行

作　　者：珪素
插　　畫：クレタ
譯　　者：Shaunten

發 行 人：台灣角川股份有限公司
總　　監：呂慧君
總 編 輯：蔡佩芬
主　　編：林秀儒
編　　輯：黎夢萍
設計指導：陳晞叡
美術設計：吳佳昫
印　　務：李明修（主任）、張加恩（主任）、張凱棋

發 行 所：台灣角川股份有限公司
地　　址：104台北市中山區松江路223號3樓
電　　話：（02）2515-3000
傳　　真：（02）2515-0033
網　　址：www.kadokawa.com.tw
劃撥帳戶：台灣角川股份有限公司
劃撥帳號：19487412
法律顧問：有澤法律事務所
製　　版：巨茂科技印刷有限公司
ISBN：978-626-378-599-1
